晚晴集

窦楷 著

山西出版传媒集团
三晋出版社

再版前言

这本散文集是二〇〇一年在侯晋川校长关怀下,黄竹三先生定名,马少波师亲笔题写书名,侯校长作序,由吉林人民出版社出版的。当时出版环节的许多事宜,则是在天津社科院文学研究所所长门岿先生的倾心帮助下顺利完成的,对以上诸君的帮助,我一直心存感激。

无情岁月增中减,有味诗书苦后甜。《晚晴集》里的每一篇散文,都是我对几十年来生活里人和事的感遇、感念、感恩的心灵写照,字里行间或苦难与幸福,或欢乐与惆怅,无不浸透着我对生活的珍惜与热爱。

《晚晴集》首版后,山西师大校医院院长赵梅同志亲自登门谈她的感受;临汾蒲剧院院长任跟心读后对我说,好几篇文章她读着读着就哭了。省里的著名作家张平看到此书后,也打来电话问候;临汾地区一位干部在外地出差看到书后,由师大图书馆的老师陪同来取《晚晴集》;广州散曲讨论会事先预定并赠送与会代表,会议期间,与许多同志因书结缘;忘不了内蒙师大图书馆馆长领着广州中山图书馆的一位年轻小伙找我签名的感人场面;忘不了临钢小学两位爱好文学的小朋友读了《晚晴集》后的来信,并登门交流感受的情景……如果说我的文字给了读者们一点感动,现身说法地启发了一些生活的感悟或对人生的一点思考,只缘于他们有着一颗纯洁善良、珍爱生命和热爱生活的心灵,真诚感谢他们回馈我的每一份快乐!

筹划《晚晴集》再次出版,是我九十岁之际的一个心愿,也是为了满足更多喜欢而没有拥有《晚晴集》的读者朋友们的心愿,在此特别感谢三晋出版社的热忱帮助和再版期间付出的辛劳!

窦　楷

二〇一八年一月八日

序

侯素川

窦楷同志的散文集《晚晴集》出版了，在我校学术园林又增添一株鲜艳的新葩，这是件值得庆贺的喜事。

窦楷同志是二十世纪五十年代初期北京师范大学中文系的高才生。曾师从马少波先生门下，专攻戏曲艺术。毕业后，执教京城戏曲学校，正当他意气风发，以自己的学识培育梨园幼苗时，在一九五七年那沉重的岁月中，因言触忌，顿失前程，在政治低谷中度过了坎坎坷坷二十余载。

流去天上水，洗来一片真。党的十一届三中全会后，经落实政策，于一九八〇年调入山西师范大学，这时窦楷已近"知天命"之年了。但坚强刚毅的他，以对历史善意与通达的理解，没有徒作"日暮苍山老，盛年不再来"的感叹，而是把不幸化作动力，觉得刚刚恢复了青春，全身心

1

地投入了工作。特别是任职于我校戏曲研究所后,专长得到发挥,浑身细胞往外冒劲,夙兴夜寐无一日松懈,与所内同仁通力合作,呕心沥血,艰辛开拓,用才华与智慧,构建起一座积学厚重饮誉全国的戏曲文物学术殿堂。在这一创新的文化建设工程中,窦楷以白发写春秋与余热铸辉煌的韧性,让生命重新显示了明亮与绿色,熨平了昔日的创伤,确实令人感动。

窦楷同志治学严谨,才思敏捷,不仅在戏曲文物研究上奋力拼搏,卓有建树,散文写作也得心应手,舒卷自如。

文章是心灵的自白。由于他曾饱受历史的苦难,因而对改革开放以来的机遇,非常珍惜。他的散文集中,有不少篇章以奔放的激情,亲吻这段阳光岁月,感激山西师范大学对他的多方关怀与充分信任。

《似水流年话别情》是他散文集开卷的首篇。此文在《山西师大报》上发表时,我曾作过一段批示:"这是我校戏研所一位退休老同志给我的一封信,字里行间充满着对事业的执着追求,对戏研所的深厚感情,感人肺腑,发人深省。窦楷同志是我校戏研所的创建人之一,为戏曲文物的发掘和研究,为戏研所的建设和发展作出卓越贡献,立下不朽的功勋。我校戏研所之所以能够硕果累累,正是由于有像窦楷、黄竹三、冯俊杰这样德才兼备的学科带头人,有一支团结向上,拼搏进取,艰苦奋斗的老中青结合的学术队伍,我由衷地为他们的业绩感到骄傲和自豪,也深深地为他们的可贵精神和高尚情操所感动。我们山西师大的希望正是根植于这样一批优秀的骨干教师和科研人员队伍。我希望全校的师生员工都要向他们学习,团结一心,发愤图强,增强责任感和使命感,为兴我师大而不懈地努力。"《似水流年话别情》写得委婉蕴藉,饱有弹力,充满温馨,富于体贴。洋洋数千言,写了戏曲所的成长发展,写了他与黄竹三、冯俊杰等同事如何互相吸纳、互相糅合,互相理解、互相支持。他扬人之善,举人之能,并对戏研所的继续发展提出了宝贵的建议。而对自己过去的辛勤耕耘,几乎只字不提,闻志广博而色不伐,思虑明达而辞不争,表现了难能可贵的谦虚品德。

《领导者的风范》《学报四年》《山西师大,我爱你》等几篇,写了学校领导如何尊重知识、尊重人才;如何为学校与戏研所着力营造浓郁的学术氛围,鼓励科研创新的环境、吸收凝聚新秀;如何为教工排解困难,解决后顾之忧。读了之后,感到在平易真诚的文字后面,有一双明亮的眼睛向当前与未来凝眸,隐隐约约有一股鞭策与鼓励的力量迎面而来。

戏曲文物研究的成就，既要依赖学者个人潜心于强学力行，寻根究底，个人深厚的功力与洞察；同时也要广泛交流，扩大视野，谦虚诚恳地主动向耆儒与尊者请教。古云"务学不如务求师，闻事弥多见弥博"，文集中的《肩担道义心常热》《海内存知己》《德高望重的启功先生》《名师的风范》等篇，写的就是他与马少波、郭预衡、龚和德等专家与大师的亲密交往，以及在戏曲文物艺术研究方面切磋商讨，谈论尽名士，往来皆鸿儒，这种沟通，不仅促进了他本人学问的续延与积累，也充实张扬了我校戏研所学术内涵的底蕴与知名度的提高。所以他在文章中所凝聚的崇敬景仰之情，也表达了我们学校领导的心意。

窦楷同志还撰文缅怀田汉、李健吾、沈从文、郑振铎、周贻白、李紫贵、史若虚等曾灌注过他知识乳汁的学界巨子。他抽着回忆的丝绪，打开情感的闸门，以沉重的笔触，追述其业绩、人品、恩惠。忧伤萦绕，泪情蒙络，读之令人也跟他一起陷入哀思。

年老思乡，人之常情，文集中有他叙述家乡情况的多篇随感。父老乡亲们在改革开放以来生活上的巨大变化，昔日的名人、老师、学友，传统的岁时、习俗、风情，民间的

4

传闻、典故、轶事，在作者笔下无不娓娓道来，无不留下一段难舍的情结与一份殷切的眷恋。

《胜似亲母》写了作者幼时备受继母的疼爱庇护，父亲下世后，母子相依为命艰苦度日，在他政治上落难期间，继母对他牵肠挂肚的惦记与操心。情节曲折，跌宕起伏，亲亲之情，细腻动人。母爱那绚丽的光彩，跃然纸上，使这篇文章神韵飞洒，辐射着巨大的人格魅力。

真诚是散文的中坚，抒情是其基石，而散文的使命即是解读人生，体味人生。从这个意义上说，窦楷同志所写的都是他心里流淌出来的。《晚晴集》这本散文是他漫漫人生高度的浓缩，是他在山西师大工作的真实写照。他说的就是他想的，他想的就是他说的，直抒胸臆，坦率自然，不矫情、不媚俗。行文流畅绵密，语言简洁深湛，读之对人颇有启迪。

我是搞数学研究的，很难说有什么文学修养，作者嘱我为序，盛情难却，于是说了个人的感受与体会，敬请识者指正。

二〇〇二年一月十日

5

目　录

1

4

似水流年话别情

——我和戏曲文物研究所

山西师大戏曲文物研究所，成立于一九八四年，我和它荣辱与共，度过了整整十六个春秋。今年是千禧之年，我也已是年逾古稀。事业是无穷无尽的，人的生命是有限的，新陈代谢，顺乎天理，合乎人情。基于此，我于去年岁末，带着依依惜别之情，向俊杰同志提出："年老体衰，无所作为，返聘十载，适可而止吧！"感谢冯所长善解人意，愉快地满足了我的愿望。在年终三十一日，所内所有同志和我共餐话别。

戏曲文物研究所成立十多年来，可以划分为前后两个阶段：以一九九〇年作为分界线，我认为一九九〇年以前，是它的创业阶段。创业起始，举步维艰，道路曲折，人员缺，资金少，经验不足，但由于所内同仁的共同努力，和北京诸师友的大力支持，才使得戏曲文物研究所从无到

1

有,从默默无闻到渐有起色。①

一九九〇年,中国傩戏国际学术讨论会在学校召开,本所的硕士研究生授予权正式为国家批准,冯俊杰同志调所担任副所长,从此研究所像一颗新星,正式进入运行轨道,步入了它的中兴时期。

一个事业的兴旺发达,一靠党的正确领导,二要有一个团结奋进的先进集体。俗话说得好:"众人拾柴火焰高","三人同心,其利断金",这是历史的经验。所谓先进,旨在说明这个集体,要有理想,要有追求,要有坚强的事业观念。我们的事业观念是什么呢?即张庚同志为《中华戏曲》创刊号的题词:"振兴中华,繁荣戏曲",可谓任重而道远。我们正是奔着这个目标,同心同德,全力以赴的。

竹三、俊杰二位所长,有一个共同点,即学识渊博,事业心强,淡泊名利,能关心人。正是这种优良的品质,促进了所的发展,调动了大家的积极性。

合乎我自己来说,半生坎坷,学业荒疏,马齿徒增,愧无成就。如果说多多少少还为所作了点贡献的话,多亏竹三和俊杰二位同志的知遇之恩。一九八〇年,我调师大学报编辑部工作,我和竹三同志素昧平生,他是广东人,我

---

① 请参看《肩担道义心常热》和《海内存知己》两文。

是山西人。可是一天上午,他突然到编辑部找我,和我谈戏曲,谈各自的一些经历,志趣相投,大有相见恨晚之感,从而建立了友谊,并加强了联系。后来竹三同志提出搞戏曲文物的倡议,指出晋南地区的戏曲文物,得天独厚,地上地下,俯拾即是,而且品种门类之多,居全国之冠。搞别的不是我们的长项,不如扬长避短,利用自己的优势,以文物来考证研究中国古代戏曲,以补文献资料之不足,这样既可突出我们的地方特色,又容易早出成果,我举双手同意他的看法,于是共同的事业把我们联系到一起,事实证明竹三同志的思路是完全正确的。可以说,当时如果没有竹三同志的引导和启迪,我可能就在学报原封不动干下去了,论贡献肯定不如现在,因此,我不能不感谢竹三同志的知遇之恩。同样,我对俊杰同志的知人善用和督促鼓励也将终生难忘。

俊杰同志担任所长之后,不仅考虑到我的年龄、身体状况,而且考虑到我在外事方面的一些优势,有劳有逸,体察细微,安排适当。对别人的成绩,他总是牢记在心,念念不忘,予以鼓励。一九九三年,学校下达了申报国务院特殊津贴的批示,先是竹三同志找我谈话,要我申报。我说:"我已经退休,力不从心,作用不大了;俊杰同志年轻力强,担任副所长以来,勇于负责,干劲十足,成绩显著,对所内的工作推动很大,这是个荣誉,应该让他申报。"竹三同志表示同意。可这个意见让俊杰同志知道后,他态度非常明确,主动来动员我,说我对所内贡献很大,一定要我申报,我说:"我已退休,你比我年轻,学识渊博,工作能力强,所里的重担是你在挑着。为了所里今后的发展,还是应该你申报。"俊杰同志则表示:"我还年轻,将来机会有的是。正因为你已经退休,政策也允许,所以,这次申报你千万不能错过。"我说:"冯所长,我是诚心诚意让你申报。"结果俊杰同志正色说道:"难道说我是虚情假意?"充分地显示出东北人的豪爽与率直。临走时,俊杰同志诚恳地说:"这事你不用管了,由我和老黄给你办吧。"是他们二位为我总结的成果,没想到居然批准了。当我拿到加盖有国务院红印的证书时,确实有点却之不恭,受之有愧的感觉。这里边凝结着俊杰同志的一片盛情。

还有一件事应当提及,就是竹三同志主动让贤之事。竹三同志比俊杰同志年长。前些年竹三同志主动向校领导提出:冯老师年轻,有魄力,工作能力强,领导有方,应该及早让他担任所长,不要非等我六十退了再让人家接,这样对工作没有好处。至于我自己,当一如既往,一定和

4

冯老师通力合作,把所内工作搞好。在他的带动下,全所同志无不是互敬互让,营造了一种团结和谐的良好风气。

冯老师担任所长后,让我担任顾问。凡是所内大小事情,他都要通知我参与,畅所欲言,发扬民主,群策群力,众志成城,所以所内各项工作进展顺利,成绩显著,曾被省政府授予先进集体荣誉称号。

俊杰同志和竹三同志各有优点。他们的共同点是有着执着的事业心和强烈的责任感。他们淡泊名利,勤于治学,教学科研,齐头并进,所以赢得了国内外学者的尊敬和所内同志的爱戴。他们的不同点是:俊杰同志在工作上雄才大略,勇于开拓,遇事果断;竹三同志谦虚谨慎,治学严谨,稳健踏实。由于共同的事业和观念,使他们合作得很好,真正起到了相辅相成、优势互补的作用;再加上王福才同志的任劳任怨,埋头苦干,所以把戏研所的工作搞得有声有色。

科研是研究所的灵魂,所以,俊杰同志和竹三同志对这项工作抓得特别紧。他们不只要求所内所有的人,包括资料员(不脱产),都要积极参加科研工作,而且自己也身体力行。现在所内有国际项目一项、国家项目两项、省级项目两项。由于项目带动科研,搞项目的前提是进行大量的田野考察,俊杰同志每年都要带领师生下乡考察四五次,爬山越岭,长途跋涉。他的腿脚不方便,有两次因过于劳累,不小心,失足踏入马路的下水道口内,被铁盖夹住了,幸好没有落入深坑。这是保全同志回来告诉我的。我听说后,又是心疼,又是感动。便面谏俊杰同志:"你年岁也不小了,应当有劳有逸,适当注意休息,能否每年少下去两趟?"俊杰同志动情地说:"老窦啊,我当然了解你的心情,但是不抓紧下去这些文物将会愈来愈少,而且我们的工作也正需要这些可贵的资料啊!"他就是这样不顾疲劳,深情忘我地履行自己的职责。为了快出成果、早出成果,俊杰同志甚至规定每年发表几篇论文。所以,这些年来,戏研所的科研成就硕果累累,连续不断。《文史知识》专人来组稿,开辟文物专栏,所里同志发表系列文章九篇。台湾《民俗曲艺》给所内的所有同志发函约稿,设山西文物专栏,在同一期上所里同志又发表万字以上的系列文章七篇。应河北师院元曲研究会约请,戏研所为他们校注的元杂剧十二本,已收入《全元曲》,由河北省教育出版社出版。元曲山西籍作家的作品,也由所内同志分别校注,由省人民出版社出版。《中华戏曲》现在每期都有所内的文物系列文章发表。一九九三年所内五位同志应邀出席在承德召开的元曲国际学术讨论会，五篇文章全被大会收入文集并发表。由竹三同志和俊杰同志主编的《六十种曲》评注，全套六十本，洋洋一千四百万字，很快将由吉林省人民出版社出版。这部内容浩繁，引经据典的明清传奇，由于部头多，难度大，历来还没有人敢把它一并校注过。我们不但校注，而且有短评、总评、考述、附录诸项。这就给读者和研究者提供了许多方便。难怪著名学者蒋星煜先生这次在上海对我说："你们的工作真是功德无量啊！"除此之外，还有各自的专集出版和散见于国内各种刊物的所内同志的文章不下三百余篇。

由我们所和中国戏曲学会合办的《中华戏曲》早已是国家一级刊物。从去年以来，又由国家一级出版社文化艺术出版社出版，无论从装帧上还是从质量上，都有所提高。《中华戏曲》从创刊以来，以发表关于新发现的戏曲文物、少数民族地区戏曲、宗教仪祀戏曲和高层次的戏剧理论研究的文章为主，从而博得了国内外学者专家的好评。一次，有五个国家的学者来访，其中包括英国牛津大学八十高龄的伦彼得教授。他们说《中华戏曲》是目前中国最好且最有特色的戏剧研究刊物。中国文化艺术研究院薛若琳副院长说，《中华戏曲》是山西师大的窗口，国外学者先知道《中华戏曲》，然后才知道是山西师大主办的。

由于所内的声誉和《中华戏曲》的影响，中央电视台和日本东京电视台曾专门采访。中央电视台去年曾经在《中华文明之光》中播放。为此，我们所曾于一九九五年被省政府确定为省级重点学科，拨专项巨款给予重点扶持。

所里特别重视对研究生的培养。首先是思想素质教育，然后才是专业教学，也就是先做人，后治学。在每年与新入学的研究生座谈时，我们当面锣、对面鼓，告他们知晓治学是件苦差事，要耐得寂寞，甘于清贫，这是一生的事业，要他们一开始就有足够的心理准备。在教学上，鉴于戏曲文物研究的特殊性，我们采用的是田野考察和课堂教学相结合的方法。俊杰同志到任以来，每年总要亲自带领研究生下乡四五次去考察。晋南、晋东南的所有重要寺庙和文物点，已基本上考察完毕。所到之处都照相、拓碑、描写建筑概貌、走访当地群众，因而掌握了大量的第一手资料。俊杰同志可谓有胆识、有魄力。他的举措不但抢救了省内遗存的文物，更重要的是拓宽了戏曲文物研究的领域。过去着重于舞台、戏俑、戏雕、壁画，现在已扩大至宗教祭祀、民俗以及文化人类学、戏剧发生学等。路子越走越宽，视野越来越开阔。

戏研所的研究生,在冯、黄二位导师的严格要求下,不仅掌握了考察戏曲文物的方法,诸如拓碑技术,描图丈量、摄像照相等技术,而且由于理论和实践的结合,他们对课堂上讲的东西,掌握得更深刻,学得更扎实。不仅如此,二位导师还要求他们参与研究,撰写文章,所以,本所的研究生,毕业之前,已有文章公诸于世。这就为他们以后的工作和毕业后的职业选择及分配,打下了良好的基础。

戏研所这几年毕业的学生,应该说是高质量的。景李虎作为第一届学生,考上了中山大学获得博士学位后,已就职于广东省政府,现已晋升为省文化厅副厅长。张继红、延保全作为第二届研究生,张继红现已成为山西古籍出版社的主管副社长兼副总编;延保全则继续留所工作,于一九九八年破格晋升为副教授,又于去年年底取得全国艺术科学重点规划项目一项,成为所里的研究中坚。车文明为第四届毕业生,以优异的成绩考上了华东师大的博士生。王廷信虽非本所的硕士生,但曾进修于中国艺术研究院,后又正式考取该院的博士生。他们的导师,都是国内知名的学者。他们今年夏天毕业,学校和所内的领导都十分关注,为他们的工作、生活各方面都做了很好的安排。去年毕业的王宁，一举中的，考上南京大学的博士生。我们希望他学成归来，以壮大所内研究力量。

俊杰同志和竹三同志，除了细心培养人才之外，还十分重视引进人才。我们学校地处临汾，比较偏僻，但只要把工作搞上去，有识之士还是愿意来的。譬如李强同志甘愿放弃新疆维吾尔自治区文联秘书长不当，主动要求到戏研所从事科研和教学，其调入就由于俊杰同志与竹三同志的奔走与努力。曹飞同志原在一中任教，他才思敏捷，事业心强，酷爱戏曲研究，曾给我讲，只要能调到戏研所，让他扫地都心甘情愿，可见其决心。我把这情况向侯校长汇报后，他深表赞许，又经俊杰和竹三两位同志多方努力，曹飞同志也终于调入。王星荣同志原在临汾地区蒲剧院，担任《蒲剧艺术》主编，他兢兢业业，事业心强，在没有经费来源的情况下，把《蒲剧艺术》苦撑到现在。起初调入我校学报，后来侯校长力主调入戏研所，在俊杰同志及时接管的情况下正式来到戏研所，现在从事《中华戏曲》的编辑工作。

这些年来，所内无论是自己培养出的还是新调入的人员，可谓人才济济，建立了老、中、青三结合的人才梯队。学校领导要求戏研所申报博士点，以此审视我们的实力。我看这是大有希望的。其实,从一九九五年以来,我们已然带了美国、日本、澳大利亚、韩国以及台湾地区的博士生。现在韩国的一位博士生正在所里学习。他们都是由于慕戏曲文物研究所之名,经他们的导师推荐来学习的。

最后希望校领导要重视戏研所的发展,制定一些政策,既要考虑到长远利益,也要注意目前的状况,切勿比重失调,本末倒置,要有战略眼光。科教兴国,人才为先,这样才能使一个单位既有凝聚力,又有吸引力。我看侯校长和原来的陶校长就是这方面典范。

话犹未尽,似水流年,岁月无情人有情,唠唠叨叨说不尽。对所内的工作,我希望俊杰同志的步子迈得坚实一些,竹三同志更开拓一些;一如既往地关心年轻人,不论在业务上,还是生活上,为他们排忧解难,使他们尽快地成熟起来。

(《山西师大报》)

"肩担道义心常热"

——马少波老师和我的后半生

一九七〇年,我走出监狱,在山西一家劳改场当了一名就业工人。当时"文革"邪火还在到处狂烧,像我们这样的人,依旧是专政的对象。挣钱少,干活累,生活苦倒是小事,关键是失去人的尊严,受着非人的待遇。红卫兵骂我们是不齿于人类的狗屎堆,个别干部训斥时说:"看人家刘胡兰'生的伟大,死的光荣'。而你们呢?'生的卑鄙,死了也龌龊'。"听了这些话,确实如万箭穿心,深感活得没有意思。

一九七六年,"四人帮"垮台,全国人民欢欣鼓舞,我也感到格外高兴,可有些干部,自以为嗅觉灵敏,便认为是阶级斗争的新动向,遂在一次大会上,理直气壮地宣布:"近来有些人得意忘形,我看你们不要高兴得太早了,形势再好也没有你们的份。"尽管如此,我心中仍存留着一线希望。

一九七七年，一个偶然的机缘得知马少波老师在北京的信息，他曾是我早年在北京辅仁大学中文系的教授，我心中暗自高兴。我想我何不给他写封信呢？于是便背着领导，给老师写了一封信，如实地汇报了我这些年的坎坷经历。但是我绝没有想到老师的回信会来得如此之快。一天下午，管教股的领导，突然找我谈话。一进门便气势汹汹地问我："北京有你什么人？和你是什么关系？你要老实交代！"我一下懵住了，心里着实有点害怕，一时回答不出。只见他把信往桌子上一摔，说："看这是谁给你的信？"我一看信封下面的落款是"中华人民共和国文化部"，括号里面还有个"马"字，我心里顿时明白了，说这是我老师给我的信。只见他板着面孔，半信半疑地说："你还有这样的老师？"我没有去争辩，我能说什么呢？

回到宿舍，我迫不及待地拆开信封，读完老师的来信。信中说二十多年，失去音讯，极为思念，忽接来信，知道你的近况，倍感欣慰。接着说，党中央一举粉碎了"四人帮"，迎来了祖国文艺的春天。鼓励我一定要安心工作，好好学习，"天生我材必有用"，振作精神，迎接未来。老师的信，寓意深刻，话中有话，使我燃起了为生命搏击的希望。

一九七八年,过了春节,我请了几天假,赴京看望老师。久别重逢,老师见到我分外高兴。垂询仔细,慰勉有加,并留我过了礼拜天再回山西,为的是和师母及孩子们见见面。那天老师备家宴款待了我,都是山东名菜。我心里感受到从未有过的温暖。

　　我在北京一共待了三天。老师八十多岁的老母亲,还专门包饺子给我吃。老师对我说:"老人家包的饺子,皮儿薄,馅儿多,是我们的山东口味,你尝尝吧!"走时老师语重心长地说:"你不能总停在那里,不然一辈子就完了,工作问题将来由我设法来解决吧。不过得待以时日,不要着急,回去常给我来信。"临走,他还给我的孩子们带了好多吃的东西。在老师面前,我恢复了人的尊严,我为此而感动,而流泪。

　　一九七九年,我的问题得到了解决,因全家是农村户口,进京有困难。老师遂派了一位处长,带了他给山西省文化局局长刘江同志的亲笔信,请他为我安置工作。刘局长一看信,知我是少波老师的学生,征求我的意见,很快便推荐我到山西师大(当时是山西师院)工作。

　　我于一九八〇年一月正式上班。上班伊始,进京探望老师,他命我搬了椅子,坐在他的对面,和蔼而严肃地教诲:"你到大学里工作是件好事,但一定要钻研业务,搞学

14

问,不然你立不住脚……"说完之后,他便在赠我的笔记本上,信笔疾书了八个大字:"重振旗鼓,再接再厉。"这几个字同样是寓意深刻,激励我抖擞精神,发奋图强,去面对新的未来。

回到师大,我一面拼命工作,一面和几位同道,利用业余时间,从事戏曲文物研究。晋南地区的戏曲文物,可谓得天独厚,地上地下,俯拾皆是,像汉代的乐楼,金元墓葬中的戏剧砖雕,寺庙里的戏剧壁画,以及现存的历史舞台,真是琳琅满目,动人心弦。回来之后一起讨论,撰写文章,很快在国内外,引起强烈的反响。一九八四年,在陶本一校长的大力支持下,经省里批准,成立了戏曲文物研究所。四月建所,九月少波老师便匆匆赶来,受到了省领导、地区领导和校领导的热烈欢迎。当天下午,在校领导为他举办的座谈会上,他向大家生动地阐述了戏曲文物的发展前景,要我们立足临汾,面向全国,放眼世界。现在看来,少波师对我们的希望基本上实现了。十多年来,我们接待了来自全国各地高校的文科研究生,接待了来自日本、美国、英国等十多个国家的专家学者。一九八六年还主持召开了全国性的古代戏曲学术讨论会,一九八七年应邀赴美,作了为时一月的戏曲文物展览,一九九〇年又主持召开了首届国际傩戏学术讨论会。同年十月又被国务院学位办正式批准招收硕士生。一九九五年经过专家论证,省政府批准为第一批省级重点学科。一九九八年又被评为省级科研先进集体。这些成绩的取得,都和少波师的支持是分不开的。

少波师在临汾期间,还特意让我把我的妻子和孩子们叫去,以亲切和蔼的口吻,对我的妻子讲:"这些年来,你跟着窦楷吃了不少苦,现在好了,今后逢到暑假或者寒假,可带上孩子们到北京逛一逛。"我的妻子是农民出身,小学文化,想不到竟然说出这样的话:"我从小受苦,没有什么,是我们连累了老窦,不然人家不回北京了吗?"妻子憨厚老实,待人至诚,她的话使我感动落泪,因为她确实是跟着我吃了不少苦,甚至在当时还让一些人瞧不起,承受着很大的精神压力。

老师在临汾还应邀参加了各项活动,住了七天,临别时,老师跟我讲:"这次来,如能引起领导对你们事业的关怀和重视,当不虚此行。"

一九八五年,学校决定创办一个戏曲学术刊物,少波师欣然答应做我们的顾问,并给刊物命名为《中华戏曲》,亲自挥毫为封面题签。大家一致认为这个名字起得有气派,有水平,含意深,叫得响。创刊不到三年,深得国内外学术界的好评。一九八七年它又升格为中国戏曲学会会刊,成为国家一级刊物。

刊物打响之后,名人佳作,雪片飞来,少波师及时来信告诫我:"既然稿子不成问题,现在主要是如何提高编辑的业务水平,只有这样,刊物才会办得有声有色。"老师的话,犹如警钟,敲得及时,击中要害,因为他深知我荒疏多年,一下子肩负这样一个重任,是存在不少困难的。

一九九三年,我被评为享受国务院特殊津贴的有突出贡献的专家,又是所里的研究生导师,老师获悉,欣慰异常,遂寄一幅狂草赐我。诗曰:"忆昔辅仁君负笈,无言桃李已成蹊。钩绿致远尧乡秀,绚丽秋光犹可期。"诗中既是对我成绩的肯定,又在勉励我不断进取,真是体察细微,关怀备至,我为有这样的名师而深感自豪。可以这么说,少波师给我的后半生注入了失去弥久的青春和活力,使我重新体会到生命的价值和人生百味。

老师有首自寿诗,内有"肩担道义心常热,目藐浮名意自平"句,我谨以老师诗句为题,以承师志。

(《刻骨铭心的忆念》)

海内存知己
——挚友龚和德

在中国历史上流传着许多动人的脍炙人口的友情故事。如刘、关、张桃园三结义,俞伯牙摔琴谢知音,患难与共的管仲与鲍叔牙。这些故事都以真挚的友情,高尚的节操,荡涤着人们的心灵,影响着一代又一代人,成为东方的传统美德,人类的精神财富。但令我颇感自豪的是,在我的生活中也有一位值得一书的"知音"——他就是龚和德。

我和龚和德同志是一九五四年相识的。当时我在中国实验京剧团任教,他那年从上海戏剧学院毕业分配来剧团工作。我们年轻、率直。我长他一岁,他称我为兄,我唤他为弟,直到如今。由于我们有着共同的理想,共同的追求,所以一拍即合,相见恨晚,很快便成知己了。和德学的是舞美专业,但他涉猎甚广,基础扎实,思想敏锐,学习勤奋,工作不久,便写了一篇纵谈舞美现状的宏文,发表在《戏剧报》上,获得了好评,受到了张庚同志的赏识,所以不久便调到中国戏曲研究院。

对和德来说,可谓双喜临门。为了庆贺这两件对他一生有影响的好事,他在一个礼拜天请我和沈蕙萱同学在一家饭馆共餐,这时我们举杯互敬,畅谈未来,共同编织美好的梦。

一九五五年,他和王醒华女士结婚,我送他一部苏联小说《远离莫斯科的地方》。为了建设祖国,甘愿离开首都,到人烟稀少,最艰苦的地方,这就是当时一般青年的人生观和价值观。

可惜时隔不久,我被划作右派,带着委屈和负疚的心情,悄然离开故都,像《远离莫斯科的地方》中的主人公那样,真是到最艰苦的地方去了。从此一别二十多年,渺无音讯,更不用说见面了,但友情之火并未熄灭。

一九七六年"四人帮"垮台。一九七八年,我在《光明日报》上读到他一篇论述舞美的文章,内容之博大精深,文字之凝重老练,使人有"士别三日,刮目相看"之感,不过这可是一别二十年啊!天下虽乱,他仍在前进,不禁使我想起"有志者事竟成"的古谚,我想世界的文明,往往是靠这些人传承的。于是我给他写了信，很快便收到了回信，并给我寄来《中国戏剧通史》上册，对我来说，可谓是雪里送炭。

一九八〇年，我调入山西师大工作。赴京相晤，惊定拭泪，感慨万端。他的第一句话便是："楷兄，多年不见，想不到你吃尽了苦头，大好青春，白白浪费在监狱里，好在往事虽痛，已成过去。我们应振作精神，迎头赶上。我有这样一个意思，请兄考虑，为了今后更好地工作，你可向学校请上两年假，住在我家里，读上两年书……"和德的一段发自肺腑的话语，他的一片真心、诚心、热心，使我十分感动，但是我总是说旷职太久，工作心切，且年已半百，报效祖国的日子不多，不如边干边学，尽量多作点贡献，岂不更好一些。和德执拗不过，只好顺从了我。

以后，我和师大的几位同道，从事戏曲文物研究，他获悉后，兴奋异常。因为他是这方面的专家，他几次不辞辛劳，来师大和我们交谈，传经送宝。有一次夜晚，在学校为他安排的座谈会上，他滔滔不绝，如数家珍似的向我们介绍了黄河流域，山、陕、豫三省的戏曲文物的分布情况，发掘和研究现状，给我以极大的启迪，极大的鼓舞，坚定了我们迎着困难，百折不回的信心。

一九八五年,学校决定创办戏曲学术刊物,少波师为刊物定名为"中华戏曲"。他听了十分高兴,请他当编委,他说义不容辞,并主动为我们邀请张庚、郭汉城这两位戏曲界元老,作《中华戏曲》的顾问。在创刊号上,他热情洋溢地想就了两句话,"振兴中华,繁荣戏曲",请张庚同志大笔一挥,堪称双璧。这两句词妙在,一是把刊物的名称包容在内,二是道出了我们对事业的决心和追求。

一九八七年,中国戏曲学会宣告成立,《中华戏曲》晋升为学会会刊,和师大两家合办,和德遂出任了京方主编。以他的才智和交往,为《中华戏曲》约来了好多海内鲜有的文稿,如梅兰芳一九三五年赴苏演出时,和大戏剧家斯坦尼斯拉夫斯基、丹青柯、布莱希特等的一次座谈会上的发言记录。不论是史料价值还是学术价值,在全国来说实属少见。

在现实社会,一个刊物的知名度,除了靠内容、靠质量,以及信息含量外,宣传亦至关重要。譬如一九八七年在北京召开中国戏曲国际学术讨论会时, 正好在山西晋东南发现了明万历年间的《迎神赛社礼节传簿四十曲宫调》手抄本,我们把它发表在《中华戏曲》第三辑上,带去向大会献礼,立即引起轰动,大会宣布为戏曲界的十件大事之一。这都与和德的精心策划分不开。一九八九年在长春召开的一次讨论新剧种发展趋势的会议上，上午是开幕式，下午专门介绍《中华戏曲》。会议期间和德与薛若琳院长把我向每位代表一一作了介绍。如果说《中华戏曲》在国内外有一定影响的话，是和他的大力宣传分不开的。

和德重事业、重友情，而且把二者结合得尽善尽美。他关心朋友是为了事业，他把友情建立在事业的基础上，因而这种友情，牢固坚实，经得起风浪。而友情又是为了事业，所以友谊得以闪光，永葆青春，焕发出无穷无尽的生命力。

由于我过去的人生坎坷，和工作以后的艰难曲折，他处处体谅我、爱护我、关心我。有了成绩，他不忘鼓励，微有小疵，他婉言批评，是益友，更是诤友。我每次去京定稿，他总是设法派车接我，送我。可是他从家里来时，花甲之年，依旧骑着一辆陈年旧车。他时间观念极强，说定时间，准时不误。一九八九年一道去长春开会，我没有资格享受软卧，上车后，他非把软卧让我不可，我坚决不从，他把汉城和厚生二位老人家请来，硬是把我拉到软席车厢，这时我让他的真诚所折服。

一九九〇年三月，我满六十周岁，学校正式宣布我退休。他于四月上旬在上海参加完周信芳先生九十岁诞辰纪念活动后，下午便偕刘厚生同志乘飞机到太原，当晚又坐车到临汾。翌日早晨，他和厚生同志亲自到我家。厚生同志以七十高龄、全国剧协常务副主席的特殊身份，亲切地和我讲："窦楷同志，听说你退休了，为了《中华戏曲》，我们再合作十年吧。"我如实地跟刘老讲："我有心脏病，恐怕活不了十年了。"刘老动情地说："这样吧，我今年七十了，你刚六十，我把我的阳寿再借你十年如何？"刘老平易近人，一片至诚，为了事业，不惜下顾，实在令人感激莫名。这时和德同志插话了："厚生同志既然说到这里，就什么话都不要再讲了。"我能说什么呢？只是噙着热泪，感到责任的重大，领导的信任和友情的温暖。

现在我已七十高龄，合作十年的诺言已然兑现。这十年让我获益匪浅，也让我深切地体味到知音的难觅和友情的珍贵。

（《刻骨铭心的忆念》）

德高望重的启功先生

启功老师给予人的印象实在是太深了，闭上眼睛就会想起二十世纪五十年代初我在念大学时，每逢元旦茶话会上，老师手持八角鼓，为大家助兴唱单弦的情况，声音徐缓，吐字清晰，神态儒雅，悠然自得，真是一种纯美的艺术享受。

启功老师学识渊博，慈祥谦和，淡泊名利，急公好义，受到全校师生的倾心爱戴。不仅于此，他尤以其书画享誉国内外，全国的文物古迹，旅游胜地，书刊题笺，都以能获得启功的墨宝而感到欣喜和自豪。

启功老师幼年贫寒，未攀高府。二十岁时幸遇史学大师陈垣，以一篇习作而深得大师喜爱，从此拜师陈门，潜心学习，学业日益精进。后来陈垣大师介绍他在辅仁附中教国文，时间不长，该校主任以其未曾毕业来中学任教，将他辞退。陈垣大师遂又介绍他在辅大美术系任助教，也因学历不足而被解聘。但陈垣大师惜其才识，不忍埋没，便索性请他教大学国文。由此追随陈师，深研文史，终于成为当今诗词书画、文史兼备和文物鉴定的全方位专家。

启功老师曾是中国书协主席，现为北师大博士生导师，中国文史馆馆长，中国书协名誉主席。人们大多是以其独特的书法，获悉他的大名的。启功老师不论行草、真楷，都达到了炉火纯青的地步。其行草如行云流水，气势雄奇，挥洒舒畅，神采飞动；其真楷则结构严谨，刚柔相济，圆润清秀，端庄凝重，使观者如赏美景，若品龙井，愈饮愈纯，耐人寻味。更因他博通古今，收鉴百家，故而其书法特别具有学者气质，即人们常说的书卷气。

启功老师不只书艺精湛，而且对书法理论亦造诣极深。他认为学书法，当以墨迹为师，不应以碑刻为法，因碑版是刀刻的，其所反映为刀痕，墨迹是笔写的，体现的是笔法。二者相较，墨迹无疑更能体现艺术之精妙。从而纠正了有清以来，人们过于尚碑的习气。但他并不会完全排斥人们临碑，他要求人们当会辨识刀锋与笔锋，"透过刀锋看笔锋"，通过比较，增长见识，两相获益。启功老师在他《论书札记》里还教人"行书应当楷书写，其位置聚散始不失度。楷书应当行书写，其点划顾盼始不呆板"。这都是治书法一道的经验之谈。近来看到有些草书，狂到使人难以辨认的程度，即使再好，恐怕亦失去书法的本意。草不妨可以草，但不应自行生造，离题太远。

启功老师在中文系多年讲授中国诗词研究。他的《诗文声律论稿》就是这方面的专著。他不只讲诗讲词，而且自己也写诗、写词。他的诗词最大的特色是朴素清新，明白如话，善于将俗语笑谈，引入诗词，妙语连珠，令人忍俊不禁，下面聊举两例，供欣赏：

其一，《鹧鸪天·乘公交车组词》八首，描写人等车上车，挤车下车的心态活动，妙趣横生。先言等车，谓"乘客纷纷一字排，巴头探脑费疑猜，东西南北车多少，不靠咱们这站台"。再言下车，不慎摔了一跤，谓"门有缝，脚无根，四肢着地双眼发昏，行人问我寻何物，近视先生看草根"。似漫画，同时也是对城市交通的一大讽刺。

其二，是他的《自撰墓志铭》：

"中学生，副教授。博不精，专不透。名虽扬，实不够。高不成，低不就。瘫趋左，派曾右。面微圆，皮甚厚。妻已亡，并无后。丧犹新，病照旧。六十六，非不寿。八宝山，渐相凑。计平生，谥曰陋。身与名，一齐臭。"

上三字句，共二十四句，把他一生的经历，遭遇，个人形象,自我评价,身体状况,以及死后的谥称,安葬的地方,用诙谐幽默的手法,绘声绘色,使人如见其人,如闻其声,诚所谓通俗诗之大手笔也。这篇趣文写时,他已是六十六岁的老人了。启功老师盛年划右,老年丧妻,且无子女,但他心胸豁达,怡然乐观,故而如今已八十九高龄,仍然课堂执教,为国培育英才。

启功老师一生热爱祖国,热爱人民,热爱教育事业。一九九〇年,他身携百卷书画,赴香港、新加坡义展,共得一百六十三万元人民币,悉数上缴学校,学校建议为他建一座艺术馆,他拒绝了;又建议以他的名义设立"奖学助学基金",他又拒绝了。他说我个人无所称道,启功之所以有今日,多亏陈垣老师的精心栽培,没有陈垣,就没有启功。经他提议,将一百六十三万元,作为"励耘奖学助学金"之用。因励耘斋曾是陈垣大师的书舍名。启功老师,德高望重,为港澳人士所敬仰,香港企业家霍英东一再有言,启功先生如赴港,一切接待由他安排。可启先生去时,总是找一不起眼的旅馆,悄然住下,唯恐兴师动众打扰人家。二十世纪八十年代,启功老师赴成都出席一个会议,酷暑热天,求书者列成长队。启功老师盛意难却,及至劳累过度,休克昏倒,当下由谷牧副总理护送回京,采取各项保护措施,不要让人随便求书求画。前些年,南方书法大师沙孟海在京举办书展,亲自邀请启先生担任顾问,启先生拱手辞谢,言老朽无用。可《中华戏曲》请他担任顾问,启先生笑笑说,"如认为我有用,就写上吧",因为他一心关爱自己的学生。

这就是我的老师,我一生景仰和崇敬的老师!

（2001 年《山西师大报》）

名师的风范
——记郭预衡老师

一个人在学习的历程上，如能遇到名师的教诲和培养，将是他一生莫大的幸运，而且会终身受益无穷。

我的老师、北师大教授郭预衡先生，以他一百八十万字的《中国散文史》，受到中外学者的推崇。

郭先生是我大学一年级的老师，当时他不过三十多岁，为我们讲授现代文学，并兼写作实习课。一九五三年，我毕业参加工作后，我们仍不断来往。记得有一次我请他去戏校为我的学生讲授杨朔的《三千里江山》，两个小时的课，他以深入浅出的方法，把作品的主题思想、人物性格和艺术风格分析得鞭辟入里，准确精当。听者如坐春风，感到不只是一种爱国主义思想教育，而且是一种美的享受。遗憾的是从一九五七年反右之后，我们有二十三年的时间中断了来往。平反之后，我回到母校见到郭先生，听了我被打成右派的这段不幸的遭遇后，先生以惋惜的心情慰勉有加，鼓励我"往者已矣，来者可追，相信有五年时间，足可以赶上来"。老师的话给我以勇气和力量。一九八四年，在陶本一校长的领导下，山西师院由国家教委正式批准，改为山西师大，全校为之意气风发，一片欢腾。当时适值学校建校二十六周年，为了庆祝校诞，学校决定邀请全国一流学者来做学术报告。中文系一致提出邀请郭预衡教授，陶校长遂把这个任务落实到我头上。说实在话，我当时心里确实没有十分把握，只能告陶校长说"试试看"。后我写信给郭先生，说明校方的意图。先生很快回信，回复说："你请我，我就去。"简短六个字，使我感动得心潮起伏，因为我体会到这六个字的深刻内涵和意蕴。

临到校庆，陶校长要我去北京迎接郭先生，带的钱相当富余，再三嘱咐我："软卧一定要买下铺，去车站时给郭先生雇个小车，饭菜既要有营养，又要适合老年人的口味，不要怕花钱。"到北京后，我先把软卧买好，到走的那一天，我雇了小卧车去接郭先生，先生一看门前停着小卧车，马上表态说，如雇小卧，他就不去了。我再三解释说，这是校长的安排，而且带的钱有富余。郭先生极为严肃地说，有富余难道就应该这样做? 郭先生执意不肯，我只好把小车辞退。我请示郭先生如何去车站,郭先生笑着说,听我的。结果是我尾随他,步行到豁子口,然后乘地铁去车站。在火车上,我们师生二人兴致勃勃地观望车外的风光,过石家庄时已是晚上七点了,我请郭先生到餐车就餐,谁知又遭到拒绝,他马上打开行囊,取出两包方便面,还有一包榨菜,说我们就来这个。一路上先生和我商量,讲什么题目。我听同学们说,唐宋文学比较薄弱,大家意见最多,就讲唐宋吧。郭先生说:"我也不一定讲得好,首先应当考虑,讲过之后,会不会给其他老师带来困难?"我深深地为老师这种处处为人着想的高尚品德所触动。后来商量的结果,老师定了两个题目:一是讲如何治学,是全校性的,不管什么学科都适合;二是讲宋代的散文,这便是他最拿手的学问了。郭先生在讲授时,旁征博引,不拿讲稿,名篇名句,背诵如流,有创见,有定论,充分显示了先生治学之严谨、功底之扎实和名师的风范。

后来我到北师大,见了师兄聂石樵教授,他说:"师弟的面子真大,一封信就把郭先生请到山西了。我们成人守着郭先生,请他给附近的学校作报告,他就不去。我们问他为什么一样的徒弟,两样看待?郭先生说:'你们和窦楷不同,他半生坎坷,新到一个单位,我不去支持他,谁去支持……'"听了师兄的话,我的眼里噙满了泪水,一股暖流,浸透了全身,真是生我者父母,知我者恩师了。

从此以后,我不管到哪里,总是本着以最少的钱,办最多的事。一九八七年应邀出席在北京召开的中国京剧国际学术研讨会,住宿费一天七十元,我一看不得了,遂在北师大附近找了一个旅店,一天四元五角。后来又应邀去安徽贵池出席首届中国傩戏学术研讨会,会议完了,好多代表都顺便去九华山、黄山旅游。我虽然也心动,想两处近在咫尺,以后还不一定有机会再来,但一想到郭先生的言传身教,便心安理得地打道回府了。

去年十月我去看望郭先生,说我应把先生对我的教导写出来,先生十分严肃又谦逊地告诉我:"千万不敢,我这人缺点还不少,譬如在一九五七年时,曾在一次会议上,批判过钟敬文先生,说了很多过头的话,确实不应该啊!"

后来一次我和廷信去北京,一道去拜访先生,适值先生不在家,他儿子正好从美国留学回来,见到我说:"你来得正好,我父亲这两天正在念叨你呢!说好久不来信,不知道你的心脏病好些了没有?你住在哪里,我让我父亲看望你去。"我说千万不敢,改天我再来拜访他吧。

出得门来，我感触很深，我为有这样的老师而高兴和自豪，我更深切地感受到："师徒之情，山高水长，万古长青。"

（2000 年《山西师大报》）

领导者的风范

——记陶本一校长

陶本一同志原任山西师大校长，后调上海师大任副校长，直到如今。

他在时，褒贬不一，议论纷纷，他荣调后，人们突然间发现，他竟是一个值得怀念值得尊敬的人。

有人说他少情寡恩，这只能是一己之见。君不见一九九四年他告别学校时，当时天色阴沉，细雨蒙蒙，办公楼前，人声鼎沸。他伸出手来，噙着满眶热泪，向送行者一一道声珍重。汽车驶出校门，大家扬手示意，直到望不到影儿，才快快回去。

作为一校之长，他关心的是大家，或者谓之集体，但在学校来说，主要是教师和学生。我曾当面看到他向一位主管后勤的领导交代，"以后不论分配什么，首先应当考虑老师，不要忘了你是老师出身"。果然以后在分配住房，

34

以及兴建教授楼,和染料厂合资修建煤气站,无不是从教师的工作和需要出发。陶校长上任之后,还新修起幼儿园,把原临汾七中收归成实验中学,新建了物理楼、化学楼、学生食堂、巨人广场,广栽树木,美化校园。现在的师大教学区,已是杨柳滴翠,绿树成荫了。

陶校长重视外表,注重衣着。他自己风度翩翩,一表人才。但并不奢华,只是整洁、美观、朴素、大方而已。时代不同了,旧社会讲究名士风度,不修边幅,长袍短褂,少年蓄须而谈四书,像于右任、张澜一样,可现在毕竟是二十一世纪了,应当既要注重外表,又要有真才实学,尤其当校长,代表一个学校,外事活动频繁,那就更应该仪表堂堂,举止不凡,有个性,有风度了。

陶校长有坚强的事业心,虽经挫折而不悔,这是三晋大地,人所共知的。他敏于观察,信息灵通,抓住机遇绝不放过。《语文报》和师大的戏曲文物研究所,就是在他既经考虑成熟,便雷厉风行迅速组织申报,并获得成功的。《语文报》至今风行全国,愈办愈好;戏曲文物研究所,享誉海内外,成为国内独一无二的重点学科。大家一致认为,如不是遇上这样一位勇于开拓的校长,那么一所、一报,是很难在小小临汾扎根成荫的。

陶校长为人正派,心地善良,颇具书卷气。到过他家的人,都会有这种感受。高兴时,能开怀大笑,不顺心时,慷慨悲歌,或听听音乐。人们最欣赏的是他的心地善良。一九八四年竞选校长时,对手不少,但个个甘拜下风。原因除了他创办《语文报》的辉煌业绩外,更重要的是他的品格,人们信得过。一位落选者曾当面对我讲,人们嫌他的刀子快。刀子快,意味着容易无意中得罪人。一九九一年八月,我们都在北京,当时听人说祝肇年教授因患癌症住院。祝先生是我们的老朋友了,曾为师大的硕士点出了不少力。陶校长一定要我陪他去医院看望祝先生。不过这种场合无疑心情是沉重的。谁都心里明白,不是重逢,而是诀别。进得病房,祝先生一眼看见,很快下床,他既伤感而又热情地握着陶校长的手说:"陶校长,你是好人,好人的标准就是在大是大非面前,不糊涂,能坚持真理,坚持正义,坚持进步。"祝先生一生为人刚直,曾被划过右派。平反之后,勤勤恳恳,全身心地投入于教学和科研。他是中央戏剧学院戏文系主任,他始终追求真理,古道心肠,能获得祝先生如此嘉许,绝不偶然的。那么这三个坚持,其标准显然也是够高的。

　　陶校长有时比较固执,比较主观,自尊心较强,经他决定的事,即使行不通,亦很难更改。甚至他的同窗好友相劝,也拗不过来。为此,我和他为了工作上的人和事,几度争得面红耳赤,互不相让。忿急之下,当着别人,我甚至还调侃他几句,但事情过后,他依然窦老师长,窦老师短,仿佛和没有发生过一般。有事找他,只要能办,总是想尽办法,力促其成,绝不推诿。这足以说明作为一个领导者,他的心胸是何等豁达和光明磊落。

陶校长个性极强,甚至有点傲气。但主要是对那些不学无术、市侩柔猾的庸懒之辈。而对才气横溢、勇于拼搏、有理想、有志气、有抱负、有追求的人,他却显得格外地温良恭俭让,礼贤下士,关怀备至。爱才者,有时也妒才。历史上的曹孟德就是这号人物。不过这一点和陶校长是绝对无缘的。他对有才学的人,尤其是青年一代,总是尽其所能,破格提升、任用。在他任内,师大有些讲师评职称时,一下晋升为教授者,大有人在,而当时他还没有取得教授职称。先人后己,在当前物欲横流的世风下,实在是难能可贵,难道这种精神不应该弘扬吗?

不过,人,总是难免有这样那样的缺点。人非圣贤,孰能无过。圣贤难道就没有过错吗?因此,孔子才提出圣人之过也,如日月之蚀焉。他还表扬他的弟子,子路闻过则喜,他又说"过则勿惮改"。现在有些领导,大家都喜欢人们恭维、奉承,说好听话,听不得逆耳之言,陶校长也多少犯有此嫌。这也是人们经常议论的,可惜他听不到。听到的往往是些心怀叵测的奉承话,从而受其蛊惑,对一些腐败分子过于心慈手软,这样不免给工作造成一定影响。所以"良药苦口,忠言逆耳"的古训,应当作为每个人的座右铭,尤其是领导。

陶校长在时,大家不以为然,部分人说他的不是,有的人甚至造他的谣,给他写小字报。但蚍蜉撼树,谈何容易,真理依然是真理,陶校长依然是陶校长。去年暑假回来,他风尘仆仆,但精神愉快,虽然平添了几缕银丝,但仍不减当年风采。他没有傲气了,他平易近人。见了谁都说话,碰上人都问好。谁见了他都问好,向他致意,感情是那样真挚,那样自然。他让我陪他到戏曲文物研究所,看到大家在酷热的暑期,不曾休假,而是都在专心致志地校对《六十种曲》评注,一打听,洋洋一千四百万字,他满意地笑了。因为他看到由他亲手栽植的小苗,已经长成参天大树。

侯晋川校长对我的关怀

我和侯校长相识已经十多年了。我对他最深刻的印象就是治学勤奋、工作务实。他是一九七八年从我校数学系毕业的,一九八二年在华东师大获得硕士学位,一九八六年又在复旦大学获得博士学位。当时,侯校长年仅三十二岁,正是风华正茂之时。由于山西师大人才紧缺,他毕业后毅然回校工作,同年,被破格提升为教授。

侯校长主要从事算子理论中与著名的"不变子空间问题"相关的几个问题的研究。在多年的辛勤研究工作中,他取得了优异的成绩。他的许多研究成果都达到了国内领先甚至国际先进水平。现在,他兼任中国科学院数学研究所和西安交通大学的博士生导师。

侯校长不仅在业务上做得出色,在为人上也谦虚谨慎,富有正义感。我与他结识是在一九九〇年炎热的夏天。当时是为了给学校申报硕士点,我们有幸在北京相遇。他代表数学系，我代表戏研所。数学系平安无事，戏研所却遇到了麻烦。后经中央音乐学院老院长赵沨同志、中国艺术研究院老院长郭汉城同志和中央戏剧学院院长徐晓钟同志深入调查，探明了真相，在评审会上仗义执言，才算化险为夷。我当时和侯校长住在一起，经常交换意见。他对戏研所一些不合理的事情义愤填膺，表示回去以后见陶本一校长面谈，争取圆满解决。

回来的第二天，我们一同去给陶校长汇报工作，记得在场的还有罗世彬老师。陶校长为三个硕士点的顺利通过倍感欣慰。侯校长首先向陶校长讲道："堂堂山西师大没有一个硕士点，好不容易申报了，居然还有人持不同意见，实在令人不解，我看领导是有一定责任的。"陶校长是位自尊心极强的人，听了这番话难以接受。我遂列述近些年所里发生的诸多事情，他才不再说什么。陶校长马上问我今后怎么办？我当即向他建议，第一，确定由谁来带研究生；第二，立即调冯俊杰同志来担任戏研所副所长，协助黄竹三同志工作；第三，把新毕业的研究生留下来。后来，这几项建议被陶校长采纳了。不久，所里的工作便开始走向正轨。关键时刻见真情，如果说戏研所有今天这样一个良好的发展局面的话，那是与侯校长见义勇为、一言九鼎的直言密切相关的。

侯晋川同志走上校长岗位后,我们请他担任《中华戏曲》的名誉主编。他十分谦虚,一再推辞,说自己是外行。后来我们说明这主要是为了争取他的支持,他笑了笑,才答应下来。侯校长说到做到,不久便把《中华戏曲》的经费纳入学校的财政预算。从此,大家一心办刊,不再为经费问题担忧了。

俊杰同志担任戏研所副所长后,抓教学、抓科研,不断下去进行田野考察,还亲自抓所里的日常工作。黄竹三同志忙于所里的科研项目。大家干得热火朝天。我是所里的顾问,为此,所里有些事,两位所长便要我去向校长请示。有两件事最使我感动。一件是《中华戏曲》的顾问、当代著名戏剧家马少波先生过八十寿诞,我们拟请美术系袁有根先生画一幅山水画相赠。但因袁老师很忙,我们与他的交往也不深,故担心他不会应承。我到校长办公室向秘书说明来意,秘书说这样的事侯校长没时间去办。正说话间,侯校长进来,他当即对秘书说,这事应该由我来办。他立即给袁老师打通电话商量,袁老师爽快地答应了。还有一次,黄、冯两位所长要我去见侯校长。我于翌日八时登上办公楼二层,正好碰见侯校长。他问我有事吗?我说明了来意，他看我年迈苍苍、不顾疲劳，成天为所里的事情忙碌，说："我实在不忍心让您爬楼，您回去通知一下，让黄老师、冯老师明早八点去所里，我也去，有什么事一起解决吧。"第二天，侯校长按时来到所里，大家一同把好多事摆在桌面上，干净利落地解决了。

侯校长办事谨慎，从谏如流，只要说得有道理，对工作有好处，他总是尽可能满足你的要求。诸如调王星荣、曹飞同志进戏研所工作，延保全同志爱人的调动，博士生回校工作住房问题等，都是他拍板办理的。侯校长十分重视人才，我有一次对他讲，当今人才竞争十分激烈，我校也应对急需的人才做出一些承诺。他当即表示，外边给什么条件，我们也给什么条件。并制订了一套引进人才、留住人才的办法。说实话，我校地处偏僻，经济实力薄弱，在财政十分紧缺的情况下，能有一套明确的吸引人才的办法，已经颇不容易了。由此，我看到山西师大的未来和希望。

生命有限，事业无穷，去年我向学校提出不再返聘。我见到侯校长说，从此我要彻底退休了。侯校长满怀深情地告诉我："窦老师，您还没有退休，您不是还在我们学校吗?"他的话语重心长，令我感动。退休后，我总想在有生之年写点回忆性的文章。一个人的一生总是有得有失、功过并存，尤其是我曾经历过那个充满阶级斗争的年代，经历沧桑、饱餐忧患，把自己亲身感受过的事写下来，前事不忘，后事之师，对人对己都不无益处。去年临退休之时，我写了《似水流年话别情》一文。侯校长看到后，亲笔撰写了按语，交给师大校报发表。他在按语中对我给戏研所的点滴贡献充分肯定，令我汗颜。我觉得这都是我自己应该做的，只因能力有限，没能把失去的二十三年时光夺回来。

侯校长小时候也有一段不愉快的往事，但他乐观、自信，能正确对待。他曾不无感慨地对我讲："一个人在年轻的时候吃点苦头不要紧，受点累，也没关系。我小时候在农村什么活都干过，这对我人生也是一种锻炼，有好处。但不敢像您那样，那样会耽误人的一生的。"他的话实事求是，既有慰勉，又有惋惜，使人感到十足的人情味。

幸会赵雨亭老人

赵雨亭老人很早就参加了革命，可以称得上是真正的老革命。提起他，人们应该不很陌生。他是平定人，作为同乡的我，有幸和他见过几面。

我和老人最早相识是在一九九一年。记得那年秋天，中秋刚过，我正在山西师大戏剧所翻阅资料，突然看到武伯琴书记陪着两位老人走上楼来。武书记向我介绍，这是赵雨亭和他的老伴，今天特来参观咱们的戏曲文物陈列室，请你给老人讲一讲吧。于是我放下手头的工作，耐心地陪着两位老人作了循序观摩。从一室的秦、汉、唐乐舞到宋元杂剧，到二室明清传奇和地方戏，再到三室的傩戏和傩文化。边看边讲，老人听得颇有兴致，对中国古代文化赞叹不已。参观完了，回到办公室，我给二位老人沏了两杯茶，随便交谈起来。赵老问我是什么地方人，我说是平定人。两位老人一听，眼睛一亮，愈发高兴起来，说平定历来出人才，想不到你是这方面的专家。我说不敢，十分惭愧。赵老告我，他和老伴也都是平定人，乡里乡亲，以后到太原千万到家里做客。家就在迎泽桥北面，汾东公寓三号。我向赵老夫妇深表谢意。临走时，我赠送了老人一套《中华戏曲》，老人欣然接受。一九九四年，我从北京回来，返回平定，正好在平定宾馆和赵老相遇，他热情地向陪他的县委领导作了介绍，说这位是山西师大的老师，戏曲文物专家，咱们平定人。我遂抓住这个机会，向赵老汇报了我在平定看到的新发现的宋墓壁画和金墓壁画的情况，并评价其价值所在，希望县委拨款，妥善保管，赵老当面向县委领导作了交代。遗憾的是，据我所知，金墓壁画，迄今依然尘封地下，宋墓壁画的人物图像，已然褪色，实在令人可惜。

一九九五年，我因公去太原，一天上午，我专程去汾东公寓拜谒赵老。赵老夫妇十分热情地接待了我，并详细地垂询了我的工作情况、家庭情况。临行，赵老把我送出门外，顺便问我今年贵庚，我告以六十五岁了，赵老听后哈哈大笑，说自己今年七十八岁，不满七十岁的都是小娃娃，充分显示出老人的乐观和自信。

今年六月下旬，为了平定中学的三段连接事，即把七七事变前，日伪时期，新中国成立后的平定中学连贯起来，我由小女凤梧相陪去太原，征求赵老的意见。头天晚上，我向赵老打电话相约，赵老欣然同意，并约好第二天在家等我。翌日，小女陪我八点左右到达汾东公寓，走进屋门，赵老夫妇早已在客厅相候了。他邀我们入座，夫人遂给我们端来两杯清茶，我不敢耽误时间，马上向赵老汇报了一九九七年，在平定召集的日伪时期平中老同学聚会的情况，并向他表示，与会同学迫切希望把平定中学三个阶段尽快地接连起来，其内涵丰富，意义重大，一来可以看到平定中学的整体形象，二来可以看到她哺育人才的光辉业绩，缅怀既往，展望未来，策励后进；三来为她二○○三年的百年校庆打好基础，那时我们老中青三代人，欢聚一堂，共话百年沧桑，共同筹划未来，当是人世间一大快事。赵老听后，满面春风，深表赞许。说他早有此意，只是个别老同志持不同看法。其实日伪时期，你们还都是小娃娃，新中国成立那年，刚上大学，毕业后，逢到盛世，都是新中国建设人才。这几年北大、清华，还有太原的五中，临汾的一中，不都举办了百周年、九十五周年校庆活动了吗？它们不也都存在事变前、日伪、新中国成立后三个阶段的问题吗？赵老特别强调，看问题一定要客观，实事求是,要用历史唯物主义的观点分析事物。就拿我们来说,是七七事变前平中的学生,可在我们当中,参加革命的有之,如王谦、池必卿、周璧、王庭栋和我,可是也有的人参加了国民党,还有的人当了汉奸。这是环境使然,时代使然,当然更为主要的是他自己的阶级出身、人生观、世界观等所决定的。而你们就很少存在那样的问题,因为你们年纪还小。

我又向赵老谈起在日伪时期平定中学的筹建过程。当时日本人只允许雁门道成立一个中学,相当于现在的一个地区或行署,其用心可想而知。可为什么情有独钟,要在平定建校,这多亏当时的日伪省长冯司直,关键时刻,能力所及,平定人总归是向着平定人。这一下不要紧,近水楼台,无形之中为平定多培养了许多人才。倾一个专区的财力、物力,而真正受益的是平定。赵老说,冯司直虽说当了汉奸,可他一生也还是做了些好事的,据说一九三五年,他担任国民师范校长,就曾保护过不少进步学生。由此可以看出赵老分析问题的客观和实事求是。

看看时针已指向十点,深恐谈得时间过长,影响老人健康,遂向赵老告辞。而两位老人仍然有点依依不舍。赵老已事先准备好送我两本书,并当面亲自署名惠赠。一本是《人生道路的抉择》，主要谈赵老参加革命前后各个时期的思想转变。赵老谦逊地对我讲："我的一生，不断地学习马克思主义，不断地犯错误，同时不断地改正错误。"真诚坦率，充分地展现了一个革命者的胸怀。另一本书是由赵老作序的《古州平定》，由太钢的一位退休老工人刘象乾编写。作者是平定城内三道后街人，初小文化，但他热爱平定，热爱家乡，用六年时间，走访群众，查阅资料，终于完成了这本纪实性的反映平定方方面面的书。赵老动情地说，这需要多么大的毅力啊！为此，我亲自为他作序。赵老借此敦促我，你有文化，又能写作，家乡可写的东西太多了，你应当多写。我随即向赵老保证"一定"。赵老欣然点头，脸上露出满意的笑容。

我们走时，赵老夫妇一直把我们送至小院门外，挥手示意，并告我十月份他将回平定，和平定有关人士商量平定中学的事，而这也正是我此行的目的。

（《平定报》）

老圃育新蕾　无私做奉献
——刘乃崇、蒋健兰二位老师在临汾讲学见闻

　　我和乃崇老师，早在二十世纪五十年代初期便相识了。那时我在中国戏校任教，他在《戏剧报》任编辑，因为住得不远，所以经常有见面的机会。

　　不过那时我只有二十三岁，刚由北师大毕业，而乃崇老师已是颇负盛名的编辑了。从年龄来讲，乃崇老师长我十多岁，我和他应是两代人了，但他为人至诚，从不以长者自居，所以我们都愿意和他交往。

　　在我的记忆里，他每次到戏校，不是看同学练功，就是晚上看彩排。他热爱戏曲，热爱演员，和戏曲、和演员早就结下了不解之缘。

　　经过十年动乱，祖国的戏曲，遭受了不应有的浩劫和摧残，好多戏曲工作者，有的饮恨长逝，有的含冤受屈，有的饱经沧桑，但一九八二年，我在临汾重逢乃崇老师，虽

49

然他两鬓已染秋霜,但对戏曲的感情,却仍是那样深沉,那样炽烈,我想这就是他这些年来一直为戏曲的兴衰奋斗不息的原因。

一

一九八三年,临汾蒲剧院青年蒲剧团赴京演出,以它全新的阵容,青春的活力,精彩的剧目,精湛的演技,一举而轰动京师,赢得了首都观众的青睐,博得了许多新老艺术家的好评。在那次演出当中,有两位后起之秀——任跟心和郭泽民,荣获全国首届梅花奖。这是一个了不起的成就啊!正当大家对戏曲的未来普遍感到忧虑,对演员的后继乏人忧心忡忡的时候,突然这批意想不到的新秀冒了出来,人们绝没有想到传统戏曲被"四人帮"指控为封建毒草,禁锢十年之后,竟然会在临汾这个偏僻的山城破土而出,这简直是人间奇迹啊!真是"野火烧不尽,春风吹又生"!从而坚定了人们的信念,中国戏曲犹如这个古老的民族,是永远不会衰亡的。

但是我们不要忘了,是谁把这颗破土而出的明珠推荐给首都观众的呢?其中乃崇老师和健兰老师是立下汗马功劳的。首先是他们二位独具慧眼,称得起是善于相马的伯乐,没有他们,蒲剧的新秀是很难一时被人赏识的。无怪跟心、泽民、彩彩出于对二位老师引育之情,买了一块精美的镜框,亲自署名,高悬在二位老师的里屋门上,我想,看来是一块小小的匾额,可其中寄寓着孩子们的一片至情啊!

那次演出之后,所有在京的老艺术家,像周扬、曹禺、张庚、阿甲、马少波、郭汉城等同志,以他们多年从事戏剧艺术的高瞻远见,一致提出今后蒲剧青年团一项更为严峻的任务——即如何尽快地提高演员的文化素质。因为谁都看得清楚,就蒲剧青年的艺术水平,在国内来说,也算是佼佼者了,但要想更上一层楼,必须有待于文化水平的提高,尤其是那些尖子演员。

总的来说,蒲剧青年团那次在京的演出,所取得的荣誉是令人振奋的,因为埋在土层深处的一颗明珠蓦地被人发现了,但同时也背上了沉重的包袱,那就是如何提高演员的文化素质,因为这关系着一个剧团的发展,关系着一个剧种的存亡,关系着民族戏曲的兴衰。

二

别人不知道,反正我晓得赵乙同志为这件事是动了脑子费了心思的。他曾经和我说过,不管谁,只要能把我们演员的文化提高,那么多花一倍两倍的工资都在所不惜。这说明了一个领导的决心和气度。可是话又说回来,这样的老师在临汾是不易找到的。因为给演员讲课必须是有较高的文化素养,又得精通戏曲业务,还得要有丰富的教学经验。赵乙同志曾让我推荐,而我只是感于责任重大,却无能为力。

不过世上的事往往会不期而遇的。说句迷信话,也可能是蒲剧青年演员的造化。正当蒲剧院为这件事深感头痛的时候,乃崇老师和健兰老师,一个以年逾古稀,一个以花甲之年双双退休了。退休后应当做些什么,或者说退休前要做些什么?在当今世道,可是人心不同,各异其趣啊!如有些老干部,临退休前,总还要千方百计,寻找借口,给自己捞一出国的机会,美其名曰考察,实际上是旅游。哪管国家外汇如何紧张,反正个人合适了算。还有的退休之后,饱食终日,无所用心,游手好闲,虚度时光。也有的喝酒吃肉,提笼架鸟,持枪射猎,以娱晚年。而乃崇、健兰老师他们考虑的却另是一个天地,另是一种境界。他们决定以有生之年,把主要精力放在为青年演员撒播文化的种子,使他们早日发芽开花结果,于是他们选定临汾蒲剧院青年剧团这块沃野。去年六月我在北京开会，专程拜访了他们。一进门乃崇老师和健兰老师不顾夏季的酷热，都正戴着深度的花镜，专心致志地伏案撰文。我带着十分的歉意，轻声地呼唤刘、蒋二位老师。他们闻声而起立即热情地邀我坐下。并给我沏了一杯茶。于是我们便攀谈起来了。为了少影响他们的工作，我遂开门见山，说明这次来是想了解一下二老在临汾为青年团讲学的情况。二老听了十分诚恳而又谦虚地对我讲，说他们去临汾讲学主要是一种尝试，看用什么样的教材，用什么样的方法，方能尽快提高青年演员的文化水平。讲这番话时，二老的神情、语气都给人一种刻不容缓的紧迫感。我实在为他们这种年老雄心在，立志于四方的豪情壮志所感动。

二老接着对我讲了粉碎"四人帮"后，他们最担心的是戏曲艺术后继乏人，事实上好些地方，已经出现这种情况，可谁都没有想到临汾却能出人意外地培养出一批品艺俱佳的新秀，这怎能不令人兴奋呢？他们说在临汾、在首都几经观看孩子们的戏，觉得一个个都那样纯朴，那样认真，如果现在能抓紧时机，勤于灌溉，施之以文化，无疑将来都是传播祖国戏曲文化优秀的使者。由于二老对青年演员有深情厚爱，才不远千里，把古平阳作为他们的试

53

点,来为青年们耕云播雨,讲授文化。

二老告我他们初步计划用三年时间,授课三百个小时,每年抽出三个月来临汾为演员们讲课,力争以最短的时间,最快的速度和最佳的效果提高演员们的文化水平。到目前为止,二老已经两次来临汾,完成三分之二的讲课任务了。

为青年演员讲课,我是有体会的,这是一项比较艰巨而又复杂的工作。就全国来讲,一般戏曲演员都不太重视文化,认为没有文化一样能登台演戏。其次文化、业务并举,由于业务繁重,孩子们往往顾此失彼。另外文化水平参差不齐,如果细分,从小学到中学各种年级都有,且兴趣亦不尽相同, 所以如何才能把他们学文化的积极性调动起来,这恐怕是首先应当解决的。

健兰老师从事教育工作,数十年于兹,她在这方面是最有经验的。所以一开始她和乃崇老师做了大量的细致的调查研究工作。他们一到临汾, 便和演员们生活在一起,演员下乡,他们也随着下乡,演员排戏,他们也跟着看排戏,日子长了,彼此都熟了,他们更了解演员,演员也便把他们当作自己的亲人。于是推心置腹,无所不谈。这样他们不仅了解了每个演员实际的文化水平、接受能力以至兴趣爱好，而且知道了存在于演员头脑中的各式各样的思想问题。有一个青年演员感到学戏演戏没前途，想要改行，二老知道后便对他进行了耐心的教育，他的疑虑打消了，认识到了前途，信心也增强了。从此以后，他安心学戏，而且肯于吃苦钻研，所以提高得挺快。

戏曲学校的教材，就全国来说，新中国成立三十多年了始终没有认真解决好，大都采用的是社会普通学校的教材。张冠李戴，适应性差，戏校毕业的学生，其文化总是不能直接有助于他们的业务，我看这是一个很重要的因素。

为此，刘、蒋二位老师在教材的编选上是花了很大工夫，倾注了大量心血的。他们从三方面入手：一是演员的职业特征和所在剧团的实际情况；二是演员的年龄特征、文化水平；三是总结各地的和前人的经验。他们考虑中国戏曲大都还是以演历史剧为主，戏曲又是一门诗词、小说、唱、念、做、打无所不包的综合艺术，于是便决定历史要讲，古代的诗词歌赋以至小说散文也要讲，一般的文艺理论，戏曲常识更需要讲。但由于时间的限制，不可能像其他艺专那样分门别类地讲，只能根据教材，各有侧重，重点突出，全面介绍。譬如讲白居易的《长恨歌》，自然要介绍唐代的历史文化,要讲唐明皇,讲杨贵妃,讲唐诗,讲与《长恨歌》有关的戏曲小说,并分析作品的思想内容及艺术特征。这样一下子便把好多有关戏曲的知识传授给演员了。

刘、蒋二位老师这种坚持不渝、精心育人的精神,在临汾蒲剧界是家喻户晓的,所有领导干部和全体青年演员,一提到刘、蒋二位老师讲课,无不交口称赞,都说他们的教材内容选得非常切合实际,非常适合青年演员的需要。讲课时既做到旁征博引,又能深入浅出,处处结合了专业,使听者感到有趣。不但提高了演员的文化,而且丰富了他们的各项知识。

人们常说:"好的课堂教学,本身就是一种艺术。"刘、蒋二位老师讲课,不只青年演员们很爱听,文化高的喜欢听,文化差的也愿意听。为什么?用一位青年演员朴实的语言来回答:"它确实使人长进啊!"

有一次下午六点,我去蒲剧院,天已近黄昏了,演员们正在忙着用晚餐,我问他们吃过饭干什么,他们说蒋老师讲《长恨歌》。话音未落,活泼玲珑的赵芙丽主动向我介绍,蒋老师讲课如何细致,如何生动,对他们演员演戏体会人物,帮助可大了。正说时跟心同志也进来了,我看她似有点着急,原来是因有排戏活动,不能听蒋老师讲课因而有点沮丧,有点惋惜。二位老师讲课就这样像磁石一样吸引着青年人的心。

经过刘、蒋二位老师两次来临汾讲课,只用了二百个小时,青年们的文化水平确实提高了。刘、蒋二位老师不仅注意提高演员的文化知识水平,而且还注意提高他们的写作能力。去年五月刘、蒋老师离开临汾时给他们布置了两个小时的习作课,题目是"我的老师",结果演员们都按时完成了。有的竟然在短短两小时内写了一千六百字,而且内容亲切生动,语言亦优美流畅。如王小丽写的《我的老师姚恩普》就是较为出色的一篇散文,发表在一九八七年《蒲剧艺术》第三期上。她满怀激情,用礼赞的言调描绘了老师对她的教诲和关心,写的具体、贴切、生动、感人,给人留下了深刻的印象。在京时,刘、蒋二位老师还向我提起过这件事,说那次写作是成功的。面对刘、蒋二位老师,我不禁想起唐代伟大诗人杜甫的《春夜喜雨》诗来:"好雨知时节,当春乃发生。随风潜入夜,润物细无声。"刘、蒋二位老师就犹如喜人的春雨,正当万物复苏急待甘霖的时候,他们不声不响地油然而至了。他们并不想让任何人知道。也许有些人还不稀罕这样的工作,认为既然退休了,做点什么不比这强呢?况且又不多拿一文钱。这些世俗短视囿于小我的人自然不会理解一个革命者的胸襟。所谓"老骥伏枥,志在千里",只有忠诚于戏曲事业的人,才能不顾年老休衰,不远千里,来到临汾,为这些戏苑新苗广播春雨。

赵乙同志还向我介绍,这两位老人确实是德高望重,帮了蒲剧院的大忙。如健兰老师除了日常授课,还给大家治病呢。她的针灸是很拿手的,一回到北京便坐堂应诊。在蒲剧院,她的讲课任务是十分繁重的,虽说她是老教师,可她并不凭老经验办事,每次上课都准备得十分认真充实,而且还要为演员们批改作业。尽管如此,不管谁有病求她,她总是有求必应。青年剧团的保平同志向我满口称誉地说,二老对青年演员可真是一片赤诚,关怀备至。刘、蒋二位老人对演员事无巨细,都要亲自过问,从练功、演出、排戏、学文化,以至日常生活,没有他们不知道的,他们对青年演员的思想,可谓之明察秋毫,了如指掌。二位老人在临汾,不仅提高了演员们的文化水平,开阔了他们的视野,丰富了他们的知识,而且还给演员们做了大量的思想工作。他们是既教书,又育人。他们不图名,不图利,不要任何报酬,退休了,放着北京的清福不享,还要不辞辛苦,千里迢迢来临汾为青年演员们授业解惑。在我们国家,退休的干部成千上万,可像刘、蒋老师这样高风亮节,勇于奉献的人却是凤毛麟角啊!

祝刘、蒋二位老师健康长寿,事事如意。

(《蒲剧艺术》)

胜似亲母

　　我的生母在我四岁时,便因病不幸早逝了。有人说因我命硬克死的,我并不知道其中含意,只是从小失去母爱在我的心灵上留下了巨大的创伤,我羡慕别的孩子,有母亲的庇护,我渴望得到母爱!

　　物换星移,时序更迭,在我十二岁那年,父亲为我娶来一位年轻美貌的妈妈。我当时心里格外高兴,因为我的起居、饮食、穿戴总算有人照顾了。不过也有人当着我的面说,不要高兴得太早了,人常说:"有了后娘,便有了后爹。"我笑了,不以为然。因为我觉得这位新来的妈妈,性格温柔,心地善良,待我像亲生儿子一样,而爸爸对我则更加亲昵,生怕由于继母的到来而挫伤了我的自尊心。

　　翌年,母亲为我生了一位小妹妹。妹妹刚一出生,奶不够吃,当时我正在城里读书,于是我每天放学,总要为妹妹捎一磅羊奶回来。三年如一日,风雨无阻,即便是礼拜天,也要专程去取。妹妹吃得又白又胖,活泼可爱,左右邻舍,无不夸赞。从而愈发加深我们母子间的理解与情谊。

第四个年头,妈妈又为我生了个小妹妹。二妹运气好,一生下来奶就够吃,胖胖的,谁见谁爱,都管她叫"老胖"。我也十分爱她。全家其乐融融。可是好景不长,就在日寇投降的那一年——一九四五年,可怕的伤寒症,像洪水一样在全村蔓延,可怜的爸爸未能幸免,得病只有短短的十三天,便溘然长逝,离我们而去。

当时,我们一家四口,沉浸在无比的悲痛之中。父亲的故去,就像一座靠山突然间坍塌,真是叫天天不应,呼地地不灵。孤儿寡母,今后的日子可怎么过啊!难道真像人们所说,我的命硬,竟连唯一的亲人爸爸也克掉了吗?如果真是那样,远不胜我替爸爸死了,不至于让两个妹妹从小失去了父爱,因为我爱妈妈,也更爱我的妹妹。

爸爸和妈妈虽然结婚的日子不长,只有五年,但他们的感情是十分深厚的。妈妈勤快厚道,精明强干,爸爸老成持重,为人谦和,不管什么事,总是商量合计,互尊互敬,以过好日子为原则,真有点像古代的梁鸿与孟光,让人称羡,遗憾的是一对恩爱夫妻却不能长久,一个先另一个而去,这是为什么呢?

一九四六年,初中毕业后的我,幸有姑父的资助,去北京考取了高中,让人担心的是妈妈和妹妹怎么办?后来妈妈带着妹妹回到了外公家。但外公家也是人口多,并不宽裕,且妈妈年龄还不满三十岁,就是外公不说什么,总不能老寄人篱下过日子,于是经人介绍,妈妈和车站的一位工人结婚了,婚后生了一位小弟弟。

一九五三年,我大学毕业,有了一份工作,多少能接济一点家里,日子也就好过多了。那时一年一度的春节我都要回家里过,为的是和妈妈妹妹过个团圆年,一享天伦之乐趣。

但天有不测风云,一九五七年,反右的急风暴雨,又使一些心地纯洁善良,而敢于直言的知识分子陷入了难以想象的灾难。就我的为人和个性,在当时党动员人们知无不言、言无不尽的历史条件下,明知不对、少说为佳是完全不可能的。两张大字报,鸣放会上一通发言,导致了我一生坎坷的命运。

一九六〇年,正当三年自然灾害,我被关进了我们自己的监狱。绝望、委屈、冷漠、痛苦,像倾盆冷水,泼得我万念俱灰。我不想连累自己的亲人,让慈祥的妈妈和可怜的妹妹为我而挨批斗，惟愿在监狱里望着苍天默默地无声无息地死去。可是做梦也没有想到在一个朔风凛冽的严冬，妈妈来信了，是她亲自口述，由妹妹落笔的。妹妹在信中说："妈妈让我告诉你，人虽不在窦家了，但心仍属于窦家。""妈妈还嘱咐我们姐妹俩，以前跟哥哥亲，现在更应跟哥哥亲。"我读后真是百感交集，泪如涌泉，这时我才真正尝到母爱的甘甜和伟大。回想在那个"阶级斗争一抓就灵"的年代，在我同类人当中，脱离家庭关系者有之，夫妻离婚者有之，而妈妈却不避嫌疑，不畏迫害，硬是托亲访友，寻找到我的下落，尤其让人刻骨铭心的是当时正值国家遭受三年自然灾害，人们缺衣少食，为了维持家计，妈妈给一家食堂做饭，每月所得无几，而她却要省下来为我寄去，如此一直到我刑满释放。两个妹妹在妈妈的耳濡目染下，对自己唯一的亲哥哥，更是牵肠挂肚时刻思念。正是母爱和骨肉的血缘，唤起了我生的愿望，给了我活下去的勇气。

一九七〇年，我从监狱出来，在曲沃一个劳改单位留厂就业。那时"文革"的邪火，仍在各地蔓燃，狂烧。我们这些人，仍然受着变相的管制，说是恢复自由了，而出入还得签到，书信还得受检，外出也得请假，且须持单位证明，证明你是劳改就业人员，通知各地，对我们的政策是犯了再捕，捕了再判。我的天，看看这张证明，就哪里都没心思去了。

我是一九七二年回的家。回到家里妈妈见到我又悲又喜。她摘去我的帽子，一看儿时浓密的黑发，如今竟稀疏脱落的所剩无几了，妈妈顿时伤心得老泪横流，她诅咒岁月的无情，她诅咒世道的不平，竟把自己的儿子摧残成这样！因为她了解自己的儿子，从小憨厚率直，不会耍心眼儿，虽在缧绁实在不是他的罪过。这时，又是妈妈的泪花和一片爱心熨平了我心灵的创伤。

从此，每到春节，妈妈便敦促两个妹妹写信，催我回家过年。回到家里，妈妈让我单住一间屋子，又是炕火，又是炉子，其暖如春。睡觉前，妈妈为我炕头前摆满了各样食品，任我选吃。弟弟当时在省歌舞团工作，文艺单位，愈是逢年过节，愈是忙得不可开交，有一年，他也回来了，因为当时细粮有限，妈妈硬是让弟弟吃高粱面，让我吃白面，我心里实在过意不去，但妈妈的理由是哥哥年纪大，在工厂里活儿苦、活儿累，理应特殊照顾，而弟弟也深明大义，疼惜哥哥，心甘情愿。就这样，每过春节，我总要在家里住半个月。由于母亲的细心照顾，弟妹们的骨肉情怀,使我这个漂泊半生,受尽沧桑的游子,重新获得了家庭的温馨。过了正月十五,在我离家返厂时,大妹、二妹全家和妈妈总是一齐往车站送行。妈妈千叮万嘱:要常给家里写信,挣钱不要省,全吃了,小心自己的身子,晚上多休息,少看书……真是道不完的离情说不完的别意。当一声汽笛响起,一股浓烟散开,车身徐徐蠕动的时候,送行的妹妹和外甥们望着我掩面而泣,妈妈则哭得最厉害,以至不敢再抬头望我一眼。我的眼泪也在眼眶中打转,我的心灵在随着车身颤动,我真想大声呼喊:这就是母爱啊! 人世间最纯洁、最神圣、最伟大的爱。

现在妈妈依然健在,我也年近古稀,但是坦诚、真挚的母子之情,非但没有减色,相反随着日月的递增,愈发显得光彩夺目,浓郁而纯真。我珍惜有这样一个母亲,也珍惜母亲赐给我的那份"母爱"。

(《"母恩难忘"》征文)

骨肉情深

    爸爸病逝的那年,我只有十六岁,大妹刚满五岁,但她已经很懂事了,她似乎已经明白爸爸的死是一件无可挽回的事情,所以望着爸爸的遗容,她号啕不已,谁都劝不住,嘴里一股劲在说:"我再没有爸爸了。"尤其是出殡的那一天,我们都披麻戴孝,拖着灵布,拽着灵车缓缓行走,这将是和爸爸最后的告别了,妈妈捶胸顿足,我更是撕心裂肺,妹妹大声哭喊:"我不要爸爸走,我要爸爸回来!"两旁的观者,无不为之动容,好多人掩面抽泣。送走了爸爸,回到家里,感到屋内空荡荡的。唯有桌上爸爸的遗像,依然是和蔼可亲,但此时此刻,睹物思人,我们感到的却是痛苦和失落,彷徨和惆怅,更感到失去擎天柱后的无依无靠。

    妈妈是我的继母,她虽然年轻,但家庭的重担,竟无情地压在她的肩上了。她责无旁贷,怀里抱着二妹,真情地对我和大妹讲,你爸爸只留下你们兄妹三个,不管遇到什么困难,都要相依为命,共度时艰啊!

爸爸离去后,家里面临的首要问题,便是我的升学。可家乡没有高中怎么办?幸好这时姑父伸出救援之手,答应送我去北京念高中。妈妈表示同意,她说我们家只有这个男孩子,家里的未来全指望他了,不念书,怎么行?妈妈虽是一妇道人家,但她深明大义,站得高,看得远。不过以后的日子怎么过,谁都不知道。临行的那天,妈妈抱着二妹,拉着大妹,抹着眼泪,千叮咛,万嘱咐:"出外好好念书,注意身体,替你爸爸争口气。家里的事,不用你操心了。反正天无绝人之路,有我吃的,就有她们吃的,困难再大,我也要把两个妹妹给你拉扯大。"大妹听说我要离开家,眼里则噙满泪水:"哥哥,我真舍不得你走啊!"这样我们就分手了。

后来,我从大学毕了业,有了工作,每年春节,都要回去看望妈妈和妹妹。记得有一次回去,妹妹正在学校忙着排戏,演的叫《仲秋之夜》,凭我的一点戏剧知识,还给他们分析了剧情,妹妹感到十分自豪,因为自认为有这样了不起的哥哥。

但是这样的好日子,并没有持续多久。一九五七年反右,我被打成右派。一九六〇年又被关进监狱,从此便天各一方,互相只能在梦中重温那无法割断的亲情。

入狱之后,本来我已下定决心,不再和家里联系。怕的是在那阶级斗争的年月,给她们带来麻烦,二来是怕她们情感上承受不了。但是我的妈妈和我的妹妹,毕竟是从困难中生活过来的。她们坚强、理智,在她们的生活空间,仍然没有把我割舍,她们还时时记挂着我这个亲人,而不是和我划清界限。

那是一九六一年,我正在北京东郊清河化工厂改造。具体地名唤"窦各庄",打头的字竟是我的姓,这也许是天意。这一年冬天,天特别冷,寒风凛冽,穿心刺骨。我们住的条件极差,五间大瓦房,不生炉火。两面山墙毫无遮挡,北风一吹,呼呼作响。床铺是两头砌砖,中间架一竹排子,晚上入铺,如钻冰窖,颤抖打牙,缩作一团。半夜解手,要跑出户外二百米远的地方,其艰苦悲凉,可想而知。

庆幸的是这家化工厂,生产三酸(硝酸、硫酸、盐酸),效益极好。每日伙食,尚称人意。主食是大米、玉米和大麦面。只是副食差点,经常吃刺菜、麻黄菜和葡萄叶。其实这是三年自然灾害造成的。可是里面的人,对外面的世界一无所知。家里的人对我们也一点不清楚。在她们的想象中,既然社会上一般人都难免挨饿,何况身陷囹圄之人?一定是少吃缺穿,形容枯槁,骨瘦如柴,摇摇晃晃,不堪入目了。所以有一次大妹从信封给我装来六十斤粮票,也没有说什么,我心里感到愕然,进而涌起一股暖流。队长望着我打趣地问,难道你一月四十斤定量还不够吃吗?我说满够吃的,我干的是轻活,搞化验的,有时还吃不了呢。况且我早已下定决心,在改造期间,尽可能不给家里增加负担。于是队长便把粮票如数寄还家里了。出狱以后,我才知道粮票是妹妹勒着肚子省下来的。为了她的哥哥,她竟做出如此的牺牲。

一年,春节刚过,我收到妹妹一封信。信中告诉我,弟弟已考上省里的戏校,寒假也回来了。自己在纺织厂里参加了文体组,正在忙于排演节目,但仍抽时间帮着妈妈准备过年的一切。春节这一天,早晨起来,洗理完毕,换上新袄新裤,妈妈已经煮好了饺子,端在桌子上。二妹照例摆好了五双筷子。妈妈说,可以吃了。大家把筷子拿起,可是最后一双没有人拿,依然搁着。大妹说:"这一双是咱哥哥的。"她说这一句话不要紧,惹得大家都哭了。这个年就是这么过的。我读罢信,万感交集,痛苦异常。思亲人,恨自己,关山遥隔,此情何达!

后来妹妹结婚了，寄信告我说，本想晚点结婚，多读点书，更好地充实自己。可是生活艰难，家里乏人照顾，所以等不得哥哥参加自己的婚礼，这是她一生的遗憾。我读了信，心里感到沉甸甸的。想到妹妹读中学时，热爱绘画，县里好些宣传画出自她的手笔。我曾许诺将来有机会让她到中央美院深造。可是美好的愿望，现在已成泡影，怎能不使我感到内疚，心里充满遗憾呢？

一九六二年，我调到天津茶淀的清河农场。三年自然灾害过后，社会上的生活有了明显的好转。清河农场的生活，一天三顿白面大米，早晨还另加一碗豆浆。我写信如实地告诉妹妹，可她总还是放心不下她的哥哥。有一天她来信还寄来拾元钱。信上说，这钱是她平素节省下来的，给我寄的时候，还瞒着自己的婆家，以免得让自己的哥哥承人家的情。并说只要自己有一份工作，就不能让哥哥受制。最后说："收下吧，哥哥。这是妹妹的一点心意，千万别再寄回来。"熄灯前，我流着眼泪，反反复复地诵读这封信，往事如潮，搅人心肠，真可谓："剪不断，理还乱，是离愁，别是一番滋味在心头。"

后来一九六六年，"文化大革命"一开始，清河农场以刘少奇黑样板被解散。我从天津调山西朔县劳改农场，从此便再没有收到妹妹的来信。但我晓得在那造反有理,红祸猖獗的年代,妹妹的日子并不好过。果不出所料,一九七二年四月,我回到家里,妹妹说,幸亏当年把你抓了起来,要不然论咱们家的成分,加上你那顶右派帽子,死不了也得剥一层皮。我深以为然。天下之事,特别人的一生,诚如古人所言:"祸兮福之所倚,福兮祸之所伏","塞翁失马,焉知非福"。我顺便问妹妹长久不写信的原因,妹妹长叹了口气,满怀深情地告我:"我何尝不想给哥哥写信,'文革'开始后,丰庆(妹夫)性子直,你知道,我从小是从苦水中泡大的,家庭是贫雇农,他热爱党,热爱厂子,眼看两派火拼,互不相让,耽误生产,他仗义执言,给人家提了点意见,结果惹怒了两派,第二天便被打成现行反革命。白天斗,晚上斗,不只斗他,而且连我也斗。说你哥哥蹲监狱,丈夫是现行反革命,一家反动,祖辈反动,天天逼我写检查,作交代,日子难熬啊!白天又得上班,又得照顾孩子,一日三餐,还得给丰庆送饭,真是度日如年啊!"妹妹哭了,我也哭了,相对无言,只有理解和深深的互谅。

(《刻骨铭心的忆念》)

一介书生 两袖清风

——记家兄窦植

我父亲弟兄两个。伯父名崇俭,父亲名崇伦。崇俭是要人节俭,因俭可养廉;崇伦呢,即强调父慈子孝、兄友弟恭的亲情伦理关系。我为什么说这些,因为它对我和植兄的成长以及以后的立身处世,关系至深且巨。

伯父和父亲,膝下各有一男,即植兄和我。我们从小生活在一起,小学就读于太原国师附小。每天同去同归,形影不离。国师附小当时是一所贵族小学,一些官宦子弟,多在这里读书。但他们娇生惯养,光知贪玩,成绩远远不及我们。由此可见,家境优裕,不一定对一个人的成长有利。古人常说,"寒门出状元",是有一定道理的。

一九三七年,日寇侵华,我们举家返回平定故里。伯父和父亲有着强烈的民族自尊心,他们崇尚气节,始终拒绝为日伪工作。一年四季,躬耕南亩,过着淡泊的生活,从而培养了我们热爱祖国的心理和情愫。

一九四六年，我们又相偕到北京念高中，就读于一所教会学校——盛新中学。这所学校建筑精美，设备完善，师资力量强，培养的学生，自不待言。只是学校没有宿舍，我们住在恭俭胡同的乡亲都为邦教授家里，吃饭在尚勤胡同。由于家庭经济来源断绝，我们的生活极为艰苦，一日三餐，均是棒子面窝窝头。冬天生不起炉火，但我们仍然披着棉被，坚持夜读。有一天，我深有感悟地和植兄说："我们住在恭俭，吃在尚勤，学校的地点是校场，这不非常适合我们此时此刻的处境吗？"植兄若有所思地笑笑说："是啊！想不到世间的事竟有如此凑巧。"

高中二年级时，植兄转到通县的潞河中学就读。这个学校比起盛新中学来更为上乘，清水潺潺，环境优美，宿舍呈小院格局，有月亮门，多以村舍命名，如望湖村等。学校设有勤工俭学，植兄凌晨为学校擦玻璃，夜间为同学放电影，赚得微薄收入来完成自己的学业。

一九四九年，植兄考上了北京大学电机系，同时发现患肺结核。一九五二年院系调整，他入了清华。一九五三年毕业后，分配到沈阳工作。一九五五年调上海低压电器研究所工作。

植兄调上海后,我和他彼此工作都忙,那时政治运动又多,所以很少通信,更不用说见面了。一九五七年,我被打成右派,正好他因公出差到北京,我到招待所去看望他,如实相告。他听后,沉默许久,相对无言,神情黯然,因为谁都猜想不到会发生什么后果。我离开时,心事重重,不胜惆怅,植兄语重心长地叮咛我说:"言多必失,多言必败,言者无心,听者有意,政策时变,人心莫测,今后应当汲取教训。"这几句话对我可谓切中要害。我从小大约是受章回小说的影响,看见不公平的事,总爱发表自己的意见,性格直率,不分场合,自以为是,这个毛病直到现在还没有改掉,难道真是"江山易改,秉性难移"吗?

　　以后,他回到上海,我辗转改造,历经沧桑,饱尝艰辛,和植兄整整三十年断绝音讯。一九八八年冬,我应邀到安徽出席首届全国傩戏学术研讨会,会议完了,乘船绕道上海,专程去看望他。进到屋内,植兄不在家,由老嫂接待我。老嫂毕业于华东师大,长期从教,为人憨厚、热情,虽然是初见面,却给我一家人的亲切感。他告我哥哥正在所内忙于参加评职称,每天回来较晚。

　　下午六时许,植兄回来了。我想以一首五言诗来描述当时的情景:"久别重相逢,惊定始拭泪。时间催人老,相顾两鬓摧。胸有千万语,先说哪一句?"这时老嫂已然把饭菜端在桌上,侄子一康,侄女一兵,也正好下班进门。植兄把儿子、闺女叫过说:"这才是你们真正的亲叔叔。"毕竟是骨肉情缘,孩子们并不陌生,立即亲昵地唤我叔叔。我当时感到彼此的血液在流淌,心灵在撞击,"本是同根生,只恨相见晚;一朝相见后,亲情到永远"。

植兄最大的优点是为人耿直,能吃苦,有毅力,性格比较内向,遇事善于思考,知错必改,择善而从,这大概是从事理工科人的一种务实、求实的精神吧。

江泽民同志原为上海低压电器研究所副所长。他领导责任重,行政事务忙,所内有些重要任务,曾委托植兄分担。植兄对工作一向兢兢业业,认真负责,一丝不苟。他虚怀若谷,善解人意,能团结人。所内每遇科研项目获奖,他总是把奖金悉数分给大家。当他谈到这个问题时,态度极为严肃地对我讲,我们应当永远记住这样一条真理:"财聚人散,财散人聚。"我听后极为动情,虽然只有八个字,却道出了做人的真谛。植兄一生俭朴,对自己要求极严,不义之财,分文不取。他早已是高级工程师了,贡献不小,著译颇丰,可至今住的仍是二十三平方米的房子,且是四楼。前些年,单位分他一套四十六平方米的房子,要给一般人,真是求之不得,可植兄认为,儿女都已成人结了婚,只剩老两口子,现在的房满够用了,硬是不搬。屋内陈设极为简单,电视是十四英寸的,仅有一张桌子,样式老化而笨重,唯一的优点是坚固耐用。植兄说这是初到上海时买的,才花了十五元钱。

植兄一生崇尚清高,淡于名利,八十年代,他的所长晋升北京,曾邀他去京,结果被他婉言辞谢,跟我说,咱不是做官的材料。细想,这跟我们从小受的家庭教育有关。逢年过节,我们家的春联,不是"诗礼传家",便是"淡泊明志",很少有那些"三阳开泰""五福临门"之类的。一九八九年江泽民同志调京工作,我曾问起他和江总书记当年的情况,他饶有兴趣地跟我谈到,江总书记博闻强记,极为用功,聪明才智,胜我十倍。我说能不能说得具体一点。他说,我们在一起修第二外国语——日语,常同去同归,可他是副所长,会议多出差多,耽误的课程,曾有一次由我给他补,次日晚上考试江得一百分,我得九十五分,这不是说明人家比我聪明得多吗?一九九四年,家乡图书馆兴办平定籍专家、学者作品、书画展,植兄是一位文理并重的学者,退休之后,笔耕不辍,著译颇丰,每有发表,总寄我鉴赏。他和江泽民同志共同撰写的考察报告,内容翔实,文笔清丽,我写信敦促他寄家乡供展,可他深恐落下藉总书记之名抬高自己之嫌。他写信这样跟我讲,如果江泽民同志还在上海,那就什么话都不说了,现在已到中央,人们难免有这样那样的议论。最后,我写信说,人家都知道你的为人,知道你的基础扎实,毕业于名牌大学,这是家乡人民的骄傲。最后,他总算寄回来了。并在信里跟我讲,我生在平定,长在平定,家乡对我有养育之恩,可是我对家乡很少贡献,现在聊寄此文,不是为展出,而是给家乡留一点纪念。

植兄热爱祖国,热爱故里。一九九六年清明节,村委会特致函邀他回来祭祖,他因年迈且患骨质增生,不能远行,遂以诗代信,寄村委会。现将原诗照录如下:

接阅邀请函,

触动游子心。

离乡五十年,

青年成老翁。

身体有不适,

不宜远途行。

感谢众乡亲,

未忘离乡人。
奉复致问候，
恕我未返村。
现到诸游子，
代致思念情。

窦植
1996 年 3 月 2 日

(《平定报》)

朴实无华 书生本色

——记老友晋如祥

最近以来，好多同学给我来信，都说我和晋如祥经常来往，了解殊深，又能拿得起笔来，应该写写他。不错，我也早有此意，但是写什么？有关他的事迹，在平定早已是家喻户晓，有口皆碑了，如果再重复，难免落上老生常谈之嫌，恐怕连老晋本人也认为是多此一举了，因为老晋一向是不喜欢人颂扬他的。

不喜欢别人颂扬，是他的品格和操守，但他的书生本色是无论如何掩盖不了的，因为他的确是为平定的教育事业付出了辛劳，添得了光辉。这里我不想多谈他的业绩，只想谈谈他的为人、操守和品质。

老晋有一颗纯朴、善良的赤子之心。他热爱祖国、热爱人民，热爱家乡的教育事业，对家乡有着深厚感情。他从小家境贫寒，在我的记忆里，逢年过节，他没有穿过一件像样的衣服,平时吃糠咽菜,难得一饱。但他从没有因此而辍学,更没有放弃积极向上的追求。在老晋身上真正体现出来平定知识分子那种有理想、有抱负、忧国忧民,不畏困难、积极向上的拼搏精神。虽然我们是在日伪统治时期读的初中,但是我们接受的是正统的爱国主义思想教育。语文老师李良弼、陈子荣,一个为我们讲"五四运动",一个为我们讲史可法《复多尔衮书》。"五四运动",主要是反帝反封建,《复多尔衮书》呢,旨在陈述亡国之痛。这些都给我们幼小的心灵打上了深深的烙印。我们立志埋头读书,学得本领,将来好报效祖国,拯救人民。我们这些人都愤恨于当时的日伪统治,特别是老晋更是疾恶如仇,时刻盼望着祖国的解放、渴望着祖国的黎明,希望有朝一日,把自己的青春年华,献给祖国最壮丽的事业。

在老晋身上还有一个最突出的优点是有正义感,是非观念强。他为人耿直,胸无城府,敢于坚持真理,不畏权势,勇于直言。一九五七年他被划作右派,就是因为在毕业生分配工作上,他主持公道,触犯了有些人的利益,使他蒙受了不白之冤,下放劳动改造。但他至今不悔,因为他相信自己并没有错,相信党是正确的,不然怎么会给他以及那些无辜的人平反呢?况且坚持真理往往是要付出代价的。

老晋看问题尖锐,分析问题透彻,有胸怀,有远见,从不盲从。我想这和丰富的阅历、渊博的知识、睿智的头脑有关。譬如冠山声誉的归属问题,究竟是以佛教为主呢?还是以书院为主?老晋是坚持以书院为主的,我倾向于老晋,当然这个问题还可以讨论。还有周克昌上县志的问题,既然是一位爱国的对平定有卓越贡献的教育家,那就说明过去定性有误,处理失当,为此是不是应当给予平反呢?当然这不是追究谁的责任,而是在特定的历史条件下,极"左"路线造成的。县志是一县之史,凡属重大问题,都应该有个妥善的交代,这是对历史负责,同时也可以起到惩前毖后的作用。古人云"以史为鉴,可知兴替",就是这个道理。反正,在我的心目中,老人辛辛苦苦办了半辈子教育,刚正不阿,追求真理,平定人民是永远不会忘记的。在平定中学三段连接的问题上,老晋以历史唯物主义的观点和方法,在一九九六年的《平定报》上发表了一篇文章,可谓有理有据,分析透彻,瞻前顾后,条理清晰,使人读了有振聋发聩、耳目一新之感。

老晋的工作作风、思想作风和个人操守,在我的一次返乡中,给我的印象至为深刻。一九九〇年,过了春节,大约是正月初九,我和三女凤凌专程回平定去看望他。当天晚上,我们在阳泉下车,住了一夜,翌日凌晨,搭汽车至平定。这天彤云密布,北风呼啸,大雪纷飞,由于不晓得平定中学的确切地址,我们只好在大东关终点站下车,谁知下车一问,始知平中在西关。我女儿扶着我停立在雪地里,眼看冰坚路滑,举步维艰。正在为难之际,向后张望,突然来了一辆面包车,我一看上有"平定中学"字样,遂迅即向司机招手。司机心灵手快,善解人意,立即将车戛然而止,停在我们面前。我向他讲明,我是晋校长当年的老同学,四十年不见了,是专程回来看望他的。司机十分热情,马上邀我们上车。一路上司机以赞颂的口吻,向我介绍老晋的情况。他说:"晋校长为人正派,一心为公,这样的校长今后难以再找了。"我问为什么?他说:"从他上任以来,搞创收,谋福利,从而使教师生活稳定,无后顾之忧,可以安心教学。给他分了房子他不住,让给确实有困难的老师住。夏天分西瓜,分好之后,他的一份,他儿子先行领取了,结果他把儿子训斥了一顿,说别的老师还没拿,你怎么就先拿。他就是这样先公后私,先人后己……"他说着,我听着,饶有兴趣,不觉车已开进学校。司机让我们在车上等着,他去找校长。很快,司机来了,告我晋校长还没有

82

来,我送你们到他家去找吧。老晋原来住在下湾,小坡底下。我们进到他家,老晋的爱人莲珍迎了出来。离别年久,但似曾相识,我直呼莲珍,一下子缩短了时空距离,她自然也想起我是谁了。我问老晋呢?她说:"老晋大早起来,就感到有点心胸憋闷,不舒服,一个人拄着拐棍到医院去了。"司机一听,又是怜惜,又是情急,没好气地说:"晋校长这人就是太固执,打个电话,我不就把车开来了吗?"莲珍说:"我也那么说,可人家不但不听,反而骂了我一顿,说车又不是专供咱使的。"司机听罢,掉头就走。司机刚走,老晋也拄着拐棍回来了。只见他头上是雪,脚下是泥。我抢先问他,医生看后说什么?他微微一笑说:"查了查心电图,不要紧,休息一下就好了。"我们正在说话,司机带着书记和副校长来了。进得门来,一通埋怨,说:"这样的天气,雪又大,路又滑,万一有个好歹,谁负责?有病,打电话嘛,这又不是私事,你这是跟谁较劲呢?"老晋笑笑说:"不要紧,我心里有数。今天老朋友来了,你们还是回去吧,没事。谢谢二位。"这看来是一个牛活片断,但确实感人至深,因为它说明了一个人做人的准则、生活的信念和个人的操守。

我在老晋家里住了三天。接待平平常常,他吃什么,我吃什么。老友久别重逢,自然话多,但我们谈话的时间,多在夜晚,因为他总是下了晚自习才回来,早晨天不亮就走了。花甲之年也不骑车,风尘仆仆,一路小跑。我们谈话的内容,多是工作,诸如学校的发展,国家的未来和四化的进程,等等。虽然,我们都有过一段相同的遭遇,共同的命运和坎坷的人生经历,但是我们很少提及,因为我们相信党,党不是教导我们"一切向前看"吗?

儿时老师们也常说,"往昔不可谏,来者犹可追",我想也是同样的意思。

(《平定报》)

人格的魅力　精神的感召

——周总理,人民心中的丰碑

人民的好总理离开我们整整二十二年了。今天,在周总理一百周年诞辰之际,以江泽民同志为首的党中央,在首都人民大会堂,举行了隆重的纪念活动,为的是号召全党、全军、全民高举邓小平理论伟大旗帜,认真学习周总理全心全意为人民服务的精神,把祖国的社会主义建设推向二十一世纪。

五十年代,我在北京上大学,毕业后,由马少波老师引荐,到中国戏曲学校任教。由于工作环境便利,我曾经亲眼目睹过周总理的风采,聆听过周总理的教诲,至今记忆犹新,受益匪浅,终生难忘。

那是在一九五一年秋天,我还在大学里读书,因写了一篇《傻福喜翻身诉苦》的长诗,颇合时尚,便被推选为系里的新文艺研究社社长,总编是邓沐珩同学。一九五一年,正好是鲁迅先生逝世十五周年。文艺界为了缅怀这位文化巨人,在首都电影院召开了纪念大会。承少波老师关爱,那天上午他派人给我们送了两张入场券。下午两点,我便和邓沐珩准时到会,按照座号,我们坐在了第五排中间,离讲台很近。现在仍然记得,当时主席台上坐的有郭沫若、陈毅、黄炎培和陈伯达。大会首先由郭沫若致辞。内容分两部分:一谈鲁迅的伟大,二谈如何学习鲁迅。继由黄炎培、陈伯达致辞,二人都是南方口音,不大能听得懂。最后是陈毅讲话,四川方言,拖得长长的,都可以听懂。陈毅同志讲,鲁迅逝世时,他正在苏区。一天他让人进城给他修理皮鞋,修好之后,警卫员顺便拣了一张报纸,把皮鞋包了回来。他就是从这张报纸上获悉鲁迅先生逝世的消息的。

　　会议散了,立起身来,邓沐珩突然推我,说你看你旁边坐的是谁?我一看原来是周总理,那时总理还很年轻,浓眉俊目,两边有络腮胡,虽经刮饰,但发青的须茬依然可以看得很清楚。他穿的是中山服,外面是一件夹大衣。总理发现我们在注视他,便向我们微微一笑,以示礼貌。那天天气不好,外面秋雨连绵,我们紧跟总理,走到剧院门口,目送他上了车,才怀着一种说不出的幸福感,相偕乘电车返校。

一九五三年九月，第二次文艺工作者代表大会在北京召开，会址是中南海怀仁堂。初参加工作，论理我是没有资格出席这样的会议的，可是有一天下午，史若虚同志为我送来一张代表证，说他因事去不了，要我去，并做好记录。这是我第一次进中南海，激动的心情不言而喻。这天下午，正好有总理的报告，总理讲得很随便，是针对文艺批评而言的。新中国成立初期，文艺界"左"的思潮很严重，往往一篇作品，刚一面世，便横遭指责，如萧也牧的小说《海河边上》就被说成是小资产阶级的情调，使作者从此再也不敢写作品，其实这位作者是很有才华的。针对这种情况，总理语重心长地告诫搞文艺批评的同志，劝他们对新出来的作品，先是要认真阅读，然后仔细分析，要实事求是，与人为善。他反对粗暴、简单化的形而上学做法，未曾弄懂，便妄加批评，乱扣帽子，使作者无所适从。总理幽默地说，如果大家不听，一定要这样干，当然我也管不了，不过有一条，将来弄得作家都不写作了，我看我们还批评什么？失了业，可不要来找我。说到这里，总理突然大声问，魏巍同志来了没有？魏巍应声说，总理，我来了。总理说，魏巍同志，你要大胆地写，我支持你，人民需要你这样的作家。台下一片掌声,气氛热烈,十分感人。总理就是这样关心作家和爱护作家。

一九五六年,南昆剧团进京演出,一台《十五贯》轰动了北京城。原来这个剧团在新中国成立后,一直在穷乡僻壤为农民献艺,不为人知。文化部门便误认为南昆已经绝种,想不到这一下子真相大白。这个剧团的演员生活艰苦,收入微薄,薪金极低,但艺术精湛,深受当地人民欢迎。总理为这件事,专门召集有关单位,在文化部作了一次报告,题目是《一出戏救活了一个剧种》。总理批评文化部门的人,当官做老爷,不深入调查研究,不了解民情,假如人家不来北京演出,这个剧种岂不销声匿迹了吗?总理又从《十五贯》这出戏引申出旧社会衙门深似海,人们很难见到官,不过幸而衙门口还挂着一面大鼓,老百姓有了急事,只要一击鼓,县太爷不管怎样不耐烦,总还是要升堂,问有什么冤情。这时总理又问,夏衍同志来了没有?夏衍这时是文化部副部长,他立即站了起来。总理说,我建议文化部门前也修上一座鼓楼,挂上一面大鼓,免得下面的同志来了找不着你们。夏衍同志,你看这样行不行?我看文化部再穷,盖一座鼓楼还盖得起。夏衍同志面对众多与会者,无言以对。这件事对我触动很大,多少年了,我一直还记在心上,无法忘却。敬爱的周总理为祖国的文化事业,确实是浸透了自己的心血。

五十年代,北京的老百姓,随时都可以打听到总理的行踪。总理的事迹,在人们当中广为流传,传为佳话。例如有一次人艺演戏,请总理观摩。戏散了,总理不走,硬是等演员卸完了妆,陪着演员步行,一道送他们回宿舍,时已晚十二点。到了宿舍,看到有的演员仍在灯下背台词,总理十分高兴。屋内很暖和,海棠盛开,总理望着海棠花深情地和大家讲,你们要多出去锻炼,须知温室里的花朵是经不起风霜的。一语双关,导演梅阡为此很感动,在《人民日报》发表了《春夜》那篇文情并茂的散文,以记其事。还有一件事,是在一九五六年,前门外大栅栏专为曲艺团盖了一个小剧场,曲艺在旧社会门类很多,像大鼓、相声、评书、快板、双簧,都属于曲艺。说唱的多是段子,如《风雨归舟》《宝玉探病》等,从来未演过成本大套、人物齐全的大戏。这时奉调名伶魏喜奎,正好排了《杨乃武与小白菜》,这在曲艺界可是创举。当时众说纷纭,莫衷一是。首先是曲艺的唱腔能不能表达众多的人物思想感情,能否打得响是冒一定风险的。就在正式上演的这一天,总理去了,而且是自己排队买票。看完了戏,总理又走到后台,当面向魏喜奎同志祝贺,说戏的内容好,排得好,演得好。魏喜奎事先根本不知道总理来看戏,故而感动得热泪盈眶,说不出话来。她深知这是总理对她无声的支持。果然,三天以后,挪到三千人的天桥大剧场演出,座无虚席,场场爆满,使一个原是杂耍的小唱,一跃而变成一个剧种。以后的《箭杆河边》就是这个剧种绽开的表现现代生活的一枝新花,影响深远是可想而知的。

还有一件鲜为人知的小事,时至今日,还从未有人提起过。一九五四年夏,一个星期天,我正和史校长聊天,突然一位同学兴致勃勃地跑来相告,说他今天见总理了。史校长问:"你在哪里见的?"答曰:"在陶然亭。"史校长又问:"怎样见的?"他说:"我正在陶然亭门口,看见来了辆小卧车,车门一开,我看下来的正是总理。我情不自禁地紧随其后,总理上哪儿我跟到哪儿。总理发现后,便停下来问我:'小朋友,你是哪个学校的?'我说:'中国戏曲学校。'总理又问:'你们校长是谁呀?'我批评总理啦,说:'总理,你太官僚主义啦,连我们校长都不知道。'总理听后笑了,要我好好学习,将来当个人民的好演员。"史校长便严肃地教育他:"以后见到总理,可不许这样讲,总理一天那样忙,还顾得上打听戏校校长是谁?"这件事看起来虽小，但使我深受教育，我真正体会到"人民公仆，平易近人"的深刻内涵。

总理逝世后，举国上下，万民同哀。魏巍同志写了悼诗："惊闻华夏失栋梁，举国老幼尽哀伤；松柏枝头花如雪，白玉栏杆泪万行"，生动地描绘出全国人民怀念总理的场景。火化那天，十里长街送总理，人们冒着严寒，痛心裂肺地哭喊着："人民总理爱人民，人民总理人民爱！"人民和总理已经融为一体，这在古今中外的历史上都是罕见的。

总理的晚年，总是以"生命不息、战斗不止"自励，而今我亦近古稀之年，每想到总理这两句话，便感到全身都是力量。

（《平定报》）

真诚、朴实、热情、博学

——和郑振铎先生的一段情结

早在读初中时,便得知郑振铎先生的鼎鼎大名。念大学时,读新文学史即现代文学史,便了解更详,知道他曾是文学研究会的发起人之一,和茅盾主编过《小说月报》《文学旬刊》,以后又在北大任教授,编著出版了《插图本中国文学史》和《中国俗文学史》。这两本论著都以丰实的史料见长,评价作家作品全面公允,从而成为文学史研究工作者必不可少的参考资料。

一九五六年,党中央提出"向科学进军"的口号,中国戏曲学院应运而生。开始由欧阳予倩任院长,晏甬任副院长。建院伊始,晏甬找我谈话,让我负责图书资料工作。我委实不情愿,告以我是学中文的,对图书资料一窍不通,害怕不能胜任。晏副院长他一向重视图书资料工作,说学院不可没有资料,犹如行军,兵马未动,粮草先行。并建议先送我到北大图书馆系学习两年，我仍表示不同意。最后决定给我介绍几位专家，以向他们请教。他提出郑振铎和阿英两位先生。阿英我听过他的课，他给我们讲"文艺批评"，记得他讲文艺与政治的关系时，引用法捷那夫的话说："犹如蛋白之于蛋黄"，现在看来偏颇，可当时是切合实际的。郑先生是我心仪已久的学者、名人。要是能够拜识这两位专家，我是求之不得的。不过因打心眼里不愿搞图书这一行，我未置可否，只答应如果暂时没有合适人选，可以充数。

当时，国家正呈现出欣欣向荣、一日千里的繁荣景象，对新兴事业不遗余力、大力支持。就当时来说，建院的图书资料费，半年就下拨了十二万元，而且要求年底一定花完，否则就要上交。为此，我成天忙于转新旧书店，尤其是琉璃厂古籍书店，更是我经常涉猎的地方。有一天，我到中国书店，正好碰上郑振铎先生也在浏览图书。他身材颀长，穿一身毛哔叽中山装，戴一副晶亮眼镜，神采奕奕，庄重潇洒，学者气十足。他一边翻书，一边和经理搭讪，显然他们是常交往、老相识了。他注意到我在翻戏曲方面的资料，便问我是哪个单位的，我告以中国戏曲学院。当时他是文化部副部长，也算是我们的顶头上司，对戏曲学院成立一事，早已获晓。说着他便亲自动手，为我找书。这时他的个子可真起了作用，高处也能探着，不一会儿，便帮我选就了一大堆书。我对戏曲音乐比较陌生，当时的《纳书楹曲谱》、《九宫大成》、《太古传综》，都是郑先生信手取下给选入的。后来我看他在旧书堆中，找出一本破旧不堪的老皇历，不知有啥用项，竟花了八元钱买下了。当时的八元钱能买一袋面，相当顶事呢！临行，郑先生热情地向我打招呼，告我他经常串书店，并把他的电话号码留给我，告我如逛书店，遇上好书，可给他通电话。这样一老一少，我们也算是忘年交了。

没过几天，我去西琉璃厂的莱薰阁，经理告我，刚好由杭州进来一批书，我遂立即给郑先生通电话。很快，郑先生便乘小车赶到了。莱薰阁系老式建筑，三进院。我尾随郑先生循序浏览。记得好像是走到第三堆前，郑先生发现一本线装书，不太厚，信手抢起，告我："年轻人，这是海内外孤本，轻易见不到了。可惜我们迟来一步，为捷足者先得了。"一看书堆上插的北大标签，遂问经理："北大谁来选的书？"经理答曰："向先生。"当时北大图书馆馆长是向达先生，我国著名的西域史专家。郑先生一听，感叹不已，连声称赞向先生不愧为学界名家。接着我们走到另一堆书前,郑先生又顺手拿起一本,问经理:"这是谁家的?"经理告以北京图书馆。郑先生一听,说:"这本书他们馆里已经有了五本,为什么还要再买?是谁来选的?"答曰:"张副馆长。"郑先生不无感慨地说:"这样的人还能当馆长!"从这两件事可以看出郑先生可谓是学富五车、胸藏万卷!

就在一九五六年中秋节过后的一个晚上,中国青年出版社在他们的礼堂还举办过一次古典文学讲座,由郑先生主讲,名声所在,座无虚席,甚至连窗台上都坐满了人。郑先生讲的是如何学习古典文学。他不带稿子,立在讲坛,旁征博引,口若悬河,从容自然,幽默风趣。他讲到观世音菩萨为何光着脚、手持的篮子是哪里来的,说得有根有据,竟使大家忘却了时间,无不为郑先生的学问渊博所折服。他还谈到自己博览群书,连武侠小说都不放过。先生讲他读《三侠五义》《青城十九侠》,发现其总是层层相关、接连不断、没完没了,叹服作者的才华,遂微服私访。进得屋内,发现作者正躺在架设蚊帐的床上,手持大烟枪,冲着蒙灯,吞云吐雾。遂向作者刨根问底,原来灵感竟由此而来。

郑先生对古文物的鉴定,在国内也是首屈一指的。解放后,他还担任古文物研究所所长。一九五八年,因出席一次国外会议，不幸飞机失事遇难，引起了国际国内学术界的震惊。当时我正在晏家台劳动，噩耗传来，不禁失声。从报纸上看到苏联博物馆馆长悼念他的文章，其中提到一次中国文化代表团访问苏联，郑先生任团长。在访问博物馆时，他们特别邀请了几位熟悉中国文化的科学院院士，以备咨询。没想到进得馆内，郑先生指着橱内的各项文物，如数家珍，把年代、花纹、色泽、瓷肌、演变、来龙去脉等，讲得一清二楚、头头是道。博物馆馆长最后说："本来是备郑先生咨询，结果所有专家变成学生，跟着郑先生上了生动的一课。"文章结尾说，郑先生的不幸逝世，不仅是中国的损失，也是东方文化的损失、世界文化的损失。

时至今日，我看像这样资深的真正能代表泱泱大国的文化使者，恐怕很少有了。我在闲暇时常常想起和郑先生的那几次邂逅，景仰之情、怀念之情如汩汩清泉，绵绵流淌。

(《山西人民代表报》)

艰难的步履　深深的脚印

——忆沈从文老师

沈从文老师是一九八七年病逝的,时光如白驹过隙,转眼已是十四个春秋了。他生前寂寞,死无哀荣。我总觉得时代是有负于他的。但他的作品,如《中国古代服饰研究》,为中外读者叹为观止,誉为奇观;在读者心中,他永远是一位值得怀念的人物。

我认识沈从文老师,是在一九五一年,那年我正在辅仁大学中文系就读。放过暑假,回到学校,同学们无不喜形于色、奔走相告,说这学期学校聘了好些名流学者为我们授课,其中就有沈从文老师,专为我们上写作实习课。由名作家讲写作,凭他多年的经验,当然是如庖丁解牛,游刃有余。

我从小就崇拜英雄豪杰、名人学者,在北京读高中时,就拜读过不少沈先生的作品,并在师友们口中,和不

97

少报纸杂志上，获悉了诸多有关他成名的轶事——从一个只有小学文化的青年，到知名作家，大学教授，其间固然有胡适、徐志摩的慧眼擢拔，但更重要的是他的不怕吃苦、勇于拼搏和坚定不移的奋斗精神使然。古语云："有志者事竟成"，即使在他的后半生，虽处逆境，仍能在古服饰史的研究上，作出卓越的贡献，填补了此项研究领域的好多空白，都和他这种精神是分不开的。

从文师身材不高，戴一副深度近视眼镜，面色清癯，说话面带微笑，一看便知是一位很有修养的学者。他衣着朴素，穿一身蓝布制服，一双青布鞋，不讲穿戴，只求治学，保留着旧时代中国知识分子的一种优良作风。奇怪的是当时一些进步同学口中竟风言风语，流传着他新中国成立后的一些经历，他讲课时自然会受到一些人的冷遇。我想老师不会不知，当时他是承受着很大的精神压力的。像陈涌先生讲课，同学无不洗耳恭听，下课之后，前呼后拥，谈笑风生，问这问那。而先生的课，下课铃一响，同学一拥而出，便作鸟兽散。而我自己对沈先生是深表同情的，我认为这是一种在新形势下的"人情冷暖，世态炎凉"。我同情他，是因为我崇拜他，我不怕别人说我落后，我尽量接近他。

从文师讲课,声音细弱,仍带有湖南口音,但不太严重。他不善辞令,但一字一句,清晰可辨。那一学期,除讲课,写过两次作文,都是自由命题。我写过一篇议论文,主要谈的是创作和生活的关系。我强调写身边最熟悉的生活,当时不免有远离火热斗争之嫌,现在看来还是有道理的。先生批改作业,极严谨,极认真。作文发下来,眉批,行批,蝇头小楷,密密麻麻,十分详尽。精彩处,便加以墨点。这篇作文,我保存了好多年,可惜十年动乱,我这篇带有文物价值的习作,竟不知散失到哪里去了。

老师当时虽然已经离开北大,但仍住在沙滩红楼对面的北大教师宿舍。院子不大,一排平房,每户占地约两间。屋内陈设,极为简单,只一个大方桌,几把椅子,几个书架,依次排满了书。有一次我去先生家,刚刚落座,正好一位长者,掀开布幔,徐步而入,经沈先生一介绍,方知是朱光潜先生。朱先生是我心仪已久的人物,早在家乡上初中时,便读过他寄青年的十二封信,谈做人,谈治学,是当时最受欢迎的读物。这次能在沈先生家幸会,可谓三生有幸。可惜我们仅见过这一次面。记得当时朱先生穿一身中式裤褂,头发稀疏,上身微驼,面容清瘦,对人谦和,一派学者风范。在沈先生家待了不久,临行,沈先生取出了两本书借我,一本是《白痴》,一本是《被侮辱与被损害者》,都是陀思妥耶夫斯基的名作。这两本书后被同学借去,始终未能归赵,沈先生固然宽容,但如今想来,仍感到十分内疚。

　　一九五二年春季开学,沈先生好长时间没来,系主任萧璋先生说先生到南方参加土改去了。及至先生回来已是四五月份天气了。那天先生上课,看上去兴致很高,他面带微笑,向大家致意,说对不起大家,因参加土改耽误了大家好多宝贵的时间。接着谈他这次到四川内江参加土改的观感,谈地主如何残酷剥削农民,农民如何受压迫,身不由己,忍饥受寒,劳苦一年,不得一饱。同时他还以歉疚的心情,反省自己过去写作的一些得失。最后表示:"我要重新提起笔来,讴歌我们新的社会。"我听过后,内心感到十分欣慰,感受到这次参加土改,对沈先生触动很大,感受亦深。我多么希望沈先生能振作精神,重登文坛,用他的生花妙笔,谱写新中国胜利前进的瑰丽篇章。

　　然而令人遗憾的是,先生不曾重返文坛。尽管毛主席鼓励他还能再写几年小说,但他还是另辟蹊径,选择文物考古研究这一行了。沈先生一向敏于事而慎于言,看来他的选择是十分正确的。一是他读了毛主席的《在延安文艺座谈会上的讲话》后,感到照为工农服务的原则,自己对新社会知之甚少,很难出成果;二是确实认识到研究历史文物,比写点小说还有意义。他一旦决定下来,就全力以赴,坚持不懈,终于成为古代服饰史方面的专家。

一九五三年,我从北师大毕业,分配到中国戏曲学校任教。适值新出土楚文物的在午门西廊展出,我遂带上舞台美术班的学员前往参观。进得午门,正好遇上沈先生,长时间不见,他看我带着这么多学生,当我说明来意,他惊喜异常,遂亲自为我们买了门票,领着我们依次参观。边走边看边讲,说得极为生动有趣,且富有学术课道。譬如所见陈列楚棺,呈长方形,比现在的棺材要大得多,板材足有七八寸厚,前后都是齐头,时逾两千多年,依然保存完好,一点斑痕都没有,遂求教于先生。沈先生解释说,一是选择的地面适宜,比较干燥;二是上面涂着几层漆,起了保护作用。我遂问,棺材何以是齐头的?先生说自从东汉明帝佛教输入中国,棺材始起了变化,成为大头、小头,大头盖沿伸出,呈坡状。他又领我们参观了楚代的兵器,详细介绍了其造型、功能及其演变。先生循循善诱,平易近人,表现了一位学者教授的风范。

一九五五年,我调入中国实验京剧团工作。剧团成立了舞台美术组,夏阳、鲁华、马强都是新来的年轻舞美工作者,当时他们正在集体绘制一舞台美术服装图案。我曾和他们一道拜访沈从文老师。先生这时住东堂子胡同,在极小的房舍内接待了我们。他一问明来意,非常热情,把这些年搜集到的历代织锦,一一加以介绍,有根有据,旁征博引,给我们上了一堂极为生动的织锦发展史课。临行时先生又约我们改日去故宫博物院找他。之后我们如约前往。见面后,先生介绍我们认识了史树青先生。史先生很年轻,不过三十多岁。沈先生让他找出库存的历代服饰的底片,供我们参照,并答应借回去加洗。我们四个人从故宫出来之后,无不为沈先生这种顾全大局、默默奉献的精神而感动。他在博物院,既是研究员,又是讲解员。我从一份资料看到先生任讲解员时,一共讲了一百三十万人次,好多人认为是大材小用,但沈先生却认为两者并行不悖,使他获得了不少知识。这里既表现了他的治学方法、决心和毅力,更表现了他全心全意为人民服务的精神。

一九五六年,党中央提出"向科学进军"的号召。有次我去他家,看他俯身床沿,正在锦缎的海洋里徜徉,专心致志,目无他顾,如痴如醉,不禁使我想起王国维《人间词话》里的一段话:"衣带渐宽终不悔,为伊消得人憔悴。"

"众里寻他千百度,蓦然回首,那人却在灯火阑珊处"。刘再复说沈先生有一种"沉默美",诚哉斯言也。我不忍打扰他,静静地待在一边。好一会儿,他发现我在他旁边,好像发现同道知音,情不自禁地指着床上的锦片,向我介绍,这是明代的,那是清代的,何时发现,何处发现,明饰是什么样的花纹,清饰是什么样的质地、特色等。谈着谈着,话题又转入戏曲舞台上的道具、服装、兵器等。沈先生说当今舞台上的服装、道具千篇一律,无时代特色,其实秦汉以前的桌子,哪像现在正方形,四条腿,从文献、文物资料看,应该是长方形,人坐的不是椅子,而是一种蒲墩式的坐垫。服装、衣冠,各朝有差别,有延续,兵器也一样,最好能还历史以本来面目,有那么多出土文物,又不是没条件。这天沈先生兴致特高,谈得时间也较长。走时沈先生主动提出,逢礼拜天,把同学留住,他专程来给同学们讲点舞美方面的知识,我欣然应允。果不其然,礼拜天沈先生如时赶到。他来时乘坐的是公共汽车,手提自己随身的小提兜,风尘仆仆,不辞辛苦,实在感人。大约讲了三个多小时,从文物联系到现行舞台服装、道具,指出哪些合理,哪些不合理,哪些应当改,如何改。实实在在,朴朴实实,使听者如坐春风,颇受启迪,真是听君一席言,胜读十年书,方知天外有天,楼外有楼。原来舞美领域,竟有这么多的研究课题,这么多的学问。学生感激之余,大家目送着沈先生迈着坚实的步伐,一步一步地离去。

一九五七年以后,由于历史的原因,我和沈先生无从见面了。十年动乱,更是天各一方,人海茫茫,我虽在监狱,但从未忘记过先生。由自己而想到他的处境,他的命运。或许已经同是天涯沦落人了,不知何时又能重相遇呢?

一九七九年九月,我的问题随着"四人帮"的垮台和十一届三中全会的召开而终于获得彻底解决。一九八〇年调山西师范大学学报编辑部工作。六七月间,因公赴京,遂到历史博物馆看望沈先生。到那里一问,才知道沈先生已调社科院历史研究所工作。顶着烈日,又步行到建国门外社科院,又被告知沈先生不来上班,家住崇外正义路三号,遂又往家里找他。沈先生住五楼,沈先生和沈师母正好都在家。再次见面,彼此百感交集。二十多年,变化可真大,沈先生已是白发苍苍的老人了,人也比以前胖多了。沈师母皮肤微黑,虽然也老了,但行动自如,显得比较结实。我问先生身体还好,他说血压高,心脏亦不好。但仍然是笑眯眯的,像弥勒佛一般。接着我们互诉各自别后的遭遇。沈先生告我,"文革"时他被下放湖北的咸宁,后来便回来了。他亲眼目睹了红卫兵把他的书籍文稿,付之一炬,多年的心血,换来的竟是一场大祸,老人怎能不心疼呢?先生告我,他的文物名著,国内已荡然无存,想重新再版,还得在国外找版本,言下不胜唏嘘。先生住的宿舍,比起东堂子胡同来,自然宽敞多了。只是空有书橱,而乏藏书,这对于一个学者来说,岂不大煞风景。然而这都是十年浩劫,大呼知识越多越反动结出的恶果。沈先生告我,书架上的几册新书还是香港新出的,刚给他寄来。最近美国记者来访问他,并邀他出访美国,不久将前往,为期四个月。说着他随手把一本厚厚的《沈从文传》给我看,说这是国外出版的,谈得极详细,看来国外对自己的了解,远远胜于国内。沈先生还告我,美国友人曾经问起他,新中国成立后,为啥不再从事创作?回答是志趣在文物,可人家并不相信。总之劫后余生,久别重逢,彼此心情都是十分舒畅的。

以后不久,便得知沈先生出访美国的消息。他于一九八〇年十月二十七日赴美讲学,一九八一年二月十七日归来,历时三月零二十天。在美讲学期间,他先后在哥伦比亚、耶鲁、圣约翰、哈佛、麻省、芝加哥、斯坦福、旧金山等十七所著名大学作了近二十次讲演。其中尤以《中国古代服饰》《扇子》讲得极为精彩，受到学者们的好评。沈先生这些年来在服饰研究方面，确实已经是国内首屈一指的专家，他从穿戴服饰方面解决了好多文物的年代问题。如传世之作《洛神赋图》，以往好多搞美术史的都是人云亦云，认为是东晋顾恺之的作品，从来未曾有人敢于质疑。沈先生不无感慨地说："其实如果其中有人肯学学服装，有点历史常识，一看曹植身边侍从的穿戴，全是北朝时人的制度；两个船夫，也是北朝时劳动人民穿着；二驸马骑士，戴方形北朝缭纱笼冠。那个洛神双环髻，则史志上经常提到出于东晋末年，盛行于齐梁，到唐代则绘龙女、天女还使用。从这些物证一加核对，则《洛神赋图》最早不出于展子虔之手，比顾恺之晚许多年，哪宜举例为顾的代表作？"真是一言千金，明察秋毫。

另外对东北博物馆的一批缂丝，向为中外美术史学家所提到。伪满时被印成一部精图录，定价四百元，新中国成立后竟提高到三千元，一九六三年人民出版社拟重印，东北一专家在序言中将其吹捧得神乎其神。沈先生说："其实内中年代，多不可靠。有一个天宫缂丝相，一说是宋代珍品，经提出，衣裳是典型乾隆样式，即雍正也不

106

会有,才不出版。"由此可以看到沈先生在历代服饰方面研究,是何等博大精深。

一九八一年,我把《山西新绛元墓演出角色新证》一文寄他,并附墓室砖雕照片,请他鉴定,好久不见回音,原来先生正在国外。翌年,我和袁宏轩同志专程去看望先生,一见面先生就告我,文章看到了,文章内容充实,证据确凿,言之成理,可以发表。先生对我们搞戏曲文物研究,十分推许。他当下推荐江西新发现的陶瓷戏曲人物,值得前往一看。先生对我工作的支持和帮助竟是如此的热心。

后来几次去拜访先生,一次开门的是一位小姑娘,说先生住院了。又一次门上留言,遵医生意见,住院不会客人云云。

现我已年逾古稀,去年正式退休,每每念及老师,不胜依依,遂为之记。

不尽的哀思

——深切怀念李长之恩师

一九七九年获平反之后，我首先回到母校北师大，见到师兄聂石樵，第一件事就是打听李长之老师的近况。石樵兄不无伤感地说，长之老师去年不幸病逝了，在先生住院的那段日子里，同学们始终轮流守护，还是未能把先生从死神手里抢救过来。先生临终时，不断地喃喃自语："'四人帮'垮台了，禁锢取消了，写作自由了，可我自己再也不能执笔为人民写作了。"听了师兄的这些介绍，我犹如利刃刺心，伤痛不已。因为我知道，长之师从新中国成立以来，在历次运动中，一直受着不公平的待遇，教师思想改造是重点，反右未能幸免，"文革"中所受的折磨就可想而知了。他是壮志未酬，长期抑郁成疾而死的。尽管如此，他临终前想的还是国家和人民，还以炽热的感情，写下了怀念文友老舍先生的文章，可见其心胸何等光明磊落。我常想,这本来是社会国家不应发生的悲剧,可是毕竟发生了,实在是令人痛心。

　　我受业于长之老师,是在一九五二年院系调整之后,我从辅大来到北师大。当时先生为我们讲授中国文学史。奇怪的是开学之后,好长一段时间,不见先生来上课。据说是因教师思想改造时,先生是重点。批判会上,个别左派老师,上纲上线,说绝不能让资产阶级学者再毒害青年云云。不过先生还是登台亮相了。先生才思敏捷,笔锋雄健,善于接受新鲜事物。这个从新中国成立初,他讲的中国文学史,完全可以说明这一点。当时全国还没有一部统一教材,都是授课教师自行编写。就中国文学史而言,它年代久远,资料浩繁,作家作品之多,世所罕见。其编写工程之艰巨,不难想象。它不仅要求教师博古通今,而且必须以新的观点,历史地、辩证地分析作品,评价作者,这在当时"极"左思潮的浓雾下,确实使一些人望而却步。尤其先生刚刚受过批判,口号未消,阴云未散,思想上是否能转过弯来,心理是否承受得了,大家无不为之捏一把汗。但长之师不愧是山东人,耿直要强,加上他对人民教育事业的赤胆忠心,又重新登上讲台。课堂上他从容不迫,娓娓而道来,讲神话,讲《诗经》,讲诸子百家,讲楚辞,讲汉乐府,等等,观点明确,内容丰富,无论对作家,还是对作品,都能融入自己新颖而深刻的见解,这在当时确实不容易,且大大出乎人们的预料,从而重新获得了同学们的信任与崇敬。

先生在写作中,文笔酣畅淋漓,纵横恣肆,可以说是随写,随讲,随出,往往是每部重点作品讲完之后,他都有作品问世。如《诗经今译》《孔子的故事》《陶渊明传论》《李义山论纲》《中国文学史略稿》,等等。除此,他还经常关注着当前的学术论争及文艺论争,不断地撰写文章。如对电影《武训传》《红楼梦》的批判,对胡适学术思想的批判,以及对《琵琶记》的讨论,等等,先生都写过专论,发表在首都的重要报刊上。这些文章,现在读来不无偏颇,或过激过左,但据我所知,先生确实是深感于知识分子思想改造的迫切性,故而凡是党的各项号召,他总是积极响应,总希望在写作实践中,逐步地端正自己的观点、立场和方法。他追求光明,追求真理,他对党是完全信赖的。我们相处几年,先生从未流露过对有些批判他的过激言论的不满,他总是信守"言者无罪,闻者足戒,有则改之,无则加勉"这一原则。他纯朴、坦诚、直率,故而可以说他在新中国成立后所写的东西,是一种遵命的文字。可惜这种初衷和赤诚并不为人所理解。

长之师不曾到过国外留学，一九三七年有机会留德，因日寇侵华，国难当头，他毅然放弃了这一机会，可见他的心和祖国的命运是紧紧地贴在一起的。虽未留过学，但他仍然会德、英、日三国外语，新中国成立后，他又自修了俄语。像这样的老一辈学者，仅此一项，就不能不令人佩服得五体投地。一九五六年，他译出了德国剧作家席勒的《强盗》，并亲自署名相赠，可惜在十年动乱中，不知散失到哪里去了。

一九五三年，我到中国戏曲学校任教，临行老师对我谆谆教诲，倍加鼓励，说戏校为人文荟萃之地，全国知名的老艺术家都在那里，他们身怀绝技，抬手动脚都是学问，应该向他们虚心请教、学习，切莫望宝山而空回。教学上有什么困难，可随时找他。果不其然，我到戏校之后，王瑶卿、梅兰芳、程砚秋、肖长华、姜妙香、郝寿臣、雷喜福、贯大元等三十多位老艺术家都在那里任教。阵容之强大，实力之雄厚，教学质量之高，恐怕连旧日的富连成也难以望其项背。只是文化课因学校初建，基础比较薄弱，这样我和梅葆月两个属于新中国成立后新出科的大学生，自然便受到校领导的重视。我去不久，便担任了高年级的文艺理论和文学作品名著选课程。初为人师,颇感吃力。当时全国正在纪念伟大的爱国主义诗人屈原,我征求先生意见,是否借此机会,向同学介绍一下屈原。先生不仅赞同我的意见,而且主动提出,由他来全面介绍屈原的生平事迹,由我讲授屈原的作品。先生白天课多,忙不过来,只能晚上去讲。当时并没有任何报酬,去就讲,讲完就走,来去匆匆,这在今天看来,简直不可思议。先生讲时,旁征博引,深入浅出,具体生动,受到了校领导和全体同学的热烈欢迎。由名牌大学的名教授到戏校讲课,尚属首次,他就是这样以实际行动支持自己的学生。以后我讲《廉颇蔺相如传》,先生专程去讲授司马迁。他着重介绍了司马迁著书立说的悲惨遭遇,和《史记》传记文学给予后世中国戏曲的影响。讲得极为生动,教室里座无虚席,鸦雀无声,同学们无不为先生的精彩讲演所陶醉。后来他又应邀到戏校给全校师生员工讲《水浒传》。这次是在小礼堂,连戏曲研究院的一些老专家,如景孤血、陶君起也来恭听了。一九五六年鲁迅先生逝世二十周年,我在戏校筹备举办了一次鲁迅作品展,为了使更多的人了解革命文学家鲁迅,先生应邀来作专题报告,题目是"鲁迅的创作道路",时间也是在晚上。记得我去请他时,他刚用过晚餐。在平

112

常日子里，先生习惯穿一深色长袖大褂，这次他特意向李师娘提出，一定要换上中山服，以示对鲁迅先生的崇敬和爱戴。最近在《文汇报》读到先生的女儿李书写的有关先生的一篇文章，提到先生因写《鲁迅批判》一书，给他的半生带来的麻烦，在历次运动总是因此而纠缠不休。殊不知批判的本意，是作为研究而言的，像郭沫若的《十批判书》，并不像以后，把批判竟囿于犯了错误的人和事，使人人听了毛骨悚然。我想如果真正是反对鲁迅，鲁迅为何还要亲自为他写序言，并写信寄照片给他，可见鲁迅还是十分重视这本书的，也是十分爱护青年的，因为这本书面世时，先生才不过二十多岁。

当时，北师大的部分教授宿舍，在西单的武动卫，观其建筑样式有可能是清王府一类住宅。长之师、敬文师、盼遂师都住在这里。先生住西厢房，大约是一排五间。这种房子进深长，山墙高，面积大。进得屋内，环墙四周全是书，中间置一方桌，先生每天就在这方寸之地看书，写作。一般情况下，每月我总有两次去拜访先生，向先生求教。先生总是热情接待，从不厌烦。每次我去，先生总是先问，这些日子读了多少书，读的什么书，然后作具体指导。先生有鉴于解放初运动多，会议多，学习时间少，为此他经常向我谈起他当年在清华时的学习情况,他说,旧社会的清华,确实出了不少人才,有时一个班里,半数以上都是学有专长的名流学者。一个是校风好,学风好,另外更重要的是靠个人努力,勤奋。先生说,他一个学期,只进两次课堂,大部分时间在图书馆。开学时去,看看学校新聘有哪些学者专家,期末考试,不能不去。有一次暑期开学他去了,老师是一位新由埃及归国的学者。第一节课,是老师先熟悉同学,按惯例,必不可少。只见老师笑容可掬,走下讲台,依次问每个人的尊姓大名。问到长之师,先生略欠身说"李长之"。这位教授立即报以惊喜的目光,说:"在国外就已久闻大名了。"原来先生早在十二岁时就开始写文章,到了大学,更是连篇累牍,一发而不可收了。不过李先生不无感慨地说,那时读书时间充裕,没有干扰,随心所欲,纵情博览,所以进步快。缺点是没有正确的思想作指导,带有一定的盲目性。有时容易脱离实际,不像现在和现实结合得这样紧。先生思想活跃,从来不甘寂寞。他有山东人的豪爽,心直口快,有啥说啥的特点,尤其青年时,表现得更为突出。连当年非常赏识他的杨振声、闻一多诸先生,都曾经劝他留心"悔其少作,多则易滥"。但是看来新中国成立后已是不惑之年的先生,仍未能改变其

114

初衷。当然,如果是现在,像他这样走笔如飞的写作情态,就可谓英雄大有用武之地了,可惜的是先生生不逢时,给人给己留下了无可挽回的遗憾。

　　先生自奉俭约,治学勤奋,惜时如金,从来不愿浪费一分一秒的时间。有一次我去他家,进门一见面他就说:"你猜我这半年,除讲课、写作外,读了多少万字的书?"这一下可把我难住了。于是我略加思索,说了个一百万字。先生笑了笑说:"一千万字。"我一听大吃一惊,相形之下,我不能不感到惭愧,因为自己浪费的时间实在太多了。对这些学者,我确实由敬佩而叹服了。这需要多么大的毅力啊!

　　李先生个子不高,戴一深度近视镜。一年四季总爱穿那一件长袖大褂,伸手不见五指,犹如戏曲演员的水袖。有一次我以半开玩笑的方式,仿效京剧的韵白,向先生打趣道:"如此长的袖子,未免太不方便了。"先生当即站了起来,笑着对我说:"你只知其一,不知其二。它的好处在于——"说着他把袖子一抖,顺着桌面上下左右　拂,上面的尘土竟被清扫得一干二净,"怎么样?省得到处寻抹布了,这不很节省时间吗?"难怪先生讲起书来,滔滔不绝,提起笔来,一挥而就。由此可以看出先生的幽默风趣,以及对时间的珍惜。

先生有着过去文人的清高，但绝不是孤芳自赏。他关心国事，关心政治，是非分明，爱憎强烈，在我和他数年的交往中，每谈到国民党的黑暗统治，贪污腐败，他都恨之入骨。他告诉我，在重庆时，国民党要员朱家骅，想邀他入阁，他没有答应。晚上又送来五千大洋，适逢他不在家。回来之后，他立即派人如数奉还，并附一小纸条，上书"以我之廉，报君之贿"。对高官厚禄和金钱的诱惑，先生毫不为所动，表现出中国知识分子的高尚情操。时至今日，我经常这样思考，昔日的师道尊严，在"文革"时被曲解为冷酷无情，封建传承，岂不知一位真正受人尊敬的教师，除了传道解惑，还必须言传身教，以身示范，才能在学生中树立起永恒的威信。

一九五七年，我被划作右派，当时情绪低沉，万念俱灰，大有豁出去，不在乎，破罐子破摔的念头。先生看出我的心思，及时地给我以安慰和策励。有一天晚上，我请他到大众剧场，观看广东潮剧《狗拿金钗》。演出完了，已是晚十一点，我们徜徉在剧场附近，先生以慈父般的神情，再三给我说，你还年轻，犯点错误算不了什么，切勿自暴自弃；头脑一定要保持清醒、冷静；检查时应实事求是，人家提的意见，虚心听取，有则改之，无则加勉，不要硬着性子，你要对自己负责啊！有的东西真的假不了，假的真不了，一切事物都要经得起时间的检验。要自尊自爱。先生的一席话，把我说得热泪滚滚，真是一日为师，终身为父啊！后来，我才知道，当时先生也因《墙》的一篇短文，惹下了通天大祸，可他却不曾向我透露丝毫。

而今四十三年过去了，我永远忘不了一九五七年的那个夜晚，路上星光灿烂，路灯闪闪，万籁俱寂，行人稀少，在皎洁光亮的月夜，我的心情却是那样的悲凉和暗淡。是先生的谆谆教诲，使我在迷雾中，看到了曙光，辨清了方向，可谁又想到，这竟是最后一次的相见，也可以说是诀别。现在我总算活着过来了，而且呼吸着改革开放后的清新空气。可是时至今日，先生已然尘封在地下，很少有人道及。一九九六年在《读书》上看到郜元宝所写《追忆李长之》为题的长文，今年又在《文汇报》上看到李书写的谈她爸爸的一篇文章。看过之后，十分欣慰。

李先生一生思想敏锐，文笔雄健，著译等身。他所写东西，涉及面广，不论哲学、历史、文史、美学都无一不谈。不管是新中国成立前的，还是新中国成立后的，它都反映了一个世纪的两个时代，它是研究先生学术思想的信史，同时也是国家的一笔精神财富。听说有的高校研究生正在以先生为题,撰写毕业论文,这是很自然的。我作为他的学生,虽时间不长,但受益匪浅,特别是先生的为人,立身处世的态度和治学精神,恐怕是当今的·些教师望尘莫及的。对自己"学而不厌",对人"诲人不倦",这就是李长之先生的精神。

春蚕到死丝方尽

——深切怀念李健吾老师

李健吾老师不幸逝世了。这个消息确乎来得过于突然，使人难以置信，感情上承受不了。

李老是我国著名的戏剧家、外国文学翻译家、文艺评论家。我们作为爱好戏曲的晚辈，曾多次受到李老的关怀和教诲。

一九八一年六月下旬，我们相偕赴京，其中拜访李老就是此行的一项中心任务。北京的夏天，人拥地窄，酷似蒸笼，闷得人透不过气来。二十六日凌晨，我们起了个大早，漱洗完毕，便迎着黎明的曙光，从大栅栏旅社乘车向李老的住处进发了。一路上，我们心里直嘀咕："这么早李老不一定会起床吧！"可是没想到当我们来到东单干面胡同社会科学院家属院楼时，轻轻敲过门后，吱呀一声，开门的正是李老。他满面笑容，热情地把我们迎进屋内，转身又为我们沏来两杯浓茶，我们再三向李老致意，乡里乡亲，要喝自己来。落座以后，我们首先代表山西师院学报编辑部向李老问好，另外又接受编辑部委托，征询李老的意见，想在今年发表他的自传。李老听了以后，兴致很高，立即陷入了往事的回忆，向我们介绍了他走向文坛和从事戏剧的经过。

一九一九年，李老只有十三岁，还在北京师大附小读书就开始了他的戏剧活动。一九二〇年陈大悲写的话剧《幽兰女士》在北京上演，李老男扮女装，饰小丫头，因表演逼真，赢得了广大观众的喝彩，崭露头角，誉满京都。后来又在熊佛西写的《这是谁之罪》一剧中，扮演女主角，以哭得恰到好处，得到了观众的赞赏。一九二三年五月十四日，人民戏剧专科学校学员在新明剧场演出陈大悲的《英雄与美人》时，我国话剧始正式有了女演员，李老这才抹去粉黛，不再演女主角，进而在表演艺术的另一个领域——男性角色的人物塑造方面作新的探索。一九二六年李老入清华大学西洋文学系学习四年，一九三一年赴法国留学。一九三三年他从法国留学归来后，就成功地塑造了《委曲求全》（王文显作剧）中的董事长，《说谎记》（李老根据萧伯纳《她怎样向丈夫撒谎》改编）中的"俗而不落俗套"的丈夫等艺术形象,为观念留下了深刻的印象。一九三三年,李老应郑振铎先生的邀请迁居上海,在暨南大学文学院任教,不过仍没有中止他的舞台艺术活动。在这一阶段,他自演了亲手写的《这不过是春天》(陈西禾导演)剧中的警察厅厅长,还主演了曹禺同志根据意大利独幕剧《大马戏团》改编的《正在想》剧中的江湖卖艺人"老倭瓜"。直到一九四五年在他自己写的《金小玉》剧中自演秘书长后,从此才谢绝舞台,专注于创作、评论和翻译了。

我们对于李老在创作方面的卓越成就,以前虽从文学史书及个别回忆评论文章中知道一二,但毕竟是一鳞半爪,远没有了解到全貌。因此,我们恳请李老能介绍点自己的创作情况,供后人借鉴。李老的创作生活开始于一九二二年的中学时期。当时,他才十六岁,就同本班同学朱大楠、蹇先艾等组成文学社团"曦社",在景定成先生(即景梅九)主编的《国风日报》开辟专栏《爝火旬刊》,发表文章,勇敢地向黑暗的旧社会挑战。一九二四年,他发表了剧本《工人》,反映铁路工人反抗军阀压迫的罢工斗争,这是当时较早反映我国工人生活的剧本。一九二六年,李老以北京南下洼一个贫苦姑娘的命运为题材,写了《翠子的将来》,他自己把这个戏叫作"穷人戏"。李老能够同情穷人,替穷人说话,做穷人的朋友,在当时确是难能可贵的。三十年代到四十年代,是李老创作上的多产丰收时期,其间写了不少剧本,诸如和曹禺的《雷雨》同期发表于《文学季刊》上的三幕话剧《这不过是春天》,独幕剧《另外一群》《母亲的梦》《中秋节》,四幕剧《老王和他的同志们》,三幕剧《梁允达》和《村长之家》,以及《以身作则》《青春》《草莽》等。其中以《这不过是春天》《草莽》和《青春》影响较大。现在蒲剧及其他地方剧种的传统戏《贩马记》就是根据《草莽》改编的。《青春》新中国成立后曾被改编为评剧《小女婿》参加全国第一届戏曲会演,荣获一等奖。当我们为近三十年来,不少观众只知有《小女婿》《贩马记》,不知有《青春》和《草莽》而抱屈时,李老却莞尔地一笑付之,足见李老宽宏大量和不计较个人得失的高尚品德。

与此同时,李老还致力于著名作品的改编,且卓有成就。他在三十年代以后至新中国成立前,先后把法国萨都的《陶兹卡》改编为《金小玉》,把莎士比亚的《麦克佩斯》和《奥赛罗》改编为《乱世英雄》和《阿史那》,把阿里斯托芬的闹剧《妇女大会》改编为《和平颂》,席勒的《强盗》改编为《山河怨》,根据巴金的同名小说改编了剧本《秋》。其中,剧本《秋》由黄佐临导演,在上海孤岛时期上演,《金小玉》因写革命党,李老自己在剧中又担任角色,参加了演出,他被日本宪兵队抓去受了二十多天罪。

另外,李老也写过一些小说。一九二九年出版了中篇小说《一个兵和他的老婆》《西山之云》。一九三一年出版了短篇小说集《坛子》、长篇小说《使命》和《心病》,经朱自清先生推荐,在叶圣陶先生主编的《妇女杂志》上连载后,《心病》于一九三三年由开明书店出版。

全国解放初期,李老担任上海戏剧学校文学系主任,除主要精力致力于繁忙的教学工作外,还念念不忘辛勤创作。一九五〇年他主编了组剧《美帝暴行图》,自己亲自创作了其中的两出,一九五一年写了《山东好》,一九五八年写了独幕剧《死亡路上》。可惜的是,正当李老为祖国的文艺事业纵横驰骋,大显身手之时,史无前例的十年浩劫来临了。李老未能幸免,遭到了不公平的非人的待遇,住牛棚、养猪、打草、纠缠、逼供写材料,耗去了李老多少宝贵的时光!粉碎“四人帮”后,李老青春焕发,创作欲旺盛,一连写了四个剧本。正剧《一九七六年》写于一九七七年,是我们所接触到的最早为天安门事件说公道话的剧本。小喜剧《一棍子打出个媳妇来》和小闹剧《大妈不姓江》,仍然保持了作者往日的独特风格,悲剧《吕雉》,从人物、故事到语言,也尚有他自己的格调。

最后,李老又把话题移到他自己的研究事业上来了。李老在一九三六年就曾用刘西渭的笔名出版了评论集《咀华集》,后又出版了《咀华二集》,其中对巴金、夏衍、何其芳、萧军、卞之琳、叶紫等许多著名作家的作品进行了认真的研究和评论。他勤学不倦,博览群书,英、法文的修养很深,文史知识也很渊博;并专心研究福楼拜和巴尔扎克等法国著名作家,于一九三五年出版了《福楼拜短篇小说集》。译著《圣安东的诱惑》和《情感教育》分别于一九三七年和一九四八年出版。一九三八年翻译了罗曼·罗兰的剧本《爱与死的搏斗》,由上海剧艺社在处于孤岛时期的上海上演,引起了观众的强烈反响。一九四五年抗战胜利后,和郑振铎先生共同编辑了《文艺复兴》杂志,以唤起民众的觉醒,揭露国民党的黑暗统治为己任。一九四九年出版了《莫里哀戏剧集》八种。翻译的巴尔扎克的《司汤达研究》和《巴尔扎克论文选》分别于一九五〇年和一九五八年出版,一九六三年又出版了《喜剧六种》《人间喜剧的革命辩证法》《巴尔扎克的世界观问题》等著作和论文。五十年代初期,他又因教学工作的需要,从英文译了《高尔基戏剧集》七种、《托尔斯泰戏剧集》四种、《屠格涅夫戏剧集》四种,以及雨果的《宝剑》、埃斯基拉斯的《浦罗米修斯被绑》、波兰克鲁托夫斯基的《罗森堡夫妇》等。一九八〇年以来,李老除受社会科学院研究生院院长周扬之聘请,带了三名专攻法国文学的研究生外,继新中国成立初期《莫里哀戏剧集》之后,又完成了莫里哀的二十一个剧本的翻译工作。莫里哀一生共写剧本三十三个,其中李老认为有六个不必译了,已交湖南人民出版社出版,可以说李老等于译完了《莫里哀全集》。他还把自己写的有关戏剧论文,编成一本《戏剧新天》,由上海文艺出版社出版。《戏剧评论选》和《李健吾独幕剧集(1924—1989年)》《文学评论选》由宁夏人民出版社出版,《莫里哀喜剧全集》将由湖南人民出版社出版。《论巴尔扎克》和《巴尔扎克论文学》《巴尔扎克和其他现实主义作家散论》《福楼拜书信选》《法国十七世纪古典主义文艺理论》等书,也业已编定,等待出版。再看看李老桌上铺着的厚厚一层稿纸和旁边堆着的厚厚一叠草稿,以及那副老花眼镜,那支古朴的钢笔,我们知道李老又正在迅笔疾书,不久将有新的大作要问世了。有关自传的内容介绍完以后,我们顺便问李老手头有没有现成的文稿?这时李老把他最得意的门生研究波德莱尔的论文拿出来,让我们看,首栏是李老密密麻麻的批语,后面两栏是他的两项建议:一条是建议论文由社会科学出版社出版,一条是推荐该生出国进一步深造。世有伯乐,而后有千里马。这位研究生虽不曾晤面,但强将手下无弱兵,名师出高徒,这一点我们是深信不疑的。接着,李老从旁边取出两篇论文,让我们挑选。一篇是《辞海》中有关波德莱尔等人的评价问题,一篇是《爱与死的搏斗》(在"孤岛"时期的正式演出)。结果两篇都为我们看中,因为前篇和那个研究生论文的方向相同。我们深信这一定是李老近年来研究中的重型炮弹,后篇关系到三十年代文艺界的一些复杂情况,史料价值极高。出乎意料,李老竟将这两篇佳作毫不吝啬地赐给了我们。后来,这两篇文章先后在《山西师院学报》一九八〇年第三期和一九八一年第四期发表,都引起了学术界的强烈反响,收到了良好的效果。

看着李老这样忙碌,分秒必争,还有那么多的事情等待着他去完成,我们实在不好意思再侵占他老人家的时间了。分别时,我们请他得便时能回老家走一走,家乡的艺术之花正如饥似渴地等待着他去施肥、浇水、修枝、培植呢。

没负众望,就在同年的十二月末他回来了。不过,我们事先并不知道。他是应邀专程前来参加张庆奎同志艺术生活五十周年纪念活动的。一天下午,我们突然接到与李老一道从北京来的同志的电话,说李老要亲自到编辑部看望我们。我们一想,老人家这么大年纪,旅途辛劳自不必说,且哪有前辈看望晚辈的道理?晚上七时许,我们往宾馆去拜访李老。进得屋内,正好山西大学中文系姚青苗先生亦在座,李老随即热情地为我们做了介绍。在明亮而柔和的灯光下,越发显得李老是那样慈祥,那样和蔼可亲。他告诉我们:"来得匆匆,未顾及写信,不过我已向随行的同志提出,来临汾的第一站就是你们编辑部。"看李老和我们的感情多么深厚!我们每个人听着这真挚的话,感到心里热乎乎的,这对我们是多么大的策励啊!

李老身历旧民主主义、新民主主义和社会主义三个不同历史时期,饱经坎坷,备受忧患,但他始终热爱自己的祖国,热爱自己的家乡,热爱自己家乡的戏曲——蒲剧。临汾地区蒲剧团《麟骨床》赴京参加国庆三十周年献礼演出,他因年高和身体不佳,未能亲自观看,但却及时通过电视收看了实况转播,并写了评论文章。"四人帮"一粉碎,他首先撰文推荐晋南的著名蒲剧表演艺术家阎逢春,因为他担心一代名伶,经过十年动乱之后,仍在继续受着不公平的待遇。后来听说阎逢春不幸逝世,他惋惜之余,又萌发了另外一种担心,蒲剧这一古老的艺术之花会不会后继无人?幸好临汾地区青年蒲剧团为大会作了专场演出,看着青年们纯熟而精湛的演技和在继承传统艺术方面所取得的优异成就,李老真是高兴得无以复加。正像他在大会发言中所讲的:"看了你们的演出,蒲剧可谓人才济济,后继有人,我们这老一辈人就放心啦!"说这话时他激情满怀,眼里滚动着晶莹的泪花。

张庆奎同志艺术生活纪念活动一结束,李老就顺便回运城老家了。据他告我们离开家乡整整四十年了,"少小离家老大回",恐怕连中年一代都不曾相识了,但是艺术家热爱家乡的炽热之情,却丝毫没有冷却下来。

一九八二年元月二十一日,我们接到李老从北京写来的信,他告我们回到运城后,参加了各种学术活动,但由于不适应气候的变化,自己不小心着凉了。住了十多天医院,又吃药、又打针,最后由地区文化局的阎同志送他回北京,住了首都医院。给我们写信时,他已经病好出院,要我们务释远念。在这封信里,他还向我们推荐了王雪樵同志的佳作——《为"关汉卿祖籍河东"说援一例》。他总是那样平易近人,用商量的口吻:"能用即用,万勿因我而作难。"后来我们将这篇文章发表后，也引起了学术界一些积极的反响。这功劳无疑应首先归功于李老对文章的赏识和推荐。李老热爱祖国，热爱故乡，赤胆忠心，老而弥坚，关心人才，提掖后进，苦心孤诣，不遗余力，为人耿介正直，爽朗热情，研究学问严肃认真，一丝不苟，真不愧为一代宗师！

目前，在我们漫长的学海生涯中，高山陡峭，荆棘丛生，正需要李老启迪、指导我们登攀时，万万没有想到，他老人家竟这样匆匆地离开了我们，溘然长逝！

对于李老这样一位驰名中外的著名戏剧作家，外国文学翻译家，文学评论家，这样一位对人类精神文明贡献出了毕生精力，做出了卓越成就的灵魂工程师，天公为何不假其余长？看来天公失公，死神亦未免太无情了！

健吾老师，安息吧！您一生所创造的精神财富将永远存留于祖国的文化宝库之中，与日同光。

（《李健吾纪念文集》）

德高为师,风范犹存

——纪念周贻白老师诞生一百周年

今年是周贻白老师诞生一百周年。他一生为中国戏曲史的研究,为中国戏曲教育事业作出了卓越的贡献。周贻白老师是粉碎"四人帮"之后,一九七七年不幸病逝的。我获悉这一消息是一九八二年,在山西太原由中国艺术研究院和省文化厅联合召开的梆子声腔讨论会上,遇到了周贻白老师的二公子——周华斌同志。当我问起周老师的情况时,华斌不无伤感地告诉我,十年动乱,他父亲毫无例外地被当作反动学术权威,受到冲击,家里被抄,忧国忧民,积愤成疾,病情严重入院时,还是他用小平车推着老人住院的,从此再没有回来。听了实在令人叹息和心酸!后来一次我去北京,在华斌家里,他把刚领回来的"文革"时被抄去的珍本给我看,上面竟然加盖了康生的印章,堂而皇之的党内文魁,原来是一个以权谋私、盗窃文物的能手。

我和周贻白老师是一九五四年认识的，那时他在中央戏剧学院任教，我在中国戏曲学校，并担任文教组长。学校为了使学生了解中国戏曲发展的历史，决定聘请周贻白老师来讲授中国戏曲史。当时副校长史若虚同志写好一封信，命我前往面呈周贻白老师。我心里有点忐忑。我虽然久闻周贻白教授的大名，也读过他的大作《中国戏剧史长编》，但从未见过面。周老师当时住在棉花胡同，学院斜对门的家属宿舍，是一间旧式平房。进得门内，周老师正好在家，他十分热情，邀我坐下。我把信呈上，说明来意。周老师看过信后，满面笑容，毫不犹豫，慨然答应。并说定每个星期四上午去给学生讲课。我心想原来聘请教授竟这样容易，也不讲薪俸报酬，仅凭一封信，派我这样一个无名小卒，居然完成任务了。

　　周老师这时已是五十多岁的人了，但他精神矍铄，身体健壮，容光焕发，毫无老态。每次上课，他都是走到地安门，乘有轨电车到西四下车，然后再步行到赵登禹路。两边的路程，合起来少说也有三里路。

　　周老师授课的对象是高年级学生，相当于初中三年级水平。但因仰慕周老师的声望和学问，学校的好些教师和一些行政干部也来听课，有时甚至还有戏曲研究院的一些学者。周老师的湖南乡音较重,有些话人们听不懂,另外学生的文化水平参差不齐,基础知识亦差,面对这种情况,周老师一是耐心,一次不懂讲两次、三次……二是深入浅出,尽量结合一些演出实际,力求让同学们能够真正理解,充分显示了周老师诲人不倦的高尚品德。在五十年代,过于革命化,还没有留客吃饭的习惯。每次讲完课,正好中午十二点。老师总是夹着书本、讲义自行回家。我也总是把周老师送到赵登禹路口,眼望着老师朝西四方向走去,心里实在不是滋味。

学校每月给周老师的薪俸是四十元,连车马费包括在内,这在现在简直是不可思议的。

一九五四年秋天,中国实验京剧团正式宣告成立,我亦随之调团工作,担任教练组副组长,组长是陈玉菁同志。团里的演员大多数是戏校选修班的毕业生,有刘秀荣、张春孝、谢锐青、许湘生、朱秉谦、孙岳、钱浩梁等。他们在抗战期间,都是年轻娃娃,一直跟随田汉同志,转战南北,为战士演出。抗日战争胜利后,又都入了四维剧校。新中国成立后,中国戏曲学校成立,他们又转入戏校。他们的年龄一般都比较大,演出经验丰富,会的戏多,像刘秀英、张春孝、朱秉谦、孙岳,不论唱念做打,都是十分出

132

色的,就是文化知识欠缺一些。因此团里仍然决定执行边学习、边演出的方针,所不同的是演出的量要重一些,多一些。为此团长吴宝华同志又命我请周贻白老师来给演员讲戏曲史课。周老师有求必应,尽管他当时工作忙,研究课题多,还是依旧每周来一次。不过团址在王府仓,比前更远了。每礼拜四我在赵登禹路口接他,然后一道说着谈着去剧团。他对演员的学习十分关心,一路上总是问我每个演员的文化水平,接受能力,以及对他讲的课有什么反应,有什么要求,能完全听懂的占多少,然后嘱咐我课下多做些辅导工作。

一九五六年,党中央提出向科学进军的号召,当时全国形势一派大好,人民觉悟空前提高。为此,文化部举行了各种不同类型的讲座。我记得曾请北大的历史系主任翦伯赞教授讲中国通史,周贻白老师讲中国戏曲史。他们都知识渊博,讲得通俗易懂,受到了文化部干部的极大欢迎。

周贻白老师可以说是出生于一个梨园世家,他的父亲是一位湘剧票友。他从小就喜欢跌爬滚打,舞刀弄枪,练就一身本事。他演过文明戏,当过湘剧演员,京剧演员,还参加过杂技团,演过杂技。他还曾经学过徒,做过编织地毯的工人。后又读过师范预科,当过教员。二十年代到

133

四十年代,他在上海结识了田汉、夏衍、欧阳予倩,受到了民主革命和西方戏剧的影响,先后参加了南国社和中国旅行剧团等。这一阶段,他热情投身于话剧、电影领域,创作了二十多部话剧和电影剧本,其中包括京剧。一九三七年,日寇侵华,他在上海参加了抗日救亡协会,因撰写弘扬民族意识的剧目,遭受日军监禁。一九五〇年,新中国成立后,他应田汉、欧阳予倩之邀约,回到北京,一道筹建中央戏剧学院,从此,他一直在中央戏剧学院任教。

周贻白老师,出身贫寒,历经沧桑,从事过各种不同职业,但他自强不息,肯于奋斗。这些丰实的生活经历,对他从事中国戏曲史的研究,至关重要。如他在三十六岁时写成出版的《中国戏剧史略》和《中国剧场史》两书,已摆脱前贤的窠臼,把戏剧作为综合艺术来对待,来研究。

中国最早的戏剧史家王国维先生（1877—1927）,在一九一二年写成的《宋元戏曲考》,一扫前人对戏曲鄙薄的态度,把元曲与唐诗、宋词相并列,开中国戏曲史研究之先河,视野开拓,功垂后世。但使人感到不足的是,从元以后便戛然而止了,当然这和他的认识有关,他认为元曲为活文学,"明清之曲,死文学也"。

一九一五年,专攻明清戏曲史的日本学者青木正儿,所写的《中国近世戏曲史》弥补了王国维先生之不足。但他们的缺陷，一是有头无尾，一是有尾无头，只能说都是一部断代史。郑振铎先生的《插图本中国文学史》，以及刘大杰先生的《中国文学发展史》，性质不同，各有侧重，所论元明清戏曲，多在案头文学之主题思想、人物分析、文辞研究上下功夫，使人难以一窥中国戏曲之全貌。和周贻白老师同时的戏曲史家徐慕云先生所著《中国戏剧史长编》（1938），虽亦注意到中国戏剧之综合特征，但由于时代局限，也只是写到清末。董每戡先生的《中国戏剧简史》（1949），同样也是写到清末为止。周贻白老师与上述研究者不同，他一面从事教学，一面坚持戏曲史研究，由于国家正处于欣欣向荣、百花齐放、推陈出新的大好局面之下，使他有机会观赏了全国各地丰富多彩的地方戏，对新发现的戏曲文物，他不远千里，亲往视察，从而大大地开阔了他的视野。他治学严谨，虚怀若谷，善于听取来自正反两方面的不同意见，从而最终写成了他的《中国戏剧发展史纲要》一书。

这本书共分二十六个章节，从中国艺术的起源及其艺术因素；汉代的散乐（百戏）与雅乐；三国及六朝时代的各种技艺；隋代的散乐与歌舞；唐代的乐舞与杂戏，包括歌舞戏、参军戏、歌曲舞蹈与传奇文；到北宋时期的歌舞与杂剧，包括瓦子、勾栏与歌舞杂技，教坊杂剧与歌舞，勾栏杂剧与说话人；南宋时期杂剧与戏文，勾栏伎艺与教坊杂剧，官本杂剧与大曲小说，南戏与金院本；最终迎来了元杂剧的繁荣。由元杂剧到明清传奇，直到地方戏的兴起，四大徽班进京，京剧的异军突起与各地方剧种的大量涌现，等等，可以看到这是一本比较完整的中国戏曲史。他不只注意到每朝每代每个时期戏曲的艺术特征，演出的情况，而且注意到传奇小说和词话与戏曲的关系，官府的、民间的戏曲之间的交流，相互影响，乃至戏剧创作，戏曲批评，主要的剧作家，主要的作品，特别是利用新发现的戏曲文物，论证一个时代的演出情况，这与其他研究者相比，可谓独树一帜。尽管这本书还有不足之处，但我认为周贻白老师的这部专著意义深远，影响至巨，确实是起到了承先启后、继往开来的作用。

缅怀往事，周贻白老师的音容笑貌，讲课时的姿态，仍然历历在目。我将永远怀念这位热情、诚挚、学识渊博、有问必答、有求必应、诲人不倦的一代宗师。

（《场上案头一大家》）

一面之缘　终生难忘

——忆萧军先生

我生平接触过不少专家、学者和著名作家，他们共有的特点是诚挚热情，平易近人，学识渊博，关心后进，所以都给我留下隽永而美好的印象。不过大都是经过长时间的不断走访，虚心求教，才逐步由淡到浓，加深认识和了解的。和萧军先生就不同了，我们仅有一面之缘，事先不曾有什么准备，时间不长，谈的也不多，但他给我的印象却是那样深刻，令人终生难忘。

那是在一九五二年，春节刚过，开学不久，故虽是初春，依然微寒。首都各高等院校的教师正在进行一场"过三关"的思想改造运动，同学们也在纷纷向党交心。

一个星期天的早晨，刚刚吃过早饭，三年级的师兄徐大愚君突然来邀，说他要去看望萧军，问我去否。我欣然同意，同去的还有我们班的邓沐珩君。

提起萧军先生，早在故乡读初中时便已闻其大名了，知道他是位爱祖国、爱家乡、爱人民的东北作家。"九一八事变"后，他怀着对敌人的满腔仇恨写了《八月的乡村》，深得鲁迅先生的赞许。鲁迅先生亲为撰序，助其出版。后来听说他到了延安，受到毛主席的接见。最后又回到东北，因他刚直不阿、不平则鸣的个性惹下了"反苏、反共、反人民"的莫须有罪名。好在粉碎"四人帮"之后，这些强加于先生身上的不实之词始告彻底推翻，还英雄以本来面目。

萧军先生当时住在北海公园极为幽静的榭园内。我们三人是由北海后门进入的。榭园呈长方形，距北海后门较近。内有水塘，水自外注入，潺潺细流，淙淙有声，清澈见底。塘内布满残荷、浮藻之类，给人以孤僻冷峻之感。园内四周为单脊出檐平房。先生住西房，一排五间，前檐微出，下有回廊，古色古香。惟门窗是新式的，显得宽阔敞亮。我们循着回廊，走向萧军先生的住处，内心充满了神秘感，不由想到了刘禹锡的《陋室铭》，南阳的卧龙岗：怎么现代作家竟过上了隐士生活了呢？

我们轻轻叩响了风门，吱呀一声，门启处，映入眼帘的是一位体魄雄伟、身板结实的中年人。大愚兄矜持而又谦恭地说:"我们是专程来拜访萧军先生的。"那人一听,满面微笑地向我们自我介绍说:"在下便是萧军。"遂伸出手相邀:"列位请进。"

萧军先生的住房分客厅、卧室。客厅三间,卧室两间。客厅陈设简朴,只在中间置一条桌,上面铺着洁白的桌布。我们三人依次坐在条桌的一方。萧军先生动作灵敏,很快为我们沏好了茶,一一端上,说初次见面,不成敬意。这时大愚兄先开口:"久闻先生大名,我们今天趁礼拜天特来拜访,请先生赐教。"萧军先生开怀大笑,说:"我恐怕早已臭名远扬了。谈不上赐教,能和青年人一块坐坐,我是十分高兴的。"我们问先生正在写什么大作,先生带着揶揄的口吻说:"没写什么,整天游手好闲,无所事事,服从分配,在敲佛头而已。"什么是敲佛头?这个陌生的词汇叫我们如入五里云雾,诚所谓丈二和尚摸不着头脑了。我们三个面面相觑,又不好意思提问。萧军先生觉察到我们不了其然,他笑着解释道:"敲佛头,就是考古。"我们听了默默未语,总觉得不应该让一位在群众中有影响的作家放弃自己的专业,搞他不熟悉的行业。无论对国家还是对他本人,这都无疑是一种损失。何况先生正值风华正茂、年富力强之际,又逢于盛世,如能让他深入生活,肯定会写出讴歌我们这个时代的长篇巨著，恐怕要比他从事考古工作贡献大得多。然而，面对冷酷的现实，我们只能默然同情，谁能有回天之力啊！我们从讲授新文学史的老师那里，略闻萧军当年在延安曾犯过这样或那样的错误，受到过批评，是患有狂热、自由主义毛病的小资产阶级作家。不过我们懂得，在这种场合，我们决不能人云亦云地提出使先生不愉快的问题，更何况我们对所谓的"问题"已有自己的看法。好在先生向以民族大义为重，一腔正气，两袖清风，从不把个人的恩怨得失放在心上。多年来，他和党的关系总是择善而从，肝胆相照，决不随声附和。真是铁骨铮铮，自有见地！我常想，我们国家像萧军先生这样的作家多有一些，有什么不好呢？沉默片刻，我们又问萧先生："听说先生一段时期在矿山工作，当有新作问世吧？"他爽快地回答："有一部，是《五月的矿山》，不过出版有困难，我正在给毛主席写信呢！"先生说话带有浓厚的东北乡音。

　　这时，我仔细地观察了萧先生，他四方脸，络腮胡子，浓眉大眼，炯炯有神，头发蓬松，未加梳理。上身穿一件破旧夹克，裤脚上似乎还系有带子，是军绿色，但显得很黯淡。脚上穿着一双褪了光的皮鞋，看来从不打油。他留给人的总体印象是坚定,刚毅,乐观,不以物喜,不为己忧。既有武士风度,又有文人气质,是一位十分有个性的人。

先生最崇拜的是鲁迅。他也像鲁迅一样,热爱祖国,热爱人民,关心青年,提掖后进。临别依依,先生一再语重心长地教导我们:"你们生逢盛世,一定要珍惜时光,好好学习。新中国如旭日东升,气势磅礴,光芒万丈。你们都是新中国的未来,可谓英雄大有用武之地。"先生把我们送至榭园门外,握手告别时,他饶有兴趣地说他年岁大了,记性不好,万一路上相遇,可直呼其名,唤他萧军,千万不要不好意思,如其不然,一旦错过,切勿见怪。先生的话发自肺腑,坦率见真。遗憾的是从那以后,再也无缘得见先生一面。

粉碎"四人帮"后,对先生的遭遇略有所闻。听说他在红卫兵面前表现了一种威武不屈的性格。前些年,在《文汇报》读到的张锲同志回忆先生的文章,题目是《是真名士自风流》,文章写到一九八七年四月应霍英东先生之邀与先生一道访问香港,先生任团长,和大家朝夕相处,情同家人。每逢宴席酒酣耳热之际,他竟以八十高龄动情地引吭高歌《达坂城的姑娘》。其音色浑厚纯正,表情诙谐自然,博得满座喝彩。可万没想到,当年回京之后,先生竟患不治之症。张锳夫妇去医院看望先生,面对死亡,先生的一段话甚是感人:"你们听说我得了癌症吗?我身体一直很好,不相信自己会得了什么癌。就算是癌,我活八十岁了,还能再活八十岁吗?我平生追求四个目标:求得祖国的独立,求得民族的解放,求得人民的翻身,求得一个没有剥削的社会制度的实现。如今这些都基本上达到了,我没有什么遗憾,也没有什么骄傲,我早已把生死置之于度外了。一个人为自己而生,就会经常苦恼,处处碰到死角;为社会而生,就会乐观,永不懈怠。"先生是这样说的,也是这样做的。我一直把它作为自己的座右铭。每当遇到不顺心的事,忧心忡忡,苦恼异常,想想先生的人生哲言,便豁然开朗,倏然冰释。

世上的事,说来容易,做起来是很困难的,言行一致就更困难。这主要和一个人的生活阅历、文化教养、道德修养、生活目的有关,所有这些构成一个人的思想境界。我当孜孜以求。

戏剧大师曹禺

在中国我最崇敬的戏剧大师便是曹禺。我了解曹禺、走近曹禺是从读他的作品《雷雨》《日出》开始的,我为剧中人物的喜怒哀乐所吸引,久久不能释怀。后来又有幸看了演出,感受自然不同,为剧中人物的悲剧命运所震撼。我渴望见到这位戏剧大师。值得庆幸的是终于在一次机会中,见到了他,并亲耳聆听他讲授莎翁的名剧《罗密欧与朱丽叶》。通过这认识三部曲,我认为曹禺作为戏剧大师是当之无愧的。起码直到现在中国的话剧还没有一个人能超越他,连国外的文化界也美誉他为"中国的莎士比亚"。他是中国话剧的集大成者,是他把中国话剧推向成熟的高峰。

郭沫若的剧作,雄浑恣肆,文笔酣畅,诗意甚浓,可读性强;老舍的剧作,诙谐幽默,京味十足,用笔老练,趣味性强;田汉的剧作,与现实生活紧密结合,具有很强的政治敏锐性和现实意义。总的来说，他们都是多方位的作家，散文、小说、诗词、戏剧，无所不写，因而可以把他们的作品称为文人剧作，或文学剧作。唯有曹禺，在他童年时期，就常常随继母看京戏、地方戏和文明戏。观看了谭鑫培、余叔岩、杨小楼这些著名艺术家的表演，从而在他幼小的心灵里，播下了戏剧的种子。及至他到了清华，便全身心地投入了戏剧活动。这时，他熟读了不少外国戏剧名著，如英国的莎士比亚，法国的莫里哀，俄国的契诃夫，这些名家的作品都给了他莫大的影响。曹禺对中国的古典名剧亦十分倾心，尤其是悲剧。他认为中国的悲剧，"凝结着中国人民的崇高、悲剧、雄伟的精神与情操，表现着中国人民永不屈服的抗暴力量"，"并以其深远的悲剧气氛，激越、壮美的演出，使观众达到'物我两忘'的境界"（曹禺《中国十大悲剧连环画集序》）。

　　一九四九年九月，我在北京长安大戏院观看了唐槐秋旅行剧社演出的曹禺的《雷雨》。这个剧有四幕，仅以一天的时间（上午至午夜两点半），两个舞台布景（周家的客厅和鲁家的住舍），集中地表现了两个家庭和两家成员之间前后三十年的错综复杂的矛盾和纠葛，以及那种不合理的、不平等的人际关系所造成的罪恶。最后在午夜风雨

144

交加的雷电声中,剧中主要人物,有的死,有的逃,有的成了疯子。这种强烈的悲剧效果,一下子把我慑服了。看一次不过瘾,我又连续看了两次。直到如今,仍然回味无穷,叹为观止。我由衷地佩服剧作者惊人的天才。

曹禺不只擅长于剧作,而且自己能导、能演,正由于此,也就加强了他剧作成功的率度。因为他了解舞台,了解演员,了解戏剧艺术的方方面面,因而他的剧作可演性强,矛盾突出集中,人物性格鲜明,情绪饱满,语言生动,既性格化又富有情趣。他是吸收了中外名剧的精华,进行构思,进行创作的。衡量一部好的剧作,一个是它的思想深度和影响的广度,一个是时间的检验。

他的好多剧作,如《雷雨》《日出》《原野》《北京人》,在长期的舞台演出中,保存着独特的艺术魅力。《雷雨》等剧作,曾被译成日、英、法、德、俄等十多个国家的文字,可以说曹禺不只属于中国,也属于世界。

一九五四年,我有幸在中央戏剧学院听曹禺大师讲莎翁的《罗密欧与朱丽叶》,听讲者除学院的学生外,还有外界慕名而去的听众,我就是其中之一。偌大的教室,座无虚席。曹禺大师衣着中山装,戴着深色框架眼镜,中等身材,满面笑容,神采奕奕,走上讲台,潇洒自如,共讲了两个下午。头天下午,主要是朗诵,他采用的是自己的译本,常能将台词背诵如流,抑扬顿挫,吐字清晰,声音洪亮,能波及最末一排的听众。朗诵时,整个教室鸦雀无声,无不是在洗耳恭听。朗诵完毕,一片掌声,赞不绝口。第二天下午是分析作品。记得他当时是讲第二幕第二场,地点是凯普莱特家花园。罗密欧一登场有一段朗诵,当他望着朱丽叶的身影从窗户出现,情不自禁地吟道:"……那是东方,朱丽叶就是太阳!起来吧!美丽的太阳,赶走那妒忌的月亮,她因为她的女弟子比她美得多……"(这是朱生豪的译文。)记得曹禺的译文最后一句是:"因为她原是你的侍女,为什么比她长得更美……"语言更为简洁明快。曹禺边讲边朗诵,讲到精彩处,出于诗人的气质,便忘乎所以,不拘场合,对莎翁的作品赞扬备至,如说:"莎士比亚的语言,确实是字字珠玑,落地有声,不像曹禺,兴之所至,写起来胡说八道。"霎时引得哄堂大笑。

《罗密欧与朱丽叶》,写英国两个贵族世家——蒙太古和凯普莱特,多年积怨成敌,互不相让。可蒙太古的公子罗密欧偏偏和凯普莱特的女儿朱丽叶倾心相爱,真是冤家路窄。最后因相爱未遂,双双服毒身亡,而两家的世仇却因此而和解。曹禺大师快人快语,最后结论说:"这就

146

是爱战胜了恨。"多么精当,多么中肯,多么简练,像曹禺剧作的台词,一句是一句,一句顶万句。

正是这次听讲使我真正认识了曹禺,真正了解了这位戏剧大师。在漫长的岁月中,我时时回想起当时的情景。

(《山西人民代表报》)

才情洋溢　誉满华夏

——我所认识的田汉同志

五十年代，因工作关系，经常能看到田汉同志。那时他已年近花甲，头发稀疏斑白，额纶明显，但神采奕奕，笑容可掬，平易近人。由于他德高望重和对文化事业的突出贡献，文化部门的同志都尊称他为田老。田老热情率直，特别喜欢孩子，每到戏校，便被全院的演员所包围，原来这些演员好些都是当年抗敌剧团里的成员，是田老一手拉扯大的，难怪他们之间的感情像父子、父女一般，如此真挚，如此亲密。

田老是新中国成立后中国戏校的首届校长，后来他担任了文化事业管理局局长，因工作繁忙，校长一职便由王瑶卿大师接任。一九五三年我到戏校任教，正好赶上戏校的高年级学生排演田老的《白蛇传》。说起排演《白蛇传》还有一段佳话。田老是一位虚怀若谷的剧作家，当时每演出一次，总有好些热情的观众给他提意见，有书面的，有口头的。田老对观众的意见极为重视。来的每封信，他都要一一过目，深思熟虑，择善而从，认真修改。这样改一次，演一次，反反复复竟达两年之久。记得一九五四年，南方的一位青年学者，写了一篇评论《白蛇传》的文章，发表在《文艺报》上。作者从《白蛇传》的流传到衍变，前因后果，说得有条有理。自然对田老的《白蛇传》也提出了他个人的看法。有的人看过后，觉得这位青年不免有些狂妄，而田老则不以为然，反而大加赞赏，认为后生可畏，前途无量，是个难得的人才，竟然把他调到北京，专门从事戏曲研究工作，他就是由此而成名的戏曲评论家戴不凡同志。

后来田老实在因工作过于繁重，剧本也没法无休止地改下去了。一天他约了导演、演员到西长安街的新陆春饭店，作最后一次修改，也是最后一次征求意见。田老说："没时间改了，实在对不起观众，今天当着大家作最后修订。"席间田老翻着剧本，边看边改，一顿饭的工夫，剧本居然改出来了。他将改完的剧本读给大家听，大家无不为剧本清新的立意和优美的词句所折服。临走结账，田老一摸口袋，身无分文，便笑着向经理致歉，随即写了一个条子，请经理派一位年轻人辛苦一趟前往局里去支取。

《白蛇传》由李紫贵同志导演。紫贵是演员世家出身，和田老有十几年的交往，感情甚笃。紫贵排戏重在刻画人物，一招一式，极为认真。每当彩排完了，都要召开艺术讨论会，多是由文化部的领导来参加。记得有一次，田老亲自约好总理来看戏，谁知那天总理工作忙，脱不开身，等至八九点，还不见总理来，田老只好驱车到中南海，才把总理拖来。而我们的总理，有感于大家对他的久久等候，见到大家满怀歉意。

田老和总理的革命友谊极为深厚。紫贵先前曾向我讲过一件事，总理一生，膝下无子，田老曾将自己的长子海男许为总理义子，海男结婚时，总理亲为祝贺，在掌声中致辞。

一九五八年，全国掀起了"大跃进"高潮，剧协、作协亦响应号召，举办了一次摆擂台比武竞赛活动。田老满怀豪情向在场的新老剧作家提出挑战，条件是不误工作、不影响外事活动，一个月一个剧本，愿者踊跃报名，结果气氛十分热烈，却没有一个人敢出来应战。他的名作《关汉卿》，就是在一个月的时间内一挥而就的。

田老是一位热爱祖国、热爱人民、才华出众、胸襟开阔、勤奋多产、热情洋溢的杰出诗人和剧作家。他一生中共创作了话剧六十三部、戏曲二十七部、歌剧二部、电影十二部、歌词和诗词两千余首、文章七百余篇，合计一千余万字。其中《义勇军进行曲》歌词成为跨世纪代表中国人民心声的最强音。它策励着人们奔向前线，救亡图存，打败了日本侵略者。新中国成立后它又提醒人们，居安思危，独立自主，自强不息，建设祖国。田老以他毕生的精力，为我们留下了这些丰硕的文化遗产。应该说从二十世纪三十年代到六十年代这段时间，他是中国戏剧运动公认的具有崇高威信和最具有凝聚力的领头人。他对中国戏剧的贡献是没有一个人可与之相比的。

我和田老最后一次见面，是一九五八年十一月，记得那天晚上，我去北城的实验剧场观看陕西秦腔《赵氏孤儿》，恰好田老扶着他的夫人安娥缓缓走进剧场。那时安娥同志大病初愈，我出于右派身份，不便向田老问好，只能暗暗地为这对为革命奔波一生的我所崇敬的贤伉俪祝福。

（《山西人民代表报》）

深切怀念赵沨先生

惊悉赵沨先生不幸病逝的消息，我久久不能平静。他竟离我们而去了，我痛哭失声，望着窗外的桐树，秋雨连绵，落叶飘零，往事历历，涌上心头。

赵沨的大名，早在二十世纪的五十年代，我便知晓了。那时他作为一个文化使者，经常随中国艺术团出国访问演出。归国之后，每每请他做报告，他讲话极为生动风趣。记得一九五八年，正是全国掀起大跃进的高潮之时，赵先生的报告不免感染上时代的色彩，当他讲到我们的艺术团，远征西欧，倍受欢迎，兴奋之余，脱口而出，"我们将来要登上月球，大闹天宫"，博得台下一片掌声。

我和赵先生真正接触是在一九九〇年六月，那时戏研所申报硕士点，突然有人告状，陶本一校长闻讯，心急火燎，让我赶快赴京扑救。当时赵先生正好是教育部艺委会主任，主管艺术门类的评审工作。少波师便亲笔写信介绍我面谒赵先生，当我见到赵先生说明来意后，我们一见如故。赵先生十分热情,命我火速送份材料,使各评委了解事实真相。最后戏曲学硕士点是在赵先生的仗义执言下,顺利通过的,我把这件事称为抗洪胜利。

一九九八年,国务院学位办对各学位点进行评估。山西师大戏研所的硕士点应该是学校最有实力的,谁知我们的申报者出于一时的疏忽大意,认为这次评估是走形式、走过场,漫不经心,竟在报申报表中出现几个缺项,结果学校其他点都通过了,唯有戏研所这个点出现问题,消息传来,仓皇之余,学校命我再次赴京了解情况。我进京后,直奔赵府,当时赵先生大病初愈,刚刚出院。我向赵老说明来意,赵先生笑笑,当即让夫人取来笔砚,写了两页长信,让我去教委找到宋为民处长。宋见信后,答应给以关照。回临汾不久,我便收到赵老的亲笔信,还有国务院学委办给他的信,我们的硕士点顺利通过了。我把这次事件称之为抢险。

赵老是原中央音乐学院院长、中国音协副主席、著名音乐家。他于一九四一年加入中国共产党。抗日战争爆发后,他和李凌共同创办并主编了《新音乐》杂志,宣传革命音乐,在大后方产生了巨大的影响。新中国成立后,他为繁荣社会主义音乐事业,培养新中国的音乐人才,废寝忘食,呕心沥血,作出了巨大贡献。退休之后,他仍然不忘为国家培育英才,几次去山西汾阳辅导少儿音乐班。赵老酷爱文物考古,并极端重视对古文物的保护。一九九一年,我奉校长之命,邀他来临汾访问。他先到灵石,参观了当地的资寿寺,大殿的一幅明代音乐壁画受到赵老的赞赏,他认为治音乐史者,不可不看。惜年久失修,壁画已离墙半米,再不维修,将很快剥落。赵老曾面告接待的一位副县长,必须引起足够的重视。在临汾我陪赵老参观了尧庙,并合影留念。接着又参观了侯马金墓、稷山金墓,赵老饶有兴趣,边看边讲,充分显示了老人渊博的知识和敏锐的见解。

回到学校,赵老还给学生作了一次学术报告。从他的报告中可以知道赵老的音乐概念比较正统,他不太欣赏迪斯克,认为流于浮浅,很难传世。

赵老是河南人,他曾风趣地告诉我,他和宋太祖赵匡胤是一家,但不悉他是赵门第几世了。

赵老享年八十有五。他给我们留下了丰硕的文化遗产,著有《诗经的音乐及其它》《音乐与音乐家》《贝多芬和他的九个交响乐》等。赵老走了,师大永远怀念他。我

154

也永远怀念这位急公好义、心地善良、自强不息的老人。

（《山西师大报》）

怀　念

——史若虚同志逝世十五周年祭

　　若虚同志撒手人寰,转眼十五个年头了。记得当时听到噩耗,如雷轰顶,沉痛不已。想提笔写点悼念的文章,然而百感交集,不知从何谈起,因为相处数年,了解殊深,想说的话实在太多了。

　　若虚同志是我的第一个上级。一九五三年,我从北师大毕业,到中国戏校工作,他当时是副校长兼党委书记,校长是王瑶卿先生。王先生德高望重,艺术精深,年过七旬,成天忙于传艺授徒,所以学校的一切事务,不得不落在史副校长身上。说是副校长,可人人都以校长相称,很少唤同志,说明他务实而全面的工作作风,已经赢得大家的尊敬和爱戴。

　　若虚同志的不幸逝世,我似乎事先有一种预感。若虚同志襟怀坦白,待人诚恳、热情。他是领导,我落后,他不嫌弃我。我信赖他,直言无忌,见他有什么说什么,什么话都敢讲。为此,他夸我心直口快,没有城府,和他谈话,甚至比起党内一些同志来还直截了当。我犯错误了,他流着眼泪负疚地说:"悔不听王校长(王瑶卿)之言,对你抓得不紧。"我被打成右派后,下放到门头沟区的一个山村——晏家台监督劳动,他去看望下放干部时,专门为我带去了两包茶叶(他知我嗜茶如命),我感动得落了泪,因为正当好些人以敌视的态度待我时,我获得了党的温暖。

或许由于这样一些因缘,在若虚同志逝世的前夕,一九八三年五月,我因公出差到北京,因我这人特别重情、念旧,每逢赴京,总要抽空去看望当年一起工作的同志。那天下午,我从李紫贵同志家里出来,已是六七点钟,夕阳西下,天尚未黑,正好碰上若虚同志。他满脸兴奋,问我上哪儿去,我说回招待所。他双手相拦,不让我去,说明天要到四川看戏,孩子们设宴为他饯行,让我一定要参加。我再三推谢,他只是不许,硬是拉着我直攀四楼他的寓所。进得门内,只见大人小孩,熙熙攘攘,若虚同志领我至里屋,正好白登云鼓师和钮镖同志在座,相互寒暄问好。钮镖同志随即向若虚同志介绍,说我写的一篇文章《论山西锣鼓杂戏》,写得很好,准备在《戏曲艺术》第三期发表。

若虚同志听了连声说好。这是他的习惯，对同志们的点滴进步，如同己出，无不给以热情鼓励。接着他情绪激动地竟向我发起牢骚来了，这是我们相识以来从未有过的。说文化部让他退居第二线："窦楷同志，你看我现在不身体很好嘛，我还能干，干嘛让我退下来？我真想不通。这次回来，我要找朱穆之去。"他还说："我想推荐刘元彤到学院来。"一个参加革命数十年的老战士，一旦要离开自己的工作岗位，对其工作由衷的热忱和眷恋之情是完全可以理解的，同时也是十分感人的。我深恐他过于激动，便好言相劝："你平时老头晕、血压高，心律不正常，前些年经常住院，千万不能激动，可得要注意身体。留得青山在，不怕没柴烧，四害消除，形势大好，这是党对老同志的关怀啊！"他笑了，拉我入席，我们并坐着，他向儿子、女婿、女儿，一一作了介绍。席间，喜气盎然，频频举杯，为若虚同志的四川之行祝贺，祝他一路平安，健康长寿。吃过饭，已是九点了。我向他告别，祝他心情舒畅，旅途愉快。他拿着手电，送我下楼，相互恋恋不舍，依依告别，谁能想到这次短暂的相聚，竟成为最后的诀别呢？

回到临汾，不知为什么经常在睡眠时梦见他，我心里直犯嘀咕，生怕出什么事。不久，我给紫贵同志寄信，问若虚同志回来没有,近况如何?紫贵同志很快回信,告我若虚同志回来了,他很好,一如既往,仍在忙着工作,我放心了,以后便再不曾梦见他。谁知在八月间,突然在报纸上看到若虚同志的讣告,我愕然了,眼泪夺眶而出,不能自已。预感也好,迷信也好,说明我和若虚同志相处一场,总算是有缘分,迟不请,早不请,偏偏是我到北京,他去四川。但如果早知道是这样的结局,还不如我不去北京,他也不要去四川。看来这异乎寻常的聚会,带给人的却是意想不到的悲剧,真是人海茫茫,世事难测啊!直到如今,想起这件事,我的心情仍然是苦涩的、沉重的。

若虚同志最大的特点是热情、诚恳待人。他心地善良,谦虚谨慎,富有同情心,在那阶级斗争的年月,他从不忍心伤害一个人。他关心一个同志的进步,可以说无微不至、相见如初,这一点我是深有体会的。他身为领导,但纯厚朴实,平易近人,没有自封老革命的优越感,没有一点官架子,因此,人们都乐意接近他。我初参加工作,好高骛远,不安于本职,自由散漫,无组织无纪律,有一次竟然发展到向领导提出辞职不干。为此,若虚同志不止一次找我谈心。他白天忙,几天都在晚上,夜深人静,无人干扰,敞开胸臆,无拘无束。他从来不训斥人,或给人扣帽子。他和人谈话,酷似一位阅历很深的长者,态度和蔼,语重心长,娓娓而谈。他详细而不无风趣地向我叙述了他参加革命的历程,为的是总结经验教训,诫人以励己,不再误入歧途,或重蹈覆辙。

他告我:"'七七事变'那年,我正在家乡中学里读书,眼看着日寇侵华,国土沦丧,黎民百姓惨遭杀害,作为一个热血青年,怎能无动于衷。于是我仿效汉朝的班超,投笔从戎,参加了国民党的军队。怀着年轻人的革命豪情,和对敌人刻骨仇恨,想持枪荷戟,驰骋沙场,和敌人刀光剑影,拼搏一番。可谁知国民党当局在日本鬼子面前闻风丧胆,节节败退,大好河山,沦于敌手。真使我义愤填膺,大失所望。幸好到达武汉,接近了革命组织,才知道延安是革命圣地,真正领导抗日的是中国共产党。延安这时已成为全国革命青年最向往的地方,听人说那里有民主,有自由,于是我下定决心,投奔延安。走时,到处是难民,人山人海,车厢内外,拥挤不堪,我就是这样在人群夹缝中,挤着上车,由西安辗转到达延安。到了延安之后,住了两天,感到颇不是味,原来自己想象中的民主、自由,一定是吃过晚餐,男女青年,信步田野,任意躺在绿茸茸的草坪上,望着西下的夕阳,海阔天空地畅谈各自的理想,岂不

160

快哉!可这里的生活和军旅一样,早晨听号声起床,晚间闻号声就寝;上课入室排队,就餐买饭排队,纪律森严,令人难耐。这怎么能让人适应呢?对付的办法是,你吹号,我不起,你熄灯,我不睡。礼拜天大家休息,我偷偷早起,害得整个班里鸡犬不宁,怨声喋喋。开会批评,我不理,批得过火,我抗议。你们不是讲革命的自觉性吗?自觉干什么还要吹号,还要排队?后来竟闹得不吹号,我偏起,不熄灯,我偏睡,黑白颠倒,阴阳错位,胡搅蛮缠,惹得人人对我有意见。最后实在待不下去了,干脆三十六计,走为上策。于是在一个星光暗淡的夜晚,我卷起铺盖悄悄地走了,但没走成,不久便被寻了回来。我当时心里很羞愧,也很害怕,以为还不得开会批斗。结果没有,组织上决定由小组长吕班找我谈话。吕班同志新中国成立后当了长影的厂长。他当时见到我既没发火,更没有生气,反而心平气和地开导我说:'若虚同志,不应该啊!跋山涉水,冒着生命危险,好不容易来到延安,目的是什么?还不是参加抗日,打日本鬼子。但是如果一个革命的队伍,没有纪律,像一盘散沙,各行其是,成吗?你说待不下去了,想走,说得倒也轻巧,你知道不知道,对于一个革命同志来讲,出走就意味着脱离革命啊!'这一席话使我意识到问题的严重性,并决定改正错误。这样自己思想逐渐进步了,也想通了。"

"以后呢?"我饶有兴趣地问。

"以后嘛,在延安学习了一个时期,我被分配到太行区,从事战地文艺宣传工作。没想到换了个环境,个人英雄主义思想又抬头了。你是山西人,将来到了晋东南,一打听史大鼓,无人不知,无人不晓,有名的咪!"这是他们山东口音,引得我暗自发笑,遂问:"怎么会犯个人英雄主义?"他很严肃地给我讲:"那时的文艺宣传队,都是从各地抽调来的,多是业余爱好者,没有受过专业训练,水平都不高。我自己也是筷子里面拔将军,好也比别人好不了多少。但是我心中有数。剧本发下来,人家都专心背台词,我却尽干自己的私事。领导批评,我说少管闲事,有本事明天台上见。"我听得十分投入,不再发笑。若虚同志一本正经地告诫我:"同志,请记住,这是我一生的教训啊!就为这,小资产阶级的自由主义,入党时整整考验了我十年啊!"言下不胜感慨。真难得他一片好心,他是恐怕同志走弯路,这一点,我领悟了。

关于他的这段经历,他不止向我讲过一次,后来他动员我申请入团,我说我家庭出身不好,惹得他大发雷霆,说我以此作挡箭牌。我不争气,我有负于他。

　　若虚同志另一最突出的表现是对党、对革命事业的一往情深和无限忠诚。我认为新中国成立后,在新中国戏曲教育事业上,他的贡献最大,真是呕心沥血、任劳任怨,不计名利、无私奉献。有的领导不懂业务,往往以搞运动的方式管理学校,大会小会,无情批斗,结果使人压而不服。这和传统的教育方针是大相径庭的。若虚同志就不同了,他懂得专业,他是戏曲里手,他是真正的内行,他知道人才难得,所以他十分爱惜人才。他教育学生,不是单纯的说教,而是通过业务,结合专业,春风化雨,娓娓而谈,真是以德服人,润物无声,所以众皆悦而诚服也。中国戏曲学校是新中国成立初党建立的第一座新型的培养戏曲人才的摇篮,一切从无到有,包括教师的聘用,学制的建立,教材的选定,人事的配备,等等。我有幸参与了由他主持的学制和教学规划的讨论,一连数天,议论不休。他不主观,很民主,并能引导大家,各抒己见,然后集思广益,形成决议。他非常体恤大家,每次讨论累了,他总是恳切地说:"同志们,我知道大家都有点累了,但为了党的事业,我们不累谁累呀。"既亲切又感人,用不着发号施令,就这一句话,群情都为之振奋。

话虽这样说，但真正苦干、实干的还是若虚同志。他经常是夜以继日连轴转。记得有一次，由于过分劳累，用脑过度，竟然使他脸部变得麻木了。和人说笑，肌肉抽缩，极不自然。大家心疼，劝他休息，他总说不要紧。后经针刺麻醉，才逐步恢复正常。

若虚同志为人谦虚，虚怀若谷，心量宽，能容事，能容人。他尊重老艺人，能团结群众，肯于向别人学习求教，善于听取别人意见，从而使他成为真正的精通业务的领导。他给大家作报告，或找同学谈戏，言简意赅，手眼并用，一招一式，都能准确无误，说得有条有理，丝丝入扣，令人信服。若虚同志能编、能写、能演、能唱，是全才。有关唱腔、锣鼓经、表演程式，他全都懂。我曾经亲眼看他参与设计《白蛇传》，"断桥"中的"小青妹，且慢行……"，他把地方戏的音调揉入，反复吟唱给别人听，真挚朴实，出神入化，不露斧痕，足见造诣之深。若虚同志喜欢程腔，有一次，我听他唱《三击掌》中王宝钏的一段唱腔，悲悲切切，萦回婉转，细若游丝，催人泪下，可谓深得程腔三昧。他十分喜欢地方戏，一九五六年山西北路梆子泰斗小电灯（贾桂林）晋京演出，有一晚上在前门外中和剧场唱《大登殿》，他特邀我一道去看。北路梆子，高亢激越，嗨嗨腔多，人称十三嗨,颇很能表达人物内心的复杂感情。唱到好处他不住地按着节拍,点头啧啧称赞。五十年代,提倡又红又专,尤其是对一些领导干部。但实际是好多人红而不专。光红不专,还不是一张皮。不专拿什么为人民服务?这样,所谓的红, 窃以为也是得打问号的。红代表政治和一个人的思想,说明他为人民服务的坚定性和彻底性,专当然是每个人之所长,为人民服务的手段了。这一点,若虚同志完全合格,可以打满分。怪不得中国戏校在他的领导下,人才辈出。时至今日,大多已成为屈指可数的艺术家了。

当然,一个演员的成就大小、艺术高低,一是靠学校培养,一是靠个人努力。不过,我总认为幼时的启蒙教育是十分重要的,特别是艺术人才,每个人的禀赋、相貌、个性、兴趣、智力、家庭环境、生理和心理的变化,真是千差万别。为此,若虚同志在制定教学方针时,特别强调因材施教,强调戏曲艺术教育的特殊性。在实践中也曾经有过反复。不过最终还是确定下来了——全面培养,因材施教。

十年动乱,若虚同志备受"四人帮"的残酷迫害,红卫兵打他骂他,侮辱他。在五七干校,让他参加超负荷的劳动,使他身心受到了严重的摧残,但他对人民事业的心,依然是红的,永不变色。

一九七八年,他写给我一封信,告我身体不好,血压高,有时头晕,心律不正常;可是他接着说,事情多,担子重,"躺不下啊!"这一句话使我读了落泪,心里感到沉重。想到他的为人处事,依然是那样知难而上,一丝不苟,从而化为我重新工作的动力。

现在我已是古稀之年了,举国上下,正向二十一世纪迈进,寄这篇短文,在于缅怀故人,鞭策自己,永远前进。

(《蒲剧艺术》)

一代鸿儒张恒寿

其实,我和张恒寿老先生相识,还是经由关其侗先生出面引荐的。

时在一九四六年夏天,我刚刚在北京考上高中。一个礼拜天,我和思曾表兄一道去看望表姐。表姐住地安门外,李广桥西口袋胡同十六号,正好和关其侗先生住一个院。表姐住西房,关先生住南房,乡里乡亲,自然常来常往。我们初到北京,接触的人不多,尤其是教育界人士,于是表姐夫便倡议,让我们认识一下关先生。表姐夫并介绍说,关先生是咱平定人,学贯中西,精通英、德、俄三国文字,著译颇丰,还在大学里任教,能和这样的学者结识,我们当然求之不得。一进关先生屋内,见先生正在灯下翻阅书刊。表姐夫说明来意,关先生当即热情招呼我们坐下,关切地问起我们的学习情况、生活上有什么困难,在北京还认识哪些人,并鼓励我们好好学习。临走,写信介绍我们去拜访张恒寿先生。

第二天,我便和表兄相偕去张老家。张老当时住宣武门内头发胡同一号,一所小院,只住张老一家,院内有花木,显得十分幽静。张老把我们邀至室内,但见靠墙几个大书橱,全是线装书,书香扑鼻,不由得令人肃然起敬。我们呈上关先生的介绍信,张老看后,十分高兴。说你是大峪的,姓窦,你认识窦崇俭吗?我说是我伯父。张老一听,兴奋地说,我和你伯父是同学,和你姑父也十分要好,以后有什么事,尽管找我,千万不要客气。张老当时在中法大学任教。在我接触过的名人当中,深感学问愈大,愈是虚怀若谷,愈是平易近人,张老正是这样一位学者。我还有幸见过张老的夫人,身材比张老略高,仪表大方,衣着朴素,温文尔雅,和蔼可亲,但不知是什么时候故去的,我也不曾问过。张老一生没有自己的亲生子女,晚年由他的侄子伺候。

一九四九年,我考入辅仁大学,又见到张老,那时他在辅大任教,可惜不曾教我们。一九五二年院系调整,我去了北师大,便很少见面了。后来一九五七年反右,十年动乱,自然连音讯也中断了。

一九八〇年,平反之后,我调山西师大学报编辑部工

168

作。暑假过后,我去北京组稿,在大学时的同学许可教授家里,见有张老给他写的条幅,方知"文革"前后,张老一直都和他在河北师院任教。张老和许可住得很近,仅一楼之隔。我们遂相偕前往拜谒张老。时光流逝,久别重逢,张老已是七十有九的老人了,但他精神矍铄,记忆清晰,互诉今昔,不胜唏嘘,有一种沧桑悲凉之感。

一九八一年,为了纪念家乡文化名人石评梅女士,我向张老约稿,张老慨然应诺,很快便把七千字的长文寄给我,由师大学报发表。

大约是一九八四年,河北师院由承德迁石家庄,张老这时多在北京,主要为社会科学院带研究生,是周扬同志直接聘任的(聘书我亲眼目睹),专攻老庄哲学,他是这方面的专家,且有专著。张老毕业于"七七事变"前的清华大学,有好多国学大师都在那里任过教。已故的如梁启超、王国维等,当时有陈寅恪、朱自清、冯友兰诸先生。张老长时间从事老庄哲学研究,他在这方面造诣很深,和哲学界的冯友兰、张岱年都有交往。除此,张老对文学、历史研究亦深,都有论著,故而他被推选为河北省历史研究学会会长,是河北师范学院历史系的名教授。

张老淡于名利,潜心治学。他的治学方法,照我个人理解,首先是占有一切有关资料,不厌其多,力求其全,然后去粗取精,去伪存真,经过一番认真的审度筛选,再和前人的成果作比较，如果前人所见尚不能圆满阐尽其宏旨,便根据自己的所见所得,进行分析研究,从而得出自己的结论,当然就是一家之言,即所谓的创见。张老一生治学严谨,一丝不苟,确实是后辈学者的楷模。

对于张老,我认为《平定县志》介绍得远远不够,应当另辟专栏,全面评介他在学术方面所取得的成就。

张老不仅精于治学，而且擅长书法。他的字古朴苍劲,书卷气很浓。现将他给我写的字幅(影件)寄去,以飨家乡爱好者。

张老在世时,我们常有书信来往,中有一长信,谈到石评梅、高君宇、周克昌、陆近礼、张友渔、冯司直、梁启超、梁漱溟、胡适、徐志摩、江亢虎、黄炎培以及印度的泰戈尔、美国的杜威。先生对有的人有褒有贬,谈出了自己的看法,极具史料价值。

张老于一九九一年病逝于石家庄,享年九十岁。河北师院曾出纪念文集相赠,我已转赠平定图书馆。

（《平定报》）

深切怀念李紫贵同志

紫贵同志走了，噩耗传来，我悲痛万分。回想起过去在一起的岁月，我泪眼滂沱，哀伤不已。

我们是一九五三年，我到中国戏曲学校从教才开始认识的。那年我二十三岁，他大我十五岁，当该是三十八岁吧。紫贵同志面容清瘦，但眼睛炯炯有神。待人接物，一贯是忠诚、厚道。他心地善良，而又长于思考，在"阶级斗争"的岁月，能够保持冷静、谦和，从来也不狂热、偏激，无中生有地伤害任何一个人。记得一九五七年反右，别人授意他批判吴祖光同志，他出于不得已，要我帮他写篇文章，他再三嘱咐，要客观，要有依据，要与人为善，使对方容易接受。

紫贵同志当时已是知名全国的戏曲界名导演了，又是我的上级，但他从不以领导自居，更无某些名人的傲气。和颜悦色，平易近人，是他的本性。一九五六年，我和

171

他的老伴奚蕙芳同志都在图书馆工作，一次因为购书我和她争执起来。结果奚蕙芳同志一气之下，哭着回家去了。紫贵同志见了我笑着说："怎么回事，又惹得你大姐哭了。她文化不高，不要和她一般见识。"听了他的话，我的确感到惭愧万分，因为都是为了工作，仅仅是认识上的不同，我何必气得奚蕙芳同志委屈得落泪呢?我向紫贵同志说，都是我不好。从此以后，我唤奚蕙芳同志为奚大姐。奚大姐慈母心肠，待人热情，有正义感，多少年来，她一直关怀着我这位不为人道的小弟。在为右派讨论改正时，她一直为我申述当时的情况，紫贵同志甚至写信敦促我进京和有关人士见见面。一个人，只有在难处，才可以见真情，才能真正体会到善良的意蕴。

紫贵同志对犯错误的人，从不歧视，他总是本着"有错就改，改了就好"的精神对待每个同志。一九七八年，我回到戏校，第一个热情接待我的人便是紫贵夫妇。十年动乱，历经沧桑，久别重逢，真是有道不尽的苦说不完的话呵! 奚大姐以她特有的温情，关切地询问我："这几十年是怎么熬过来的，我和紫贵经常念叨你……"我听过后，激动得泪眼模糊。我的问题彻底解决后，紫贵同志为了我的工作，更是竭尽心力，各方联系。当我决定回山西工作时，

172

他在第四次文代会上,主动找到山西省剧协某同志,介绍了我的情况,并请他安排工作,这位同志满口答应,也许可能是年纪稍大,记忆消退了,所以当戏校的人事处长王怀胜同志持紫贵同志的亲笔信面见他时,他竟说不记得有这回事了。紫贵同志事后知道了十分恼火,因为他一生为人忠诚,是容不得半点虚假的。

我工作之后,稍有成绩,总是得到紫贵同志的策励。有一次他见到我,笑容可掬,十分动情地握着我的手说:"窦楷同志,这几年干得不错啊!不是一般的不错。我和你大姐始终认为你是一个有理想、肯上进的好同志。"听了他的话,我确实得到一种莫大的鼓励,深感紫贵夫妇是最了解我的。

紫贵同志的《戏曲表导演艺术论集》和《忆江南》两本大作问世,他都亲自署名寄我。今天又和泪翻阅这两本书,触景生情,睹物思人,真是感慨万千!而物存人去,又怎能不使人为失去一位师长,一位益友而深深地怀念他呢?

更耐人寻味的是,今年十月十五日,我和我的学生王廷信(现在中国艺术研究院攻读博士)同志带着照相机专程去看望他,希望和他合影留念。进得屋内,一位照顾李老的小女孩告我,李老因哮喘住院了,我问什么时候可以出院,他说大概得十天。我因已购好返程车票,下午要回山西,来不及去医院了。心想老年人怕冷,是一种季节性的病症,挨过冬令就会好的,不会有什么,待来年再看望他吧。我真后悔呀,想不到一念之差,竟成永诀!而收到讣告,一看紫贵同志是十月二十四日凌晨五时病逝的,如小女孩所言,算来正好十天,不晓是天意,还是巧合,委实令人琢磨不透。

时至今日,覆水难收,我只有写这篇短文寄托我的哀思。

紫贵同志:安息吧!我将永远怀念您。

(《蒲剧艺术》)

傅作义将军

　　提起傅作义将军,当是家喻户晓,有口皆碑,因为在通过和谈解放北京,义旗一举,使文化古城免于兵灾之祸这件事上,傅将军确实功不可没。但是关于他在平定古州的一段情结,就鲜为人知了。

　　傅作义将军,曾是蔡荣寿旅长的部下。蔡是平定东关珠市巷人,一八八三年生,一九二五年去世。民国六年(一九一七)在阎锡山部下任团长,在井陉雪花山战斗中,因营救阎锡山有功,被授予五等文虎勋章,民国十三年(一九二四)被擢升为少将旅长。

　　傅作义将军曾随蔡荣寿旅长在平定驻防。据伯父告我,当时傅作义曾请学门街黄家的一位秀才给他讲授四书五经。以后蔡荣寿因战斗失利,部下扰民,为阎锡山处死。阎锡山为人狡诈,妒贤嫉能,傅作义不久便离开山西,到了河北,以坚守涿州三月不败,而获常胜将军之名。一九三六年,他在绥远(内蒙古)又以百灵庙一战击败日军而誉满华夏。

傅作义将军在国民党队伍里,堪称能征惯战,是一位屡建奇功的勇将,但因不是国民党嫡系,故不为蒋介石重用。傅作义将军身居高位,但他廉洁奉公,爱惜士兵,故而能克敌制胜。他自奉俭约,对自己要求严格,他的子女在京读书衣着朴素,从不搞特殊,故而受到同学们的好评。其女儿傅冬菊早就是地下党员,关键时刻,在父亲面前以地下党员的身份出现,力谏其父弃暗投明,同样立下了汗马功劳。傅冬菊新中国成立后为《人民日报》记者,经常能读到她的文章。

傅作义将军新中国成立后担任水利部长, 当时副部长是李大钊的儿子李葆华同志。傅作义任部长后,尽职尽责,凡是全国重大的水利工程,如治淮、三门峡水利工程等,他必亲临。而且住在工地,与工程共始终。所以他对各项工程极为了解。一位《水利报》的记者,山西人,叫王哲者,曾告诉我,每次重大的水利工程会议,他都身临其境。有一次,参加会议的有资深的工程师张含英、张光斗,还有好多苏联专家,人家发言时,他总是仔细倾听。会议结束,李副部长往往请他发言。这时他总是十分谦虚地说自已是外行,读书少,懂得不多,但发言之后,往往一语中的,多是他人所未注意到的。因为他深入实际,勤奋好学,真是苍天不负苦心人。

一九五四年夏天,我在实验京剧团工作。一天突然接到文化部的两张入场券,在青年宫由傅作义部长向大家作水利报告。团长吴葆华同志要我和殷野同志去。午饭过后,稍事休息,殷野便招呼我,一道前往。然时值六月伏天,赤日炎炎,我实在不想去;另外一个原因是认为傅作义毕竟是行伍出身,讲不出什么名堂,可架不住殷野同志再三动员,说傅作义是你山西老乡,即使讲得不好,也应当捧捧场等。一提老乡,我不由为之心动,便相偕去了。进得青年宫,正好两点半,我们按席入座。只见讲案后面,立块大黑板,这是历来听报告少见的。正狐疑间,一阵铃响,文化部办公室主任向大家作开场白,言傅作义部长,冒酷暑为我们作报告云云。在热烈的掌声中,傅部长神采奕奕,笑容可掬,手持教鞭,挟着画卷,走向前台。只见他展开画卷,挂于黑板,原来是一幅详尽的水利图。随即拿起粉笔,在黑板上写了两行标题:一、中国历代之水患;二、新中国是如何根治水患的。写完立即开讲。他从大禹治水,一直讲到国民党统治时期,有事实、有时间,有前因、有后果,而且讲到每朝每代,往往引征名诗佳句,来形容水患所造成的严重后果,如"可怜无定河边骨,犹是春闺梦里人""江春夜游滔天水,泽国秋生动地风,高下绿苗千顷尽,新陈红粟万厫空",等等。接着傅作义又把新中国成立后人民政府如何根治淮河、黄河,以及全国各地的水利建设情况,向与会者如数家珍,逐一介绍,讲演完毕,大家齐声喝彩,掌声雷动,都为傅作义将军的不怕吃苦、勇于实践,虚心好学、敬业尽职的作风所感动。而我自己,面对殷野同志,向他表示深深的感谢,说多亏君敦促,险误识大禹。

平反之后,蛰居晋南,每每听到乡人谈及傅作义将军返省故里的佳话。傅作义是万荣人,新中国成立后第一次回乡省亲,车到村口,他便走出车厢,步行入村,一路和田间乡亲问寒问暖,话乡情,话别情,这和党的一位高级领导,回侯马竟连家乡的水都不喝,形成了鲜明的对比。可听说傅作义将军身为水利部长,而万荣水缺,可他从未向中央开口,优先解决家乡的困渴之忧,因为他心系全国,似乎家乡的缺水,还排不上号。先人后己,一心为公,三过其门而不入,这正是大禹精神之所在。斯人虽已没,千载有余情。

(《平定报》)

话说郗富根

中国的章回小说，开篇惯用"话说"二字，如《三国演义》："话说天下大势，分久必合，合久必分……"这是因为章回小说的好多故事情节，多来自民间的讲唱文学。民间艺人向观众讲故事，惯用"话说如何如何……"它既是发端，又可起到承前启后的作用。郗富根是民间评书艺人，故这篇记叙他的文字，便以话说郗富根作标题。

翻阅县志，始知郗富根是平定里社村人。生于公元一八八九年，卒于一九六四年。如果活到现在，当是一百一十岁的老人了。他只活了七十五岁，怎么死的不太清楚。不过，我认为他死在"文革"前夕，倒是"塞翁失马"，未尝不是一件好事，否则有可能会被当作牛鬼蛇神，一齐归入历史的垃圾堆。

郗富根其人其事，恐怕现在的年轻人，很少有人知晓，即使是六七十岁的我们这一代人，亦感到有些扑朔迷离。不过,我对郗富根还是情有独钟,对他的音容笑貌,说书的姿态,甚至有些好的内容,个别段落,还能记得起来。

我听郗富根说书,是在日寇血腥屠杀中国人民的年代,及国民党、阎锡山黑暗统治时期。那时,多灾多难的家乡人民确实是被窒息得喘不过气来。大家有冤没处诉,有苦不得申。尤其是一个十年九旱的贫困山区,广大农民除了种几亩薄田外,很多人靠下坑挖煤过活,凌晨下去,晚上还不知能不能回来。一年四季连明彻夜干,只有到腊月十八才告别老君,暂时回来。洗洗脸上的黑污,换一件新拆洗的补丁棉衣,乐呵呵地自嘲:"窑黑过年,一时的新鲜。"

郗富根出身于一个贫困家庭,从小父母双亡,颠沛流离,浪迹天涯,走京串卫,当过徒,学过艺,历经沧桑,饱尝人间辛酸,因而造就了他一身正气,和家乡人民同呼吸,共命运,把所见所闻,编成评书,嬉笑怒骂,皆成文章,从而成为平定人民的知心人,赢得了平定人民的爱戴。

平定过去文人墨客多,每逢春节都要书写春联,贴在自家门上取其吉利,如"三阳从地起,五福自天来""太平真富贵,春色大文章"之类,要不就是"诗书传家久,礼乐继世长""东壁图书府,西园翰墨林"等。但这些毕竟与普通劳动人民的生活相距太远，唯有郜富根自家的春联与众不同。请看上联是："过一年又一年年年平安"；下联是"吃一顿买一顿顿顿不断"。横批是"扁食醮蒜"，两边各有小赞曰："好得"。幽默风趣，显示了他乐观而顽强的性格。一九四〇年百团大战，一夜之间，平定、阳泉被围得水泄不通，号称"武运长久"的日本皇军，让八路军打得抱头鼠窜，狼狈不堪。事过不久，郜富根编成秧歌唱道："去年七月真危险，八路军上在狮垴山，日本便衣没看见哟，哼哼嗨，上在二矿扛洋面。"当时日本汉奸听了哭笑不得，而老百姓听了却笑在脸上，喜在心上，因为郜富根唱出了他们的心里话。一九四五年，抗日战争胜利，阎锡山为了反共反人民，在山西强行他的"兵农合一"政策，百姓们敢怒而不敢言，又是郜富根见义勇为，当即编成秧歌，撂地为场，向百姓们演唱。还记得三段，写在下面，以飨读者。其一："兵农合一一时兴，人人都称它聚宝盆；聚宝盆内是黄金哟，哼哼嗨，五家养活一个兵。"又得出钱，又得出人，人财两空，这就是所谓的"聚宝盆"。其二："二时兴，修碉堡，碉堡修在城外头；各村各村叫民夫哟，哼哼嗨，老百姓们吃不住。"他就是用这种旁敲侧击的手法，一抒人民的愤懑。日本投降后，阎锡山派了接收大员，这些人贪赃受贿，私释汉奸,后为人民告发,阎锡山为了缓解民愤,遂不得已而枪决了县长周元声,同样都在郗富根的秧歌里得到了反映,如:"宣教组三时兴,这个机关铁面无情;因为汉奸石昆林哟,哼哼嗨,枪毙具长周天声。"虽然从客观上宣扬了阎锡山的惩治贪污这件事,但当局的宣传机构却是讳莫如深的,因为对他们来说并不是什么体面事。

郗富根个子不高,中等身材,四方脸,上身穿浅蓝大褂,肩上常背一褡裢,里面装的是铃铛及道具,永远是面带微笑。他选好在哪里说书,先撂地毯(实际是厚实的白布),然后摇铃。摇铃不叫"摇铃",他引经据典,说孔圣人昨夜告他,这叫"木铎",因《论语》上有"天将以夫子为木铎"句。我还记得他说过的一个段子。题目记不清了,内容还有印象。大意谓:有一天,在圣庙前,一年轻秀才正在那里琅琅读书,忽然狂风大作,乌云遮天,雷雨交加,刹时下了一阵大雨。雨过天晴,秀才看着殿前的水珠和砚池里的积水,顿时诗兴大发,遂吟道:"风吹水波千层浪,雨打尘土万点珠。"恰好这时有一老农,背着粪筐,由此经过。听得秀才吟诗,便问道:"秀才先生,风吹水波千层浪,你数过没有?"秀才说:"未曾数过。"老农问:"既然不曾数过,你怎么知道是千层浪?"秀才无言以对。老农又问:"那么

182

雨打尘土万点珠,你是否数过了?"秀才说:"没有。"老农说:"还是没有,那么你何以知道它是万点珠呢?"秀才被诘问得面红耳赤,难以相对。只得向老农谦逊地说:"请勿见笑,我是个农夫。"老农听了哈哈大笑说:"大舜耕于历山之中,伊尹耕于有莘之野,你敢比那样的农夫?"秀才只好说:"不,不,我是渔夫。"老农说:"姜太公在渭水河钓鱼,文王数次来访,聘为军师,你敢比那样的渔夫?"秀才又被问住了,只好说:"不,不,我是商人。"老农说:"端木生涯,陶朱事业,端木为孔门弟子,陶朱佐勾践灭吴,你敢比那样的商人?"秀才一听,仍旧不行,最后又说:"我是工人还不行吗?"老农说:"离娄之明,公输子之巧,历代公认的能工巧匠,你能比得了吗?"秀才被问得乱了方寸,嘴不由己地说:"我是闲人。"满以为无所事事的闲人,可以混过关去,谁知老农误把闲人当作贤人,遂不加思索地反驳道:"孔子三千徒弟子,才只有七十二贤人,这样的贤人,哪个你能比得上?"秀才实在是黔驴技穷,万般无奈,只好实告老农:"大爷,我什么都不是。"老农笑着说:"小伙子,这还差不多。往后虚心点,这样不吃亏。"说完,引得大家拊掌大笑,听来着实开心。

这个段子,诙谐、幽默,十分有趣。不过,有人或许会问,难道这个秀才竟这样无知吗?是的,过去的读书人,光知死读书,读死书,并不晓得什么是浪漫主义手法,所以当老农一较真,便把他给问住了,怪不得人称书呆子。不过,我倒觉得这位秀才十分可爱,他不轻视劳动人民,他虚怀若谷,还有点自卑感,"知之为知之,不知为不知",不愧为圣人之徒。至于老农,他有丰富的生活经验,根据日常所见,故而把秀才给难倒了。它给予我们的启迪是,生活经验、书本知识都应该有。看来! 提高全民文化知识素质是必要的。大家都提高了,这样的笑话也就没有了,但别的笑话还会有,因为时代是不断前进的,先进与落后的矛盾始终存在,作者只要深入生活,就一定能够捕捉到生活里的幽默和风趣。

(《平定报》)

不堪回首话当年

致　语

　　一九五七年,我被打成右派,一九六〇年又被送进监狱,一九七〇年刑满释放,留厂就业,一直到一九七九年平反,整整二十三年我被剥夺了常人的生活和工作的权利。对我来说,这二十三年,正好是我的青壮年,风华正茂,意气风发,满怀激情,斗志昂扬,我是多么希望把自己的毕生献给最壮丽的社会主义事业啊!而我,还有像我这样的成千上万的同道们,都报国无门,浪迹天涯,历经沧桑,九死一生,其内心之痛苦、悲凉、失落与惆怅,岂是三言两语所能道的!

　　一九八〇年一月,我被调到山西师大(当时是师院)正式上班,已是知天命之年了。所谓知天命按照荀子的说法,即"从天而颂之",孔子谓"五十而知天命",两者的说法，无非是让人听天由命。然而我从来不愿意向命运屈服，向困难低头，我要聆遵少波师的教诲："重整旗鼓，再激再励"，发誓尽可能把失去的时间夺回来，以期报祖国和人民培育之恩于万一。

工作之后，好多亲朋好友，都敦促我把那段不幸的往事，如实地写一写，这不禁使我想起在京华从事编辑工作的龙世辉兄。一九八一年，我们在人民出版社劫后重逢，欣喜之情，溢于言表，中午他留我共进午餐，举觞共饮，互诉衷肠，自然要谈到"文革"十年各自的遭遇。龙先生的夫人王淑芬大姐两次被逼和他离婚，我是被押往塞北荒漠劳动改造。言下泪湿襟衫，不胜唏嘘。龙兄当时是《当代》的副总编，他要我将那段生活，尽快写出来，由他负责面世。可回来之后，我迟迟没动笔。原因有两个：一是由囚变人，失去和浪费的太多太多，总想趁有生之年，多做点工作，认为写自传，纯属个人私事，当是七老八十退休之后的事了；二是写这段坎坷的经历，心灵的负荷，确实过于沉重，豁达如朱镕基总理，尚不愿人们揭这块伤疤，何况我这个凡夫俗子呢？

时至二〇〇〇年，人称千禧之年，正好是我的七十周岁。向校领导、所领导请命，获准，已不再返聘。但余热未尽,黄昏夕照,饱食终日,无所用心,我是做不来的。遂想起写回忆录之事,又深恐落下老汉卖瓜、自卖自夸,为自己树碑立传之嫌,可是又想到九十年代初和台籍留美学者魏淑珠教授的一次相晤,她劝我应该将过去那段经历写一写,因为不应把它看作是个人的私事和不幸,而是国家和民族的一场灾难。我们写的目的既不是诉苦,更不是表白自己,而是基于前事不忘,后事之师,在于惩前毖后,使这样的历史不再重演,国家永远前进。她的话确实有道理,可谓高屋建瓴,旁观者清。夫人不言,言则必中,她的话一下子又触动了我。同时我也又想到"人生七十古来稀",是写的时候了。决心已下,便当机立断,以"一万年太久,只争朝夕"的精神,拉开了写作记忆的闸门,一拉开就一发而不可收,随之引出那绵绵无尽的生命的酸甜苦辣。

一　在北京看守所

我初次被关押,是在北京看守所。这所关押犯人的监狱,坐落于北京城的东南角,和北京一监仅一墙之隔。高墙数仞,上设电网,呈正方形。四角有岗楼、武装警察,荷枪实弹,昼夜巡视其上。门前有警卫,笔挺直立,看管极为森严。监舍坐北朝南,为三层楼,品字形,又称丁字楼,楼内正中置方案,二十四时有专人轮流在此值班。品字中心,有三条甬道,各自向外延伸。甬道口,设有铁栅栏,人称铁门,亦有专人看守,多为出身好,能靠近政府的犯人。进得铁门,便是监舍,南北两排,门当户对。每个房间约有十二三平方米,平常日子,可住十多人,可当时因抓阶级斗争,人满为患,床上、地下,竟住到二三十人。新来者须先搜身,解下裤带,顺手推入,铁门一响,诚然锒铛入狱,从此与世隔绝,大有从珠穆朗玛峰一下子落入万丈深渊之感。

凡进得监舍,个个面壁,不许交谈。有执行员,即先来者,为大家念诵监规纪律,念毕,告示严格遵守,不得违犯。而对于我,不存在任何恐怖感,开始是痛苦,继而是绝望,最后便麻木了。这大概就是孟子所说的"哀莫大于心死"吧!

新来乍到者,一律分到品字楼,统称"学习号"。说是学习,其实主要是劳动。凌晨六点起床,漱洗完毕,立即叠起被褥,拆掉炕箱,搭起床板,各就各位,便投入紧张的劳动了。我去的那一阵,主要是为新华书店折叠书页。以快慢、折多折少,把人分成重劳、轻劳、学习三等。日折万张者为重劳,五千张以上者为轻劳,不足三千者为学习号。重劳每餐五个窝头,轻劳四个,学习号三个。而对于我不只不参加劳动,而且对什么都感到兴味索然。成天只是静坐,苦坐,闷坐,出神,发呆,要不就玄然入睡。奇怪的是对我这个不劳者,反而吃的是轻劳力定量。惹得群犯愤愤不平,不敢骂政府,只是怪话连天挖苦我。月底评零用钱时,大家依劳动好坏,论功行赏。高者两元,差者一元。评我时,鸡一嘴,鸭一嘴,"寄生""剥削""熬刑""混日",不一而足。一气之下,我当场反斥,说:"士可杀,不可辱。你们无须评了,这样的钱即使评了,我也不要。"这就愈发激起了群犯的不满,嘟嘟囔囔,不欢而散。由执行员把我的言行整理成文,提出建议,向上汇报。满以为政府对我会有所惩处,谁知批下来的零用钱,竟然比他们分文不少。这时大伙感到愕然,我自己亦莫名其妙。当然,我想有可能是政府对入监的犯人情绪上的一种照顾。可是岂不知政府愈是照顾,我听到的闲言碎语愈多。这种四面楚歌的局面,压得我喘不过气来。每每想到轻生,可又找不到适当机会。逢礼拜六晚上看电影,大家都是拿着小凳,鱼贯下楼,我却把自己的被子搬上,铺在地上,倒头便睡。电影散了,人尚未醒,我就是这样以消极自杀的手段,打发着漫长的岁月。

　　有一天,仍然是因听不惯执行员的讥讽和挖苦,和他发生了口角,几至动手,我径自奔向铁门,要求面见队长,铁门放行,我走至中庭,正好碰上一位干部,十分眼熟,迎面过来问我:"你怎么在这儿?"我有苦难言,显得十分尴尬,回答不出。他善解人意,不再追究。改了话题,问我在哪一队,我说:"二队。"他当即面示:"吃过中午饭,把行李整好,我来接你。"果不然,正要午休,他竟然把我接走了。同室的犯人,看到这种情况,先是气愤,后是羡慕。一位好事者说:"你们不是嫌人家吃轻劳动口粮吗?这下可好,一到剧班干脆随便吃了。"执行员气急败坏地骂道:"真他妈的老天不长眼,成天不干活,反而倒有功了,到哪儿讲理去。"别人认为是好事,可我自己却疑虑重重,感到是好是坏,前程未卜,我到剧班能干什么呢?剧班里确实条件不错,一是吃饭不定量,且吃的多半是细粮;二是按时出工、收工,人和人不再低头面壁,可以适当交谈了。我很感激这位接我的队长,只是出于身份的不同不能以同志相称。其实我和他在社会上不过是一面之识。他有时到戏校看戏,偶尔和我打个招呼,点个头,所谓点头之交。到剧班后,始知他叫王璐,主管业务,自然对戏很内行了。王璐性

190

格好,有文化,对待犯人威而不猛,言谈话语,极有分寸,故而不论在干部中,还是犯人中,都享有极高的威信。因有社会上的一面之缘, 所以一到剧班, 他便让我担任编写。尽管如此,我的情绪仍像死水一塘,吹不起一丝涟漪,瞻望前程,一片漆黑,实在有负王队长的厚望。况且写作这活,一是要环境好,二是要心情好,此时此刻,我能写什么呢?王队长看我面有难色,恍恍惚惚,犹犹豫豫,遂笑着对我说:"这样吧,你先在宿舍,好好休息些日子,什么时候想通了,可随时找我。"并嘱咐我,注意身体,不宜过量,须知身体亦是劳改的本钱。这期间,他亲自通知我的亲友来接见我,又安排我到四季青小保人民公社参观访问。回来后,又专门让我向剧班犯人谈自己的所见所闻和感受。听者感到新鲜、兴奋,充满了对自由的向往,但我的情绪却处于低谷, 深感漫长的十年囚禁生活, 是否能活着出去,在我心里依然是个问题。每天茶不思,饭不想,清晨洗脸,大把大把的头发向脸盆脱落。俯仰天地,何始何终,活得没有信心,死又缺乏勇气,我的心痛苦到了极点。我恨自己的懦弱,没出息,没志气,一味地钻牛犄角,而又不善于自拔,不善于解脱,茫茫沧海,何处是岸……

幸好,临到国庆节,开了一次奖惩大会。所谓奖惩大会,即是监狱对于认罪守法,劳动表现好者奖,不好者罚。剧班有一位搞舞美的,名叫朱革,原判死缓,因在改造当中,思想稳定,成绩突出,被改判为有期徒刑二十年。按理应当是改无期,而现在超越了无期,一跃而为有期,这在看守所,据说前所未有,不能不引起轰动。为了教育犯人,给大家布置学习讨论,使大家认识到党的劳改政策,刑期是活的,重在表现。晚间在学习讨论会上,犯人们争先恐后,踊跃发言,无不对他的先进事迹,同声赞扬。具体表现为认罪守法,任劳任怨,不论严寒酷暑从早到晚在空洞的舞台上,绘制布景,一声不响,而且善于思考。监狱里材料缺,条件差,利用废报纸制作的金銮殿上的龙屏,气势雄伟,金碧辉煌,赢得了外界的交口称赞,连马连良剧团排演《孙安动本》时,其舞美设计人员都来这里学习取经。深感在监狱这样的环境,能搞出这精美绝伦的布景,简直令人难以置信。但是更令人不解的是,这样在当时轻而易举被打入牢房的人,又何止朱革一个。朱革在油画上,功底相当深厚,他曾留学苏联,专攻油画。当时外面请他画领袖肖像,都是以尺计价。社会上还经常请他设计展览。办一个展览,少说也得三四千元。他还有一副高亢响亮的好嗓子,京剧唱得极佳。演《吊金龟》,出得台"叫张仪我的儿"一句,博得满堂喝彩。还能拉二胡,绘脸谱,制盔头,雕钢印,可谓样样精,多面手。为他减刑,大家无不心服口服,一致表示要向他学习。而我却像一块顽石,冥顽不化,认为减刑必须具备朱革那样的天才和素质,和他相比,可以说是可望而不可即,因而我依旧在痛苦中徜徉。第二天,王璐队长突然找我谈话,问我对朱革的减刑有何感想,我说十分敬佩,只是自己做不到。王队长问为什么,我说自己不具备朱革那样的才能,也缺乏人家那种精神。王队长笑了笑说:"交你一个任务,吃过饭后,你上舞台采访一下他吧,看人家是怎样面对现实,改造自己的。"我点点头,表示同意。饭后,我上得舞台,直呼其名,因为是犯人,不能唤同志,谁都会理解的。只见一位中年人,身披蓝布棉猴,从里台缓缓出来。他中等身材,带一副深度的近视眼镜,向着我连声说:"我是朱革,找我有何贵干?"我说:"王璐队长让我特来采访你,不知你有没有时间。"他满脸笑容,以征询的口吻和我说:"我们一块到里屋谈谈好吗?"我说当然可以。其实里屋就在后台,也是他的作坊。里面有案子,有各种道具,堆得满满的。坐下来以后,我便以敬仰的语气向他发问:"昨天参加了奖惩大会,晚上又听了大家的发言,得知你判了如此重刑,还能安下心来,积极劳动,埋头苦干,以你的聪明才智,为国家创造那么多的财富,取得如此大的成绩……"话刚说到这里,他马上插话:"谈不到成绩。对一个犯人来讲,我觉得我所做的,都是我应该做的。"自然朱革所犯错误,并不是"反"字号的,但他态度严肃,坦率而又诚恳,说明他对自己是有所认识的。简短的回答,使我感到十分惊讶,心想,即使社会上的公民,恐怕也难有这样高的觉悟。不禁使我陷入了沉思,很久很久,不知是恍惚,还是内疚……他看我沉默不语,便岔开话题问我:"你是什么时候入的监?判刑多少年?"我告诉他:"我刚入监,判刑十年。"接着又问我多大年纪,我说三十整岁。只见他往上推了推眼镜,微笑着以一种诚挚的口气安慰我说:"小伙子,坚强点,乐观点,有什么可惆怅的。我今年整四十了,大你十岁。现在虽然改判了,还有二十年呐,如按期出去,已是六十岁的老头了。而你呢,到我这年龄,已成社会公民了,前途远大得很,还能再为党工作二十年呢。"由于他的乐观、开朗、现身说法,深深地感动了我,使我凝结心底的疑团,顿时云开雾散,就像宋代诗人所说的"山重水复疑无路,柳暗花明又一村",又可谓"听君一席言,胜读十年书",从此我不再悲观了,精神为之一振,一夜之间,判若两人。第二天我主动找到王璐队长，要求上舞台，给我分配活儿。

王队长看我思想转过弯来，十分高兴，马上决定让我担任剧务兼编写。解除了精神上桎梏，思想也就活跃起来了，我用一个月的时间，将一个颇具传奇色彩的民间小戏《皮匠挂帅》，改编成京剧，演出之后，颇受欢迎。除此还和另一同犯章力群合作改编了《木匠迎亲》，惜未排演。

朱革是南方人，据他告我，他叔叔是京剧演员，从小耳濡目染，无师自通。他在十一岁，便在上海登台亮相了。一九三七年后，到了延安，和阿甲、杨绍萱同志都在延安评剧院一块工作。东北解放后，到了长影。北京解放后，又调北影。他确实是个一专多能的人才，朴实而又聪明，曾是《飞渡天险》的舞美设计，深得好评，影响不小，为此而被派往苏联深造。这样的人才，被绳之重刑，确实过头了些。同样的人才，还有陈维文，他是电影《上甘岭》的乐队指挥，拉得一手好小提琴，被以右派判刑八年，当时已经五十多岁，出去之后六十多岁，还能干什么呢？还有一位专家叫斯梦非，是一机部的副总工程师，留学美国，是响应祖国呼唤毅然回国的，一九五七年被打成右派，关进监狱，为看守所设计的真空录、求积仪，供地质勘探者使用，性能良好，成为当时的热门，为看守所创下了可观的经济效益。据说当年和蒋帮的军舰永昌号交火时,国防部的电机失效,换上斯梦非所设计的电机,才告成功。他被关押后,一机部还经常派人来向他咨询,而他总是有求必应,热情解难。这就是中国知识分子的品质和良知。

一九六一年,国家遭受了自然灾害,在监狱里唯一的剧班吃饭也有了定量。接着剧班解散,大部分人被送往东北的白城子改造,没想到朱革亦在其中,从此便失去了这位迷途指径的长者的音信。直至一九八一年,我们有幸在北京重逢,朱革才告我到达东北之后,便和家里失去了联系,"文革"期间,天下大乱,能够幸存,便是万福,从此苦海孤舟,茫然若失。一九八〇年正当他刑满释放那一天,谁知翘首盼望了二十年的苦命的妻子,已然提前一天赶到了,北影亦派人来,一道把他们接回了单位,妻子已染上了白发,儿子亦长大成人,老天有眼,好人总算有了一个好的结局。朱革回京后,文化部门这个重灾区,早已被"四人帮"糟蹋得满目荒凉,后继乏人,朱革以花甲之年,宝刀不老,凭着他对党的一片忠诚,毅然担负起又工作又带徒的双重重任。

一九八二年我曾经请他为师大学报设计封面,至北影,他的领导曾专门设宴为我们铁窗难友重逢志贺。举觞交错,感慨万千,昔日阶下囚,现为座上客,是命运,还是人为?是做梦,还是在演戏?不管怎样,我们总算是逢凶化吉,遇难呈祥。不过左派不倒国无宁日,但愿我们的祖国永远昌盛,过去的历史不再重复。

剧班解散,人都调走,单单把我留下,成天闲着无事,不免胡思乱想,但朱革的音容笑貌,幽默的谈吐,和刻苦自励的精神,不时萦回在我的脑际。我永远忘不了正当我苦海无边濒临绝望之际,是他以智慧的语言,给了我思想上的启迪,拨云雾而见青天,使我终生难忘。监狱生活,人多时热热闹闹,不觉什么。可只剩一人,就感到度日如年,着实难熬了。尽管是仲秋八月,天高气爽,丹桂飘香,然而我的心却是苦涩的。我在不断地琢磨,为什么单单把我留下?躺在床上,冥想苦思,不得其解,着实令人心急火燎啊!正当我乞灵于上天之时,一天午休过后,王璐队长突然来找我,让我赶快收拾行李。我心里惶惶然,嗫嗫嗫嗫地问:"王队长,到什么地方?"王队长略带微笑地说:"送你到一个有饭吃的地方。"我不好意思再说什么,作为一个犯人,唯一的就是相信政府,任凭调遣。遂即搭上吉普车,向东北方向驶去。经过自新路,半步桥,望着戏校的办公楼,我曾经住过的宿舍楼,触景生情,不禁潸然泪下。

出了自新路,经过陶然亭,天桥,前门大街,天安门,东四,朝阳门,这些熟悉的景物,都唤起了我无限眷恋之情,我暗自向它们道别,心想此生此世,还不知能不能再回来旧地重游。大约行驶两个小时,目的地终于到了。下车后办了交接手续,始知是清河化工厂。临行,王队长意味深长地嘱咐我要注意身体,安心改造。说完他便乘车扬手而去,望着疾驶的车影,我心里升起了一片无依无靠凄凉惆怅之情。

二　　在清河化工厂

清河化工厂,在北京东郊,周围一派农田,显得比较荒凉。说市郊过于笼统,其具体地名是"窦各庄",真是无巧不成书,怎么庄的第一个字竟是我的姓呢?是生命中注定,还是天缘巧合,我浮想联翩,或许这个庄住的是窦氏家族,要不就是一位窦氏显族落草到这里定居,日复一日,繁衍成群,形成气候,谁都更动不了。到了我窦某人,幸好落脚在这里,究竟是吉还是凶呢?从而想到三国时的庞统死在落凤坡,诸葛亮死在五丈原,南宋的杨再兴死于小商河……说不定我也难讨公道。想来想去,暗自好笑,

198

我怎么能和这些历史名人攀比呢？自己充其量不过是共和国的一名右派而已，真是自不量力。不过吉也好，凶也好，有一点引以自慰的是这里既不是落凤坡，更不是五丈原，而是回归到窦氏命名的花园了。他们都是在劫难逃，而我说不定来的是陶渊明笔下的世外桃源了。"吉人自有天相"，那么我也只好"既来之，则安之"了。

不论哪个劳改单位，新来的犯人，一定要先安排在直属队里学习一个阶段，同时参加一些轻微的劳动，然后再根据案情、出身、文化教养、刑期、个人表现，适当地分配在厂下属的各个劳动场所。清河化工厂，主要生产三酸，即盐酸、硝酸和硫酸，故又名三酸厂。随着形势的发展，社会的需求，还不断地增设新的门类。如氯化钡车间，就是新上马的一个生产项目。据介绍这是一种化学试剂，毒性很强，服千分之一克就可以置人于死命。刑期超越五年的犯人，是绝不会往这里分配的，唯恐发生意外，充分地体现了以改造人为目的的人道主义精神。尽管如此，事故还是时有发生。记得来后不久，便有　位新华书店的年轻小伙，因盗窃图书，被判刑三年，因刑期短，幸运地被分配在氯化钡车间，干活轻，又在室内，谁不羡慕。可没想到第二天早晨便叫不醒了。掀开被子一看，双目紧闭，人已冰凉，经化验是偷服氯化钡毙命的。说明以刑期定工种,不一定完全科学。

我判刑十年,自然不可能分配到这样好的车间。两个月之后,我被下放到三队耐火器材车间。主要是制作匣钵、耐火砖之类。设备简陋,没有机器,主要靠手工。初来乍到,免不了是要受一些窝囊气的。政府干部一视同仁,主要是受老犯人的气,这些人入监时间长,掌握一些生产技术,有一定的管理经验,于是人事分配便操纵在他们手里。他们既安排生活,如决定睡的铺位,又安排劳动,吃饭,按照工种确定定量。看来是一些生活琐事,但在犯人中往往会引起轩然大波。就以睡觉来说,遇上脾气好的,和睦相处,万事大吉,可遇上脾气怪的,半夜打起架来,使得四邻不安,一夜不宁。再说工种、干活,前面已说过,是由老犯人主管决定。不要小看这些人,一朝有了权,便把令来行,顺我者昌,逆我者亡,远近亲疏,由人宰割。我一下队,组长是一位叫韩世贤者,小伙子倒是五官端正,二十来岁,聪明伶俐,能说会道。他看我一副书呆子样,便交我一副筐担,让我到耐火车间运料。并煞有介事地交代,你初来,又是大学生,没有劳动过,先给你点轻活干一干,锻炼一个时期,以后有了机会再调整。我听了感激莫名,觉得小伙子人情味实足。谁知干了一天,方知这是工序中最累的活。好家伙,一个车间,二十七个人打坯,全由我一个人供料,从早到晚马不停蹄,早春二月,汗流浃背,下午六点收工,我竟挑了二十吨料,合市斤四万斤呢!多亏一九五八年"大跃进"时,我在农村劳动过半年,不然非栽到这帮人手里不可。如此干了三天,我的两个肩膀全给压肿了,以至磨成泡,出了血,沾在衣上,揭不下来。不知是好胜,还是要强,我强忍着疼痛,含着泪水,默不作声地连续干了三个月,没有找过医生,肩膀也居然好了,血也不流了,也不觉得累了。看来人就得肯于咬牙,耐得大劳,才能得到锻炼。不期有一天中午,我正蹲在轮窑里吃饭,忽听有人大声唤我,窑里灯火暗淡,视线模糊,我只能应声前往,走到跟前一看,原来是中队的一把手董队长,个儿不高,中等身材,方脸盘,两眼炯炯有神。他一看我瘦小枯干,立时目光里透出惊异的神情,说你是窦楷?我说正是。问我干什么活?我说供料。几个月了?我说三个月。累吗?我说开始有点累,现在习惯了。他点点了头,感到满意,要我回去休息。原来是领导深入实际,了解情况。果然不出所料,就在当天晚上,召开中队会议。董队长赞不绝口,当着全队一百多人表扬了我。他说:"供料一项,过去三天两头换人,谁都嫌累,怕吃苦,不愿干。这一段三个月没有换人,我感到纳闷,感到奇怪,下去一了解,方知供料的是位大学生,人不高、体又弱,不声不响,连着挑了三个月。你们当中,工人也有,农民也有,可没有一个能像人家一样,能吃大苦、耐大劳,踏实劳动,安心改造。人都是人生父母养的,难道就是你们知道累,人家不知道累吗?"临完了董队长号召大家向我学习,特别是知识分子出身的人。经中队领导表扬后,第二天便给我换了工种,到料场负责配料,即把各种类型的石块,按着比重,掺合在一起,由小车装运碎料。只动嘴不动手,是队里最轻的活了。我手下十多个人,有的负责装车,有的负责运送、有条不紊,秩序井然。我虽然当了个小头目,但心平气和,要求他们根据各自的体力,能干多少干多少,以完成任务为原则,从来不伤害任何一个人,因为我十分清楚自己的身份。

清河化工厂,伙食条件好,吃的是大麦面、玉米面和大米。蔬菜不够理想,多半是野菜,如刺菜、麻黄菜、葡萄叶之类。大锅煮沸,盐多于油。住的条件比较差,三间大的瓦房,没有顶篷,一屋分两排,中间是人行道,住五六十人。睡的是竹排子,两头砌墙,中间架空。冬天屋里不生火,北风一吹,上下左右,无不通风。夜间钻被,如入冰窖。

好在人多，互相挤着，倒也能抵御一阵寒气。只是五湖四海，思想复杂，由于拥挤，夜间经常吵嘴打架。有一原留苏研究生，西安人，因在苏搞三角恋爱，行刺伤人，被押送回国，判刑十五年。他文化虽高，但性格暴戾，从小娇生惯养，留苏时条件又十分优越，一旦沦为囚徒，一切格格不入，孤芳自赏，难以合群。在生活问题上，如吃饭、睡觉，经常和人吵闹。很难想象他是位受过高等教育的留苏研究生。队领导每每好言劝导，他非但不听，反而大诉委屈："在莫斯科读书时，一人住七间房子，吃的是鸡鸭鱼肉，可在中国的监狱……"队长说："你说的正对，这是监狱。"他说："我根本没有犯罪，你们根本不应关我。"队长说："行刺伤人，还不算犯罪？"他说："苏联恋爱互相殴斗，法律允许，像普希金因恋爱角斗，反而成为美谈。"队长不与他辩解，说："这里条件确实不好，明天给你调整一下。"队长一走，他哈哈大笑，自以为得计，谁知第二天，让他卷上铺盖，搬到严管队里去了。那里的条件更差，屋子窄小不说，住的人更多。每天由队长押着到轮窑里背砖，定有任务，完不成者，开会检查。他心里当然不服，但劳改政策，重在表现，最好不要自讨苦吃。

有个名刘长福者，四十多岁，中等个，络腮胡，说话吐字不清,经常流着口水,晚上还经常溺炕。城门失火,殃及池鱼,故谁都讨厌和他挨着睡。他家庭情况好,是前门外亿兆百货商店的少东家。从小娇惯成性,生活全靠家人照顾,如今犯罪了,落得如此这般狼狈,大家一致反映,希望把他调走,可调到哪里不是溺炕呢?况且总不能为一个囚犯设置单间。没有更好的办法,队长便让他挨着我睡。出于同情和无奈,我只好答应了,晚上睡觉时,我和他好言相商说:"晚上我解手时,唤醒你咱们一道去好吗?这样省得你成天晒湿被褥。"他点点头,不好意思地笑了。从此,我每天晚上唤他两三次,即使自己不解手也唤他,这样果然奏效。偶然失禁溺了炕,我也从不责怪他,而是帮着他立即晾晒。后来我在工地拣到一把溺壶,征得队长同意,拿回来放在炕头,刘长福感激不尽,流着口水,说我是大好人,从此再没有溺炕。当然,我调走后怎么样,就不清楚了。

当时正是国家遭受自然灾害时期,但里面的人对外面世界,一无所知。只是由于干活累,定量少、饭量大的年轻人总是不够吃,每次吃饭,往往因分多分少,争吵不休。连续换人分饭,都因分得不均而遭罢免。最后队长又让我分,我只得知难而上。为了使大家满意,我本着两条原则,一是尽量做到公平合理;二是给自己碗里少分。结果谁都没有意见,取得了大家的信任。队里的领导也由此而对我刮目相看,诧异犯人当中,竟有这样有觉悟的。

不久,厂里成立了硼砂车间,队领导找我谈话,说决定让我去做化验员,我听了诚恐诚惶,心想自己是学文学的,不同的专业,隔行如隔山,能行吗?这是劳改单位,万一有点差错,负不起这份责任呵。遂向队长推荐两个人,一是徐默夫,原在化工部工作;一是黄承武,是大学讲师,且有化学专著。可队长说,你不用管,既然决定让你干,我们自有打算。谈话后的第二天便送我到社会上的化工单位专门学习化验,急用先学,用啥学啥,不到一个月的时间,便出科了。回到厂里,硼砂车间已一切就绪了,正式投产,我也正式穿上白大褂,腰间系胶质围裙,手拿小勺、量杯,出入于化验室,俨然是那么回事了。从改造犯人的角度,劳改队的现行制度,就是这样,越是怕劳动,愈要让你干苦活、累活、脏活,对一些踏踏实实,埋头苦干的,反而分配些脑力活、轻活。可以毫不掩饰地说,作为知识分子的三关,思想关、劳动关和生活关,我是通过了。这三关之中,我认为思想是头等大事,因为能不能过好劳动关、生活关,首先决定于一个人的思想。这里包括对前途的看法,对自身的认识,对劳动的认识,等等。知识分子和工人、农民不同,中国工人、农民大都没有文化,靠做工、种田吃饭,都是体力劳动者,从小已养成劳动习惯,干活累一点,生活苦一点都无所谓。他们唯一害怕的是,晚上两小时的学习,愁眉苦脸,如坐针毡,他们宁肯成天干活,也不愿坐下来学习。事实证明,他们确实应该好好学习,不论文化、思想都需要提高。而好多右派知识分子被关进监狱,并非思想不好,文化不高,相反的他们热爱祖国、热爱社会主义,他们是响应党的召号,以良好的意愿,帮助党整风,谁知提了几条建设性意见,便上了"引蛇出洞"的圈套。五十年代的大学生,是在社会主义的阳光下成长起来的,对党、对领导的崇敬可以说达到了迷信的程度,党说什么听什么,胸怀坦荡,没有分毫杂念,看问题过于简单,太天真。我同意王蒙同志的说法,从来不设防,入了陷阱,往往责怪自己,怪自己不该在那个时候向党提意见。然而这种检讨,人家认为是不深刻的,没有触及灵魂,所谓的深刻,只能是违心地承认自己反党、反人民。我的劳动虽然好,可从来没有减过刑,原因是服法而不认罪。这样只能是以有限的生命,空度这漫长的岁月。好多在押的年轻人,就是这样浪费自己的青春。这是国家的不幸,民族的灾难啊！

　　我想谈谈关押中的工人和农民。这些人出身好、成分好，即便有点不满言论，也绝不会沦为右派、反革命之类。他们犯罪很多是属于小偷小摸。深挖自己的犯罪思想根源，不外背叛了自己原来的阶级，受资产阶级思想的影响，追求享受、好逸恶劳，挖了社会主义墙脚，对不起党，对不起人民……这种禅语诵经式的检讨，听来深刻，实则并不是他们的心里话。一旦背着领导，遇着知音，便会讲出实话，谁愿偷人家的，实在是家无颗粒，饿得心慌呵！这批犯人，大都是在三年自然灾害当中，被捕入狱的，试想这能全怪他们吗？俗话说人无饿死的罪。这就是搞阶级斗争，不抓经济建设结出的恶果。管子说："衣食足，而后知礼仪。"古人尚懂得这种简单的道理，而我们却硬要穷过渡。我看这是违背社会主义的主旨的。

　　就在我改造期间，另外一个重要的思想动力是我的继母和我的妹妹。本来一关入监狱，我便暗自下定了决心，决定不和家人联系，以免在那阶段斗争的年月，使他们受到牵连，万万没有想到我的继母，我的妹妹，硬是托亲访友，打问到我的下落，正当寒冬腊月，飞雪漫天的数九天，我收到了他们寄来的棉衣、棉裤。妹妹并写信说：

"长时间接不到家信,可把全家急坏了,妈妈成天茶不思、饭不想,逢人便打听你的下落,现在总算知道究竟了,你不要挂念家里,安心改造。冬天了,寄上棉衣、棉裤,出外干活, 定要穿上,免得冻着。写信时,妈妈让我告你,人不在窦家了,心仍在窦家,过去跟哥哥亲,现在更应当跟哥哥亲。"多么朴实的语言呵!我一边读信,一边流泪,感到对不起逝去的父亲,更对不起妈妈和妹妹,我给他们回信,表示一定要好好改造自己,争取早日和她们见面。为此,我给自己立下一条八字方针,"面对现实,相信未来",这样我才能在漫长的十年岁月中,坚定乐观,克服重重困难,重新回到人民的怀抱。

三   在清河农场

一九六二年六月,仲夏之交,天气已显得有点炎热。突然一声令下,我被调往清河农场,同去者一百余人,由穆队长带队。他年轻,身子修长,人比较随和,有人情味,这是我们最希望的。

清河农场在北宁线上,离唐山不远。我们由茶淀下了火车,大卡车早已等候站外。上了卡车行驶一小时许,即到达农场。沿途一脉平畴,金黄麦浪,随风起伏,丰收在望。

清河农场,有若干个分场。我去的是一分场。由于穆队长的介绍,我一去便获得中队领导的信任,让我担任小组组长。一组二十人,生活、起居、学习、劳动都要由组长负责。但我从不以组长自居,平等待人,和颜悦色。不吃人家的,不喝人家的,不拿人家的,尽管家远,没有人来接济我。尤其我从小受儒教的熏陶,不义之财,非理莫取。自己在改造期间,更应当刻苦自励。

中国有一句古谚,谓"吉人天相",好多事在我身上得到了印证。清河农场位于天津与唐山之间,临渤海之滨,属于宁河县管。三年自然灾害期间,农场虽产粮食,但被县里搜刮一空。犯人吃的是稻壳。好多人因饥饿而死亡,活着的也无不是形容枯槁,皮包骨头。因之,好多家属向中央反映。我去时正好赶上中央接管,北京派了好多医生,为幸存的犯人进行体检。体弱者一律留下休息疗养,并调来大批的白面大米。一日三餐,全是米饭馒头,早餐外加一碗豆浆。我一九四九年初入大学时的伙食,也远远比不上现在。原有的犯人,都说我们福大、命大、造化大。挨饿的时节,我们顶着,轮上吃饱饭时,你们来了。的确,三年自然灾害,我似乎毫无感受便过来了。当然我不能不感谢王璐队长对我的精心安排,此时此刻的我才更体会到他从看守所送我时所说的一句话:"给你找个吃饭的地方。"说明他早已预感到吃饭的艰难。遗憾的是我从监狱出来后,再没有见到过他。

从工业转向农业,这是两个截然不同的工种。不过中国的工农业,机械化程度差,样样离不开体力劳动,只要不怕吃苦,肯于埋头苦干,没有过不去的火焰山。我仍然一如既往,一声不响埋头苦干,顶着烈日割麦,迎着骤雨插秧。割麦子最多我一天割到二亩八分地,插秧一亩二,这在知识分子中已然很不容易了。队里的领导常议论,知识分子改造到这种程度,算可以的了。

清河农场在管理制度方面,确实执行不打不骂,以改造思想为目的的方针,充分体现了党的人道主义精神。生活方面,每个队都有专人来抓。生活标准有限,每人每月八元钱,可负责伙食的队长总是本着开源节流的精神,想尽办法,降低成本,往伙食里补贴,如改灶节煤就是一例。队长白天出工,利用夜里的时间改灶,拆了改,改了拆,直到成功,前后不下半月时间,而真正受益的是犯人。全场共有七个队,每队一个灶房,逢礼拜天,各队都在搞伙食竞赛,看谁的质量好、花样多。细粮精做,粗粮细做。白面做成包子、饺子、炒饼、拉面等,粗粮做成发糕、齿轮糕、空心糕等。队队设有猪场,抽调有经验的人,专门饲养。一口猪养到三百余斤,逢礼拜都改善生活。红烧肉拌大米饭,猪肉白菜饺子,鸡蛋炒饼,据说比当时社会上一般的农民生活水平还要高。记得我们队里有个人生了病,想吃黄瓜,因为冬天,场里没有,队长便骑着车子,到几十里地外的市场去买。饭做好之后,往往指导员亲自端着去送。有的人犯法之后,家里乏人照顾。政府便派人将其家属接来,妻子安排就业,孩子送去上学,为的是让犯人安心改造。农场的文体生活,亦搞得十分丰富。每个星期六总有电影,星期日有各种球类比赛。逢年过节,如五一、七一、十一、元旦、春节,都要排编节日,自编、自导、自演,都是现实题材,即反映监狱的生活。犯人来自五湖四海,吹拉弹唱,各种人才都有,所以排个节目、搞个晚会,并不困难,队里的节目,大都由我编排。以春节的节目最为庞大,像大型的诗歌联唱, 留就是六七十人,好在是农闲季节,再多也无所谓,把春节过得红红火火,热热闹闹,以大家不想家为原则。

农场每年冬天都要组织冬训学习。中心内容有两个:

一是认罪守法,二是监规纪律。右派分子,绝大部分不认罪。因为他们自认为生在红旗下,长在红旗下,亲眼目睹新中国欣欣向荣,一日千里迅猛发展,怎么会反党反社会主义呢?故有的人在填写自己的案情,写之曰"天祸"。队长诘之曰:"何谓天祸?"他说:"闭门家中坐,祸从天上来。我既不偷人,也不抢人,好端端地把我抓进来,试问这不是天祸是什么?"我自己应该说是接受改造的。任何纪律不犯,日出而作,日入而息,积极劳动,埋头苦干,人所共知,只是认罪方面,略有差距,我不承认自己反党、反社会主义。不过为了过关,我还是尽量地往犯罪的边缘靠拢,说自己的言论,在右派向党进攻的时候,起了推波助澜的作用。至于这场运动,是否正确,自己认识不清。

整个三队,全属右派,大都是青年学生。年纪轻轻,关进监狱,失去自由,看不到前途,自然要悲观失望。劳动上消极怠工,想出去干活便出去,不想出甚至连招呼都不打。晚上学习,好多人蒙头假寐,指导员进来吆喝大家起来,个别人佯作呓语,嘴里骂骂咧咧,"谁他妈搅混大爷睡觉"之类……还有的甚至打了队长。农场的干部,素质较高,面对这种情况,仍然坚持以说服教育为主。记得有一次晚上,队长经过操场,正向队里走,忽被一个犯人撞倒。

指导员把他叫到队部,态度极为严肃地讲:"你打指导员,指导员绝不还手,你骂指导员,指导员绝不还口,因为指导员是受党的委托,对你们进行思想改造来啦。"指导员的话听起来虽极为感人,但并未触及多数人的灵魂。因为他们都是无辜的。"阶级斗争"之矢,正好射的是自己人,应该说是时代的悲剧,这一悲剧,究竟演到什么时候,谁都说不准。农场也有星期天。星期六晚上不学习,年轻人便自行组织娱乐晚会。大提琴、小提琴、口琴、手风琴、单唱、合唱、联唱一齐上阵。主持人是一位北大的,他开宗明义,唱抒情的,不唱政治的。如《何日君再来》《魂断蓝桥》《秋水伊水》之类。最经典的歌曲,莫过于《囚词》或曰《秋词》,尚记得两段,记录如下:

之一

"你知道呵悠悠秋风又是一年过,得过且过有酒当歌愁来愁再说。谁的青春谁来怜惜,苦恼有谁人替。往日的欢乐、甜蜜的笑意就永远没有归期。"

之二

"桂花飘呵又来到这小小的院里,苦的心肠死的灵魂也有沉醉意。谁的青春谁来怜惜,苦恼有谁人替。往日的欢乐、甜蜜的笑意就永远没有归期。"

不知歌词出自何人手笔,曲子也谱得悲凉凄楚,非常适合我们这些人此时此刻的心情和处境。因而唱着唱着不禁潸然泪下。虽然古人有"男儿有泪不轻弹"之句,但是还有"只缘未到伤心处"一语,可见歌曲内容,确实是深入到我们的内心深处了。

我自己由于有在看守所时的一段思想改造历程,所以还能保持众人皆醉我独醒的境界。我认识到消极悲观是没有出路的,我现在身陷囹圄,失去自由,自由只能靠争取,为此我经常劝慰我的同伴们,不要气馁,要振作起来。并常以孟夫子的话来策励大家:"天将降大任于斯人也,必先苦其心志,劳其筋骨,饿其体肤,空乏其身",要坚信真理,相信未来,你说我反党、反人民,我内心里不存在这些东西,其奈如何!如果硬逼人说反党,那就是改造者的不是了。人常说:"为人不做亏心事,不怕半夜鬼叫门。"我们只要活得清白,无愧于自己,总有一天会洗去污垢,还我真身的,虽然是一些说教,但在特殊环境,也确实奏效。

当时有一位叫梁延年的,山西文水人,幼年丧父,在母亲的教养下长大成人。工作之后,娶妻生子,一家子生活得幸福美满。谁知天有不测风雨,一朝关进大牢,神志为之颠倒。由于有老乡关系,多了一份亲近的缘分,我看

214

他一天到晚总是叨念着几句话:"工作之后,不曾陪妈下一次饭馆,结婚四年,没有陪老婆看过一次电影。母亲年迈,孝心未尽,反而亲眼看着自己的儿子被警察逮走。"日复一日,天天如此,他的精神,几近于崩溃。我担心他会变成神经病,便背着队长,多方为他宽解,有了病,我给北京的姑父写信,假说自己有病,请捎点急需的药物,服后,果然见效。后来我晓得他在社会上工作先进,还是共青团员呢。于是我便抓住这个契机,从一个革命者的人生观和价值观来说服他。我这样做的目的,一是出于同乡之谊,二是看他忠厚老实,我不希望一个人无端地沉沦,希望每个人都能坚强地活下去,有机会看看未来的世界究竟是什么样子。

除了和同犯们谈心、互相安慰、宽解,我还在工作上尽量帮助别人。小组有一犯人叫孙占林者,二十来岁,中等个、大眼睛、浓眉毛,长得敦厚结实,是个复员军人,因偷盗被判刑四年。由于出身好,年轻有劲,所以让他担任小组的工具员。这个活不太重,但时间紧迫,每天七点起床,接着点名,洗脸、吃饭,八点出工。出工之前,必须到库房,把二十个人的所有工具,按着工种,一件不落,统统装上车。这样,小伙子每天都是吃不完饭,就得先去装车。我出于同情,便主动尽快吃饭,和他一道去装车。他也不无感激之情,可谁知有一天,收工回来,入库时少了一把锨。劳改队里,遗失东西,非同小可,上报领导不说,一定要追个水落石出,怕私藏起来,行凶杀人。孙占林恐慌之余,竟把责任推在我身上,说我每天帮他装车,是唯一怀疑的对象。队长找我谈话,我心平气和理直气壮向队长讲:"我帮他装车确有其事,但铁锨确实我没有拿。他向队里反映是对的,但他不应怀疑我。我相信锨不会丢,总有一天会找回来的,我可以帮他找。"尽管如此,晚上还是召开了全队会议,让大家提意见、想办法。一连三个晚上,群起而向我提意见,几乎变成斗争会了。有的说我帮装车是假积极;有人说我是右派,是不是想破坏生产;有人说我帮助梁延年,是踩着别人的肩膀,讨好政府,自己想立功。令人不解的是连梁延年本人也站出来揭发我,认为自己是上当受骗。我完全处于被围攻的地位,尽管如此,我仍然十分冷静。队长让我表态,我还是以诚恳的语气向大家说:"大家为丢锨开会,是一件好事,说明大家爱惜国家的财产。对于大家意见,我当认真考虑,有则改之,无则加勉。至于铁锨,大家到了地里,多留点神儿,我想一定会找到的。"看将近十点,队长说明天还要出工,会就开到这里。事有凑巧,果不其然,半个月后,六组里有个犯人都福顺,挖排支时,意外地把这把锨发现了,回来交给队长。当天晚上召开中队会议,李指导员当着大家,表扬我对待问题冷静、沉着和实事求是,同时严厉地批评了孙占林不尽责任,胆小怕事,出了问题不做自我检查,反而嫁祸于人。"你要知道这是在监狱,假如遇上肚量小的,含冤受屈,一时想不通,出了问题,由谁负责?"坏事变成好事,雨过天晴,我的这件事,竟传为美谈,都说即使在社会上,一般公民也很难做到。半年过后,正好孙占林刑期将满,要做鉴定,就在组里讨论,指导员命我主持。好些人酷似墙头草,颇识风向,看到政府对我信任,便把矛头对准了孙占林。说他管理工具不负责任,人家帮他,除了不领情,反而恩将仇报,品质恶劣,没有改造好,要写在鉴定上。面对这种情况,我想到孔夫子以德报怨的古训,想到仇怨可解不可结的准则,便耐心地说服大家:"人非圣贤,孰能无过,我们每个人不都是犯这样那样错误进来的吗?他改造四年了,总体上看成绩是主要的,如他劳动积极,能靠近政府,反映情况,这不都是优点吗?至于丢锨的事,他既然认识到了,我建议就不必在鉴定上写了。这样他回到社会上,不背任何包袱,能轻装上阵,全身心地建设我们的国家。"这一席话竟感动得孙占林痛哭流涕，立时跪在我的面前，一再向我赔情道歉，我赶快将他扶起，说你应该谢谢大家。

当天晚上，梁延年约我在大院的舞台上见面，向我表示："会上说了一些话，愈来愈感到不是滋味，辜负了你对我的一片好心，以后我绝不会再做这样的傻事了。"我说："过去的事，把它忘了吧。现在我们不是更了解了吗?"他激动得泣不成声。

应该说，从监狱的角度来讲，我认为清河农场的环境还是比较好的。一是在管理制度上执行不打不骂，以改造人的思想为目的的原则;二是生活上吃得饱，穿得暖，且每月有零花钱;三是场内的干部无不廉洁奉公，以身作则，他们成天背着粪筐出工，和犯人在一起劳动，因而大家对他们还是有好感的。只是心灵上的隔膜，并未完全消除，改造者苦口婆心，被改造者一肚子委屈，你希望我认罪，我始终觉得自己无罪，谁是谁非，无法判断。特别是对于年轻的服刑者来说，年纪轻轻，漫漫无期，在前途问题上，谁不感到茫然呢?成天无精打采，感到活得没有意思。而劳改八字经"改恶从善，前途光明"，对这些人来说毫无作用。恶之不存，何由从善。这在特定的历史条件下，所有管教干部是永远弄不清的。结果是患者无病呻吟，而医者

218

盲目施药，简直是一场人间闹剧。而我自己虽然比较自信，但目睹岁月的流逝，华发之萌生，也不由得黯然神伤。为了不辜负亲人们的一片希望，我常常自己宽慰自己，求生是人的本能，按照共产党的逻辑，畏罪轻生是背叛，那么无罪轻生就更不应该了。当然死也还是要有勇气，我既然没有勇气死，就要痛痛快快地活着。成天愁眉苦脸，等于慢性自杀。对前途问题，要实事求是，一不要和社会上的人攀比，二不要想入非非，将来如何如何。但愿能活着出去，回到社会上勤勤恳恳工作，老老实实做人，我本洁来还洁去，如此也就心满意足了。为此，队里每有思想搞不通者，指导员便把我留下来做他的工作。有一次一个犯人，其兄弟突然被火车压死。这个兄弟又是他在社会上唯一的亲人，噩耗传来，成天浑浑噩噩，哭哭啼啼，痛不欲生。领导找他谈话，宛若对牛弹琴，根本听不进去。指导员遂让我去劝慰。我首先问他人死了，能否活回来，他说不能。我说亲人死了，谁都一样，痛心在所难免。但如果过于哀伤，在劳改队里，哭坏了身体，有谁可怜，你是否还打算活着?他点点头，说兄弟死了，还留下弟媳，侄儿侄女。我说兄弟生前对你那么好，每月都来看你，那么现在他不在了，你就应当争取早日出去，把抚养侄儿侄女的担子挑起来,这才对得起死去的兄弟。现在你如果真的死了,那么孤儿寡母靠谁养活呢?他说也是,第二天便主动要求出工。看来讲大道理难以奏效,把问题讲到实处,讲得具体一些,人倒容易接受。

我在清河农场一共待了四年,我认为最大的收获是思想上坚定乐观,能面对现实,不作无谓的幻想,比较务实。在劳动上比较过得硬,真正做到了不怕脏,不怕累,不怕苦,三月天气,脱光脚丫,踩着冰凌,秧田耙地。稻田做土方,控排沟,一天十五方任务,能保质保量,按时完成;春天运肥,挑着柳筐,过独木桥,晃晃悠悠,挺身而过。在生活上,不论粗细、好劣,油多油少,一样吃。从来也没有写信向家里要这要那。有时节余点零花钱,还买点学习用品,给妹妹寄回去。我这样做,有的知识分子难以理解,都唤我作"苦行僧"。我想可惜自己连僧都不如。如能真的放我归山,吃斋念佛,我将谢天谢地了。

一九六六年,麦收完了,在监狱里,居然也学习起姚文元的《评＜海瑞罢官＞》来,当然我们并未能洞悉其奥妙,不过把清官竟然说成是统治者的帮凶却是令人费解的。时隔不久,"文革"的邪火竟也烧到关押犯人的场所里来了。原因之一是清河农场是刘少奇的黑样板,在高音喇叭里成天广播社会上横扫地富反坏的情况，在押的犯人听了无不心惊肉跳，心神不安，联系自己的处境，亦深感在劫难逃。果不其然，为时不久，农场便被勒令解散。七月间，调走了第一批犯人，多属"历反"和"现反"，当下点名，装车就走，毫无思想准备，到什么地方，绝对保密，全然不知。当然以后知道是调往山西雁北的大青窑煤矿了。第二批是三大城市者，即北京、天津、上海。这批人最多，事先通知到大新疆，允许家人接见，写好信，由政府专人通知，应该说这批人的命运最苦，一是路途遥远，能否再和家里团圆，确实是个问题；二是新疆百分之八十的地方属于沙漠，到那里干什么更是每个人及家属最关注的问题。当然绝不会进驻乌鲁木齐、哈密这些文明城市，因而接见时无不哭作一团，后来听说这批人在新疆的漠源修筑公路，几百里不见人烟，在帐篷里住宿，其艰苦情况可想而知。大约是九月中旬，最后一批正式宣布，具体地方未被告知，只说是各省归各省。我无疑是回山西了。临行时指导员找我谈话："这几年改造得不错，劳动积极，思想乐观，还协助政府做了不少工作，实事求是，作风正派。人总是有感情的，如果不是赶上形势，一般的调人，是不会让你走的。现在大势所趋，只好如此。希望到达目的地后，给我写一封信,把那里的情况告诉我,也好让我放心。"语重心长,不由得使我热泪盈眶。

第二天农场汽车把我们送往茶淀车站,改乘火车进京,落脚在北京第一监狱。其建筑仍是统道式的。中间是甬道,两边是监舍,四堵墙,只有屋顶开一天窗,我们只能坐井观天,实在憋闷得难受。好在只住了三天,走时每人发了一套全新的黑斜纹布棉衣、棉裤,十二个白面馒头,两块咸菜。我们在西直门车站,搭乘开往大同的车。是大票车,两面大玻璃,十分宽敞亮堂,人坐在临窗,举目远眺,面前的景象一览无余,尽收眼底。第一个使我感到惊奇的是所有大小车站,都已改名换姓,有的称红旗站,有的称东风站,相互模仿,连续到大同,似乎这些造反的闯将,再也找不下合适的名词了,说明造反派都素质低劣,不过是供人驱使的工具而已。车到下花园,是大站口,自然要停,只见站台上,簇拥着好多戴红袖标的红卫兵,高呼口号,气势汹汹,正在向着一个戴了高帽的所谓走资派人物,拳打脚踢,极尽凌辱之能事。我们正在看得入神时,忽然有些红卫兵,似乎发现了车上在押的"我们",立即摇旗呐喊,直奔车厢而来,扬言要把车里的牛鬼蛇神,统统拉下来批斗,车上的人无不心惊胆战。幸好押解我们的武装人员立即举枪拦住。省公安厅的王副厅长,手持文件向他们解释说他们是在押犯人,已然受过国家的法律处分,不是运动冲击的对象。红卫兵一听,只好作罢。晚上九点到达大同,除了车站上稀疏闪烁的灯光,周围一片漆黑。我们跟着干部走,背着行李,转入开往太原的一趟列车,约半个小时,车便往南徐徐开动了。大约运行了两个多小时,到达朔县车站,干部告我们到目的地了,我们心情紧张而兴奋。紧张的是不知什么单位,我们最害怕去煤矿;兴奋的是因坐一天车,总算到达终点了。走出车站,又是数辆大卡车在接我们。汽车灯亮处,两边全是高粱、玉米、谷子,空气清新,使人感到一阵凉爽。下了车,点过名,通过岗哨,走到院内,只见墙报上画的全是瓜果之类。我们大概悟出了这里不是煤矿,而是农场,心里不由得松了一口气,好不喜欢,谢天谢地。农场生活虽然苦一些,但没有风险,如果不生意外,总能活着回去,还是朱革的那句话,还能为党工作二十年呢!

四　　在北旺庄农场

北旺庄农场,坐落在山西朔县,属雁北行署管辖。农

223

场离县城二十华里，人烟稀少，黄沙遍地，是古代有名的战场——金沙滩就在这里。这里气候冷，土质贫瘠，故产量极低。我去的那年，正赶上收小麦，每亩产量只有十四斤。老百姓终年见不到白面，犯人的生活条件远远不如清河农场。早晚两顿小米，里面尽是沙粒。中午是棒子面窝窝头，当地人称"圪蛋"。去了不久，王场长召集全场犯人，作了一次报告，整个内容记不清了，但有段话至今想来，仍耐人寻味，大意为："你们从全国各地来这里改造，既来之，则安之，不要胡思乱想，要好好听政府的话，遵纪守法，争取早日出去和家人团圆。至于外面的风声，不要议论，一切与你们无关。你们要比我们强，一到这里就进了保险箱了……"当下听了，感受到十分蹊跷，犯人怎么会比场长强呢？谁知一夜之间，情况突变，第二天场长、政委都被打成当权派，带着高帽，绕村游斗了。

雁北属高寒地区，每年霜冻期特别长，五月树叶始萌芽，不到十一月树叶便尽行飘落。水源奇缺，故老百姓只能靠天吃饭。农作物以谷子、玉米为主。小麦少得可怜，每人每年只有四五斤白面，平时不吃，留在春节几天食用。当时每个工分只有五分钱，怪不得他们对我们的生活十分羡慕，因为我们每个礼拜还能吃到一顿白面。记得一次我在街上写标语时，一位年逾花甲的老人前来问我："用什么办法可以进你们哪里？"我笑了笑说："可别来，我们想出还出不去呢！"老人说："不管怎样能吃一顿饱饭啊！"这就是当时的社会主义，可谁又敢说一句不满的话呢？

从九月到十一月，我们参加了三个月的秋收。秋收完毕，已进入冬季，朔风凛冽，气温骤然降到零下三十余度。朔县有的是无烟煤，一个室里两个火炕，况且一室二十人，并不感到寒冷。农场冬天没有别的活干，先是平整土地，带上洋镐、铁锹还有小平车，去到地里取高垫低，一看便会。再冷便是往地里送粪了。有的是小平车，两人一辆，全队一百二十人，共六十辆。因天气冷，整个粪堆冻得犹如坚石一般，所以还须专人打冻。只选了十人，干这项活，我也在其内。老天爷，十人要供四五十辆车，谈何容易！大家无不面面相觑，面有难色。于是我鼓励大家，拼命干吧，总比拉车要强一些。君不见拉车者，前有部队开路，后有武装押解，押解人员都骑着高头大马，手持木棒，耀武扬威。因天冷，他们都希望早点回去，于是便要求犯人，必须与马同行，稍跟不上，便劈头盖脸，棍棒相加，故而每次收工回来，医疗室门口，总是排着长长一队人，等着敷药。不过打冻这活虽然避免不了皮肉之苦，可得要冒一把子汗。

225

因天冷,我们都穿着厚实的棉衣,举十八磅的铁锤,根本举不起来。

不管别人怎么样,反正我一到工地,便把棉衣扒掉,里面只剩一件单衫,举锤便干,如此不到一个小时,便浑身大汗淋漓。说来也奇怪,天气最冷时,到零下三十八度,我既不伤风,也不感冒,当然年轻是一个方面,但我认为更重要的是意志。因此,我非常感谢那一段生活,它把我锻炼得既无私无畏,又坚强乐观。

由于当时正处于"文化大革命"的高潮,场长、政委被当作走资派打翻在地,大部分干部忙于学习,所以晚上的自习,流于形式,成了我们的天下,大家聚在一起,天南地北,海阔天空,无所不聊。组内有王哲者,原为水利部记者,因生活腐化、盗窃公家照相机,被判刑十年。过去走南闯北,好吃好喝,一旦沦为囚徒,自然对过去的生活留恋神往,唯一的寄托便是给大家讲全国各地的名菜佳肴。讲到尽兴时,竟然兴奋得眉目飞扬,手舞足蹈,满嘴"流油"。大家听得开心,他也自称过瘾。对犯人来说,由于现实中不存在这样的酒肉场面,故称之为"精神会餐"。

春节临近,整个农场要写语录、标语,要把农场装饰成红彤彤的语录大世界。我有幸被抽调出来干这一行。好多人都用羡慕的目光望着我："这活好，既轻省，又不挨打受气，自由自在，无人管束。"且开玩笑说："有了钱，还是得供孩子念书，连劳改都占便宜，受优待！"岂不知雁北的冬天，真是吐气成雾，滴水成冰，立在墙下写标语，简直是活受罪。标语红底、黄字，一律用漆涂写。几分钟写不了一个字。往往是写不到两划，连笔头都冻在墙上了。没办法，只好是火上烤一烤，然后再写。一天写不了多少字。有一次让我在大礼堂的山墙上写标语，登上四五米高的长梯，右手握笔，左手端着油漆碗，晃晃悠悠，浑身颤抖，大有如临深渊之感，相比之下，远不如挥动大锤，出一身臭汗好呢。此时深感劳动之可贵。

属于农场外部环境的标语写完之后，接着便给部队写标语。部队战士宿舍，一律书写老三篇，相应的还有床头镜、语录牌、主席诗词。为了照顾战士们的文化水平，不得用草字、行书，必须用宋体字。我的宋体字就是从给部队写标语开始练的。宋体横平竖直，见棱见角，大小一致，故写的速度相当慢，老三篇最快也得两天，但部队首长，只求好，不要快。成天坐在屋里，暖暖和和，军代表对我们十分客气，问这问那，说说笑笑，有时中午懒得送我们，留下共餐，白面大米，额外的改善，何尝不是一件快事！

这样的生活,足足延续了一年之久,而且还不断地有新的任务。人都是有感情的,日久天长,军管组长、连长、排长也都认识了,一般士兵更不用说,见面也不像以前那横眉冷对了,出口伤人了。于是我便趁此机会,委婉地表达我们这些人离乡背井、身处异地的悲凉心情:"虽然犯了错误,但有的是为了生活,有的是因为几句话……我们在这雁北荒漠,迎着寒风,忍着饥饿,参加劳动,希望班长们给我们一些理解。"我比较重感情,说到伤心处,不由得频频落泪。他们也表示同情。这样凡是他们担任执勤任务,就格外宽容,不再随意打人了。当然还是一种治标不治本的办法。后来调来一位军管组组长,姓啥记不清了,细高个,心地善良,懂得政策,走马上任,便给部队训话:"以后不准再打人,解放军不是靠木棍建立自己的威信,我们要以理服人……"从此才结束了大家挨打的局面。

　　农场的部队,也都种着地,且都是水浇地(井水),但重体力活,还是依靠犯人去干。给他们干活,就像奴隶主使用奴隶,想骂便骂,想打便打,人身安全,毫无一点保障。干部们明知不对,亦不敢吭声,因为这牵涉到阶级立场问题,他们也都是泥菩萨过江,自身难保啊!为了尽量减免犯人的皮肉之苦,所以每逢部队向队里抽人,指导员便命

228

我带大家去应差。因为我和部队的一些人因写标语,比较惯熟;二来我还有点应变的本事。一九六八年春天,冰雪消融,地里已开始复苏。一天部队要人为他们抓粪,即在春播之前,趁犁地把粪撒开。部队地里的肥,堆积如山,犹如帝王的坟头一般,又高又大,一亩地几堆。所谓抓粪,就是身挎簸箕,跟着牛转悠,边装边撒,犁完撒尽。其劳动强度、时间跨度可想而知。不过说实在话,八大堆粪,四个人干,即使累死也完不成。可完不成就难免挨打受气。有一次眼看四点了,可粪堆才刚刚撒去一半,怎么办?正在为难之际,忽然看到部队连长到地里视察来了,老远我便高喊报告连长,他走过来问有什么事?我说时间紧,任务大,完不成怎么办?连长笑笑说:"我来帮你们干。"战士看连长亲自动手,自己怎好意思待着,便一齐下手,七手八脚,不用半小时便撒尽了,于是提前收工,皆大欢喜。

还有一次,部队要人去修菜窖,石指导员又命我带人前往,一共派去七八个人。这些人做事也欠考虑,到了菜窖,下去一看,里面有胡萝卜、土豆,便什么都不顾,竟白下去抢着吃去了。我一看不得了,如果让墙上的岗卫看见,岂不是要招来一场暴打!再说下去偷吃,总是理亏。为了掩护大家,我遂操起三齿钯,立在窖顶干活。窖顶上铺一层玉米秸,用黄土泥涂抹。谁知我在窖顶,在修补一处漏洞时,正好踩在一根腐烂的木栓上,只听咔嚓一声,猛不防将我翻至二层窖底,只感到一阵眼晕,便什么都不知道了。大约过了两个多小时,我才慢慢睁开眼,但见天空海蓝海蓝,一轮红日,犹如血盆,正在向西坠去。我的四周围了一圈人,有部队的连长、医生、带队的班长,以及同来干活的犯人。大家都以奇异惊喜的目光看着我。一位战士和颜悦色地问我:"我背你上来的,你知道吗?"我摇摇头,他笑了。连长告我:"你跌下去了,好危险呀,我来这儿都一个小时了,你还没有醒来。"遂命令带队的士兵:"天不早了,收工吧。回去通知队里,让他好好休息几天,让医生看一看,等好了再出工。"其实我并没摔伤,只是感到胸口有点憋闷,经打针吃药,一星期便好了。从这件事,我亲身体会到死是一种什么味道,什么阎王、小鬼、十八层地狱,纯属无稽之谈,死并不可怕,怕也无用。死又是绝对的平等,不论帝王将相,谁都逃不脱。只是应活得有点意义,仰不愧于天,俯不愧于人。所谓"人生自古谁无死,留取丹心照汗青"。我自己当时虽然是死去活来,受了点磨难,但换来的却是大家的免遭毒打,何况狱里的人,无不是干累活,吃不饱,人总没有饿死的罪过,因此尽管他们偷吃点,也情有可原。我就这样理解大家，也宽慰自己。后来这件事情，还是让石指导员知道了，大概是事后部队反映的，故而曾在队前批评了他们，说为了贪吃，几乎让别人丧命，这种情况今后绝对不能再发生。从此以后大家对我的印象特别好。发生这次事故是原因之一，另一个原因是当小组长一般都是吃上人家的，便上天言好事，吃不上便把白的说成黑的。我自己家庭接济不上，可从来守身如玉，不吃人家分毫。有两件事足以说明。如晋南是山西的粮仓，产小麦的胜地，当时好多从晋南来的犯人家里的炒面、白馍、麻花，经常源源不断往这里寄。我自己有几个铝盆，他们每每借去煮炒面，日久天长，总不好意思，又看我总是吃自己那点点口粮，除了小米，就是棒子面，出于怜悯，还盆时往往拿些炒面送我，都被我婉言谢绝。一是监规纪律所不容，二是自己身为组长，必须以身作则。还有一件事，组内有个叫王功者，浑源人，屡教不改，已是三进宫了。因割草不慎，被机子切掉一条胳膊。他脾气暴躁，监里待得时久，吃饭不论饥饱，因而患有严重的肠胃病，厉害时，小米、窝窝头根本吃不进。正好这时我妹妹给我寄来点棒子面炒面，我便悉数送他熬做糊糊喝了。他感激不尽，总把他的病号饭给我，白面条，油水大，给一般人应当是求之不得,可我始终不为之所动,生怕落下以粗换细,占人便宜之嫌。组内的一日三餐,仍然由我为大家均分,每次分时,我总是让大家先挑先拿,最后剩下的给我,所以大家从来没有为吃饭问题争过吵过。看来是件生活小事,可具体到监狱里,却是相当不容易。

在监狱里,鼓励靠拢政府。其内涵一是主动汇报自己思想,言行;二是积极向政府反映他人的情况。方法可以找队长谈,也可写书面文字。我不习惯于打小报告,在社会上,我对那些组织干部很反感,认为他们都是吃了饭没事干专门整人的。我采取的则是公开的方式,那就是队领导每隔一些日子,总要召集各组长,汇报组里的情况,这样当着大家,有一说一,有二说二,实事求是,如实反映,其结果是透明度高,使得组内成员放心,愈来愈相信你。为此,队里好多犯人,都愿往我们小组里调。当然能做到这一点,亦非一日之功。这里有个牺牲小我,完成大我,甘心情愿为别人的过程。有一个犯人名曹海马者,晋南人,是二进宫了。第一次进宫,就是利用经常给政府汇报别人,获得减刑,而提前释放回家的。但不到一年,不知犯了什么错误又进来了。这次进来,仍然沿袭旧日的手段,成天往队部跑个不停,不管大事小事,都要向队长汇报。队领导洞悉其奸，嫌他麻烦，组内人对他更不感冒，群起而攻之，一致要赶他出组，可没有一个组愿意接收他。没办法，指导员和我商量暂且调到我这个组，结果遭到全组的反对，认为是引狼入室。可是作为被改造者，对政府的决定，只能服从。于是经我耐心说服，大家总算勉强同意了。事实上不同意也不行。果不然，不出大家所料，调来之后，仍然是一事一汇报，大家气愤至极，我却置若罔闻，处之泰然，我心想反正身子正了不怕影子歪，为人不做亏心事不怕半夜鬼叫门。你汇报你的，我干我的，顶多政府把我免了，撤了，有什么了不起的。可谁知此人狗急跳墙，为了陷害别人，踩着别人立功，他什么事都干得出来，有一天晚上学习，照例由我给大家读报纸，当我读到"夺取文化革命的最后胜利"时，他突然一闪身，溜出去了，大家给我使眼色，我说不用怕，汇报是人家的权利，谁都不得干预，我仍然继续往下读。大约十分钟之后，中队长、指导员，还有军管组的成员，五六个人，一拥而进，立即命令我停下来，让曹海马讲，我是如何读报来着。曹说："他念要夺取无产阶级文化大革命。"大家一听，问题不小，无不为之愕然，我反而变得镇静起来。我请大家听着，遂又把原文重复读了一遍，"夺取文化大革命的最后胜利"，问大家凭着良心想一想,是不是,如果不是,我甘愿受任何处分。大家异口同声,一致回答是这样念的。再问曹海马,曹涨红了脸,无言以对。干部一走,大家义愤填膺,把曹海马打翻在地,一顿狠揍。我则感到为了大家学习,一场虚惊,着实冤枉。幸亏大家在场作证,不然真是跳到黄河也洗不清了。不过我还是从政策观念出发,再三劝大家不要动手,大家气得申斥我说:"老窦,你心太软了,是什么时候了,你还替他讲情,刚才如果不是大家在场,说不定早把你带走了。"我说:"大家是有良心的,我感谢大家对我的支持。但是如果把他打死或打伤,一来政策不允许,二来对咱大伙也没有好处,我们都是离乡背井,来到这里改造,家里的亲人还盼望着我们早点回去呢,犯不着为他而怄气。我们万万不能干这种傻事情。"这样大家方才松手,曹海马可也算是虎口余生,坐在自己的铺位,不再吭声了。不过从此我长了一点见识,多了点人生经验:"害人之心不可有,可防人之心也不可无。"我不相信什么阶级斗争的学说,因为身陷囹圄的人,社会上一律斥之为地富反坏右,都是阶级敌人。我确信人有好坏之分,智愚之别,好坏往往和所受的教育非常有关系。一九五七年下放,以及"文化大革命"城市青年上山下乡,为的是接受贫下中农再教育,可是我进监狱之后,发现关押的更多的是贫下中农,小时读启蒙读物《三字经》中有"苟不教,性乃迁",我看是有一定道理的。相反受过中高等教育的人,犯罪率总是要少一些。一是更多地接受了做人的道理,二是晓得什么犯法,什么不犯法。

曹海马经过这次因诬告别人遭到重创之后,并没有消沉,反而变得积极起来。一天运肥时因和别人抢冻块而砸伤了脚。医生批准留在家里疗养,可是全组人谁都不放心他一个人留在家里,骂他罪有应得,让他就在院里待着,其中一人马上就要把屋门锁上。我一想天这么冷,如果再把砸伤的脚冻了怎么办?于是我只好再替他向组里人讲情:"他最近劳动不错,还是让他在家里休息吧,顺便照料一下家里的炕火。"好多人又责难我心肠太软,这或许是我一生的致命缺点,不过我还是行使政府给我的那么一点点小权力,执意把他留在屋里了。心想人心都是肉长的,钢铁虽硬,经过高温还是要熔化的。开始几天他表现很好,把两个炕火烧得通红,收工回来,家里暖洋洋的,大家也都感到满意,不再说什么。谁知星期天大休,照例改善生活,中午每人两个大馍,我因吃不了,留了一个放在碗里,可星期一收工回来,竟被曹海马偷着吃了,问他

235

时他满口承认是他吃的,供认不讳。这又惹火了大家,的确是众怒难犯,大家骂他没良心,偷其他人的,也不应当偷老窦的,成年家里不来人,好容易过个礼拜,剩点馒头,还被你偷着吃了。有小红眼者,上海人,因眼红故名,出于义愤和不平,竟拉着他到各队院里游斗,让他自己喊叫"我偷吃了人家的什么,什么……"

事情过后,我仍然以礼相待,不然他在群众当中愈发孤立了。但最终的目的我还是希望他能认识错误,改过自新。他是二进宫,还有十年的刑期,以后怎么样,我就不太清楚了。

一九六九年,中苏关系恶化到极点,昔日老大哥,撕开伪善的面纱,露出狰狞的面孔,竟然在中蒙边境,陈兵百万,剑拔弩张,战火大有一触即发之势,果不然,不出一个月,苏军就在珍宝岛发动战争了。蚂蚁撼大树,可笑不自量,战了没有几回合,这个气焰嚣张的困兽,就被中国人民解放军的边防军打得头破血流,丢盔卸甲,狼狈不堪。中国人民扬眉吐气,全世界舆论一片哗然。但战争阴云,不可能完全消除,雁北地区由于和蒙古接壤,被当局划作反修第二线,我们这些地富反坏牛鬼蛇神,自然不能放在反修前沿,于是农场决定停办,把我们这些人分批向内地疏散。第一批调往晋北的窦乐砂厂，第二批是太原石碴厂，我是属于第三批，调晋南的曲沃砖厂。这次坐不上窗明几净的大票车了，坐的是行军用的闷罐车，没有窗户，通体铁皮，推拉门，封闭严实。上车之后，将门锁上，里面漆黑，不见五指。车的速度缓慢，走了一天两夜，始到达目的地侯马。开门下车，红日东升，一片光亮，空气新鲜，沁人心脾。走出车站，数辆大卡车已在广场等候，鱼贯登车后，车向东行驶。这批人因多属晋南人，他们一旦踏上自己的乡土，自然十分激动。有说有笑，一一给我介绍，这是五○二，那是风雷厂，路南是浍河，往东是凤城。说着说着，一个半身的七级浮屠，映入眼帘，大家立时欢呼起来："这是曲沃，可回家了。"兴奋得简直要流下泪了。可见人对家乡的感情是多么浓厚，不管是什么人。可我的家又在哪里呢？

五　　在曲沃砖厂

卡车开进砖厂，一看周围同样是戒备森严，所有高层建筑，如岗楼轮窟，屋顶，全都布满了武装，枪上膛，剑出鞘，杀气腾腾，如临大敌。我们在晾砖的坯场下了车，点过名后,办了交接手续,由砖厂的干部领着,列队进入监舍。砖厂的监舍和农场一样,一个队一个小院,房子有大有小,远远不如农场规范。

砖厂有个最大的特点,一是生活条件好,吃白面多,一天两顿细粮,一顿粗粮,但伴之而来的却是劳动强度极大,装窑出窑全靠人工背砖,非常苦,非常累。一次背二十四块,每块砖五斤重,约合一百二十斤。一个定额一万,一般劳力没有一天拿不下来。干这种活光靠政府给的三十八斤定量是入不敷出的,好在当地人离家近,晋南又是产麦区,每月都可以接见,馒头、麻糖源源供应。二是学习抓得紧,在当时的形势下,主要是学习毛主席著作,背诵毛主席语录。出工前先集合在院里的照壁前,唱《东方红》《大海航行靠舵手》,结合工序,相应地念毛主席语录,如"抓革命,促生产,促战备"之类。做完这些活动,然后排队出工。到了工地,开工之前,也要先念毛主席语录。在工地有事,或收工回来,干部找谈话,进屋之前先喊"报告",然后在屋外念相关语录,听干部说进来,始得进屋谈话。晚间七点至九点有两个小时学习时间。干部不在,由组长主持,同样先读毛主席语录,然后读当日的报纸,要不就是背诵"老三篇"。一位老年干部晋鲁国,甚至要大家背《矛盾论》和《实践论》,确实有点脱离实际,强人所难,大家无不反感,但敢怒而不敢言。学习完了,要坐在炕沿,唱相关的革命歌曲,然后铺床入睡。每次让我领唱,我总是以"读一辈子毛主席书,走一辈子革命的路",应付差事。当时学主席著作,可谓是无孔不入、无处不在、无事不用。就连犯人接见家属,见了爸爸、妈妈、妻子、儿女都要先念语录。记得有一次一犯人见了他爸爸,先立正,毕恭毕敬,然后念伟大领袖毛主席教导我们说:"革命不是请客吃饭,不是做文章,不是绘画绣花,不是温良恭俭让……"他父亲一听,立即扇了他个大耳光,说:"不是请客吃饭,那我就把馍全拿回去了。"类似这类的笑话,一天不知有多少。还有一次组里刚要学习,一位因砸碎语录牌被抓进来的老农民,说了一句"咱们学习刘少奇的活命哲学吧",大伙一听,群起而攻之,老农民吓得不知所措。我向大家解释,好在他是说的刘少奇的活命哲学,如果说成毛主席的活命哲学便大错而特错了。

来砖厂不久,便开展了一场声势浩大的"一打三反"运动。"一打三反"属于社会上的派系斗争,如果在农场或许就没事了,监狱里哪来的一二六,三一八。可是偏偏军管组没事找事,同样在监狱也要兴师动众,大张旗鼓地搞

239

一番。由于连长作动员报告，号召大家面向社会，面向监舍，大搞检举揭发，要翻箱倒柜，把一切坏人坏事统统揭发出来。停产一个星期，坐在家里专门想问题。可以找干部谈话，也可以写书面材料。一时干部的办公室门庭若市，便条凌空飞扬。而军管组接到举报材料，不问青红皂白，立即召开批斗大会，按着检举的材料，依次叫名，叫谁谁出来，走上前方，当众架起喷气式，一时竟因地小人多，喷气式大有容纳不下之势，大家无不为这种紧张的形势，吓得心惊肉跳。我幸亏平时为人公正，循规蹈矩，没有树敌，所以幸免于难。还有一次更为残酷的是纠集全厂犯人批斗刘善之。此人中等身材，胖胖的，光头，约四十岁，因一时不慎，将红宝书掉入厕所，便被以攻击"伟大领袖""红太阳"问罪。他拒不承认，当然要为自己申辩。于是便认为他狡猾抵赖，负隅反抗，竟至五花大绑，把人捆得突然晕倒在地。类似的场面经常可以看到。所谓的人道主义，在"文化大革命"中，竟被说成是投降主义。因为对敌人的仁慈，便是对人民的残忍，这样军管组的人就可以任意打人、骂人、捆人。而监内的犯人如履薄冰，随时都有横祸飞来之虞，哪里还有什么人身保障呢？

当时的砖厂逢星期天，还捞不着休息，各队组织开讲用会。有一次安指导员把我找去,让我准备一下,明天给大家讲讲学习心得。我再三说明,在农场时从来没有讲用过,还是先让别人讲,我学习学习,听一听,以后再讲。可指导员一再说,你是大学生,有文化,一定能行。没办法,我只好略作准备,硬着头皮去讲。正好队里有个同犯叫何德明,是一位高干子弟,原在空军,因反林彪被捕入狱。监内的生活当然不如空军。干活累,吃不饱,他便写信向家里求援。家长写来长信回他,诉说自己在长征时,爬雪山,过草地,啃树皮,嚼皮带,凭着坚强的意志,革命的豪情,战胜了一切。要他"苦不苦,想想长征两万五,累不累,学习革命老前辈"。犯人家属的信自然要检查,管教股遂把这封信用楷书写好,公布于众。在犯人中引起强烈的反响,我遂以此为题,写成讲稿,准备第二天讲用。我的讲稿,开始是这样写的:"读了何德明家长的来信,使我很受感动。何德明的家长是一位老革命、老干部,是一位真正的马克思主义者,他无私无畏,因而在长征途中能够……"谁知这样极为普通的套话,在讲用时竟被主持会场的高斌队长当场发难。让我立即停止讲用,煞有介事地向全体犯人说:"你们听到了没有,他不是讲用,而是在放毒。知识分子总是在拐弯抹角,千方百计挖空心思贬低伟大领袖毛主席的威望。"我一听不禁毛骨悚然,继而是震惊,是丈二和尚摸不着头脑,不知问题出在哪里。我申诉道:"我有多大胆子,敢降低他老人家的威望呢?"高队长咯咯一笑说:"把犯人的家属说成是真正的马克思主义者,连林副主席都不敢声称自己是马克思主义者,真正的马克思主义者,当今世界只有伟大领袖毛主席!"这我才恍然大悟,原来问题出在这儿。经高队长一点拨,在座的犯人,也顿时变得聪明起来,认为这是一场最生动的阶级斗争课。三呼万岁,高呼口号,表示要誓死捍卫毛主席的革命路线。一致夸赞高队长,立场坚定,嗅觉灵敏,要向队长学习。高队长得意洋洋,一看群众发动起来了,他可隔岸观虎斗,好借此机会提高自己在干部中的威信,或许由此升个一官半职,也未可知。大家呼过口号,我也深知在当时的环境中问题的严重性,嘴由人张,话由人说,封你什么便是什么。高斌不让我发言,我只好听天由命。散会时,高队长宣布下午继续开会,命我当着大家老实交代,不获全胜,决不收兵。我俨然成为众矢之的,自投罗网的专政对象了。吃过午饭,大家都休息了,我惴惴不安,难以入睡,坐在院里沉思发呆,正好郭秀敏队长进来了。原来下午换他值班。我把上午的情况如实相告。郭队长说,不用害怕,你回去休息吧。事实上我心里还是不能平静。下午一开会,郭队长先问大家带语录了没有,带的举起手来。结果七零八落,只有几个人举手。郭队大为恼火,说不带语录,没有武器,怎么能批斗别人,回去统统给我写检查去。我的莫须有的冤案,就这样不了了之。我真感谢郭队长在我危难之际,不冤枉好人,把我从虎口中夺了出来。从一九七〇年始,我和郭队长有三十年的来往。我非常崇敬这位真正出身于贫下中农的干部。他为人正直,心地善良,肯于钻研技术,遇大战日子里,亲自上瓦机和大家一起劳动,每逢他带队,生产任务比谁都完成得好。至于那位高斌,我平反不久,调临汾工作,一天,冤家路窄,正好在图书馆前相遇,他仍穿着警服,以狐疑的眼光问我:"怎么你在这里?"我答曰:"我怎么不可以在这里,要不咱们换一换?"他一听不是滋味,灰溜溜地骑车跑了。刑期愈近,似乎过得愈快,来到砖厂,春去夏至,夏去秋来,忙忙碌碌,很快半年多过去了。过了国庆节,因天气渐凉,坯子干得慢,大战式的生产,逐渐停了下来。抽部分人下来,转入备料。备料包括选择料场,搭天桥,架电筛,安装电推坡,这一工作大约需要一个月时间。至十一月份,寒风习习,树叶尽脱,遂全体投入备料。机瓦房的备料分三大程序,一是料场放料,即取土,二是过电筛,三是运料。从料场到瓦机一里半地,一天来回共三里,由平车运送。每人一天三十趟才能完成任务,那样来回一天就得跑九十里地。运料多挑选十八九岁的年轻小伙子,剩余的人,一部分在料场,一部分在料堆。我因刑期期满临近,队长分配我搞宣传。拿个高音喇叭,到各个工序,做宣传鼓动。有的人竟为此说开风凉话了:"还是有文化好,看人家拿着喇叭就能改造,家里有钱还是供儿子念书。"我听过之后,十分生气,改造十年,我什么累活没有干过,什么苦没有吃过,临末落个靠吹喇叭改造,我才不干呢。遂向队长请求:"给我一辆小平车,让我也运料吧。"队长十分惊讶,说拉不了啦,都四十多岁的人啦。我说行,我能拉,队长执拗不过,只好说:"你一定要去,就试试看吧。不行早说话。"就这样,我驾起车子,连拉四十天,不带吭声的。别人都有家里送的白馍充饥,我就靠着这三十九斤定量,其中一半多是高粱面。二十多辆车,全是年轻小伙子,只有我这个不惑之年的老人,鹤立鸡群,在和他们较量。好多人拉不到十天,这个腰酸,那个腿疼,要求调配,从而引起了强烈的反响。很快队里召开会议,安指导员当着大家表扬了我:"论年龄,他比你们都大,论体力远远不如你们,论

244

生活,你们都有送来的白馍,而他靠的是高粱面窝头,可人家一干四十天,始终没有叫过苦,没有喊过累,更没有要求调换,而且出色地完成了任务。为什么会这样?主要靠的是坚强的意志。这应该不是靠吹喇叭改造了吧。你们都不断地调换休息了,这次该人家休息了吧?"大家异口同声地喊没有意见。安指导员说:"即使你们有意见,也应该让人家休息了。"散过会后,我心里感到十分坦然。心想人争一口气,佛要一炷香,将来出去,不知要遇到什么艰难困苦呢!

看看快到春节,队里布置搞一年来的总结,于是决定放假三天,大家坐下来,作一番回顾,提出优缺点,成绩是什么,还存在哪些问题,然后写成书面材料,向厂里作禀报。这个拿笔杆的活儿自然又落在了我的头上。其实写总结并不难,只要大家认真总结,踊跃发言,把各种意见一汇总便是了。无奈两天来大家都在聊闲天,开玩笑,我实在按捺不住,遂要求组长刘永华督促一下,不然汇报赶不出来,刘同意了我的意见,站在前面,要求大伙静下来,不要瞎扯,要言归正传。为了活跃气氛,我即兴添了两句:"话说天下大事,分久必合,合久必分……"这本是评书三国演义的引子,没想到竟引来了一场大祸。第二天学习一开始，刘永华站在前面，不说写总结的事情，一本正经地念毛主席的最高指示："凡是毒草，都应该进行批判……"究竟怎么回事，我心里感到茫然，不过意识到总是有事，接着他步入正题，说昨天为了写点总结，他要大家言归正转，竟然有人帮腔说："天下分久必合，合久必分"，是谁说的，站起来向大家作交代。我遂站起来说，过去经常听讲评书，这是说评书的人开场时惯用的程式。在场的大多数人不再说什么，唯有唤马宗道者，四十来岁，当过教师，站起来，向着我带有发难性地说："现在我们都在学习毛主席著作，要用毛泽东思想统一全世界，而你却公然提出天下大事，分久必合，合久必分，不是和毛泽东的统一思想唱对台戏吗？"无中生有，而且上纲上线，一闷棍打在我的头上，竟使我无言以对。我情知是一种陷害，可越反驳，越会触犯众怒。因为在当时的形势下，只要有人提出异议，就会有人响应，不响应就会被扣上立场不稳的高帽，人人自危，人人自卫，这种现象是很正常的，好在由晋鲁国主持，开了两天会，我检查自己因受旧社会评书的影响，自己思想改造不过硬，今后当认真学毛主席著作，彻底改造一切非无产阶级思想云云，便顺利通过了。

春节休息一个礼拜，监舍里除改善生活，便是参加一些娱乐活动,如下象棋、打扑克、看墙报之类。这时已是一九七〇年,想到刑满出狱,何去何从,仍是一片茫然。但总的来说是乐观的,反正监外总比监内好。十年炼狱,风风雨雨,想到古人的诗句"山重水复疑无路,柳暗花明又一村",不免内心豁然开朗。只有历尽艰难曲折的人,方能深体斯味。

六　　出监之后

还没有出监之前,就听一些留厂的就业人员向我透露,有半分奈何千万不要回去。回到村里依然是红卫兵的天下,照样想打便打,想骂便骂,把你编在地富反坏的队伍里,白日扫街,晚间学习,甚至比起监狱来还不如。我听着眉头紧锁,毛骨悚然。怎么办?百思莫解。忽然想到军管组的头于连长。因为他给犯人训话,总是满口平定口音,如果他能念及老乡之情,或许能把我留在厂里,这样一切问题不都解决了吗?可又想到这人有股"二戆子"劲,万一他思想一积极,为了表现自己六亲不认,立场坚定,不画虎不成反类犬吗?考虑来考虑去最后决定还是去吧,宁让碰了,也不要误了,大不了送我回去。当天晚上,吃过饭后，我便头带六瓣帽，身穿劳改服，直奔他家去了。进得门去，一家人正在吃饭。于连长问我："你来干什么？"我十分镇静地回答："认老乡。"没想到这一句话，竟把他惹火了。马上站起来喝道："谁跟你是老乡！"我说："你！"他愈发气了，问："你怎么知道我是你的老乡？"我说："你成天给犯人训话，乡音未改，也算咱们有缘分，我来的头一天便听出来了。"

　　他笑了笑，看来气已经消了。遂又问我："你怎么转悠到这来的？"我说："还不是你从朔县把我接来的。"我尽量和他套近乎。不过他戒心未除，便正色言道："你来想干什么？直截了当说吧。"我说："今天刚出监，想留厂。"他说："你尽给我出难题，你不见车间留下的工作服都已经穿上了，还是送回去了。这是公安部的新决定。"我说："我这完全知道，正因为如此，才来找你。我回去家里没有人，自己又不会做饭。"他略作迟疑，便取过一张纸来，说："你先写个申请吧，我给你跑跑看，如行了算你走运，如果不行，还得回去。"我立马写好了申请给他。他看我文笔流畅，问我什么毕业，我说北师大，又问过去在哪工作，我说中央文化部。他一听颇为惊愕，继而笑了笑，使我心里稍微踏实了点。最后他说："你回去等着吧，我尽力给你想办法。"

大约过了一个星期，管教股的张干事找我，说："于连长在办公室等你，快去吧。"我迅急地走进他办公室，他让我坐下，说："你的运气还不错，跑成了。从今天起，你就留厂就业吧。"当即令人把王事务长喊来，让给我安派工作，解决食宿。这样我便正式留在了厂里。

其实当时的就业工人，比犯人也强不了多少，从总体来讲，仍属专政对象，老百姓管叫"二劳改"，厂领导唤五类分子。出入大门得向门卫打招呼，回家探亲须事先提出申请，走时得带上路条，上写"犯了再捕，捕了再判"的最高指示，晚上学习两小时照旧，所不同的就是干活比较自由，不再有武装弹押。供应方面白面可以占到二分之一，油的供应量和一般市民一样，一月二两。星期日可以进城逛逛大街，看看电影，所以监内的犯人，看到我们还是羡慕有加。

我自己没有什么特殊技能，所以干的都是些杂活、零活，诸如修建房屋当小工，为犯人的灶房进城买油盐酱醋，给部队的家里泥炉膛，跟车当装卸工。总之哪里需要便到哪里去，服从命令听指挥，辛辛苦苦，每月 29 元报酬。不过在试用期间，每月只发十五元。除去伙食，只有五元零花钱。我从监狱出来，卸却锁链，身上一无所有，穿的依然是劳改裤褂,上面打的是劳改大印,没办法,只好托人在城里买来两毛钱的煮蓝,然后趁晚上休息期间,把衣服染过。第二天穿上犯人们叫好,我也感到十分惬意。

出去的日子,感到过得分外地快。酷暑过去,秋风习习,我自己省吃俭用,买了一个被套,还有被里、被面,自己用针线缝好,看来足以御寒了。只是棉衣、棉裤尚无着落,转眼间已然是十一月天气了。就在这时医疗室的朱大夫要我跟到阳城去的车,到东山采松桃。同行的还有吕荣华,是北京人,成天吹牛说谎,却颇得军管组信任。如说他父亲在中央党校开车,现在担任看管刘少奇的职务,等等。去时朱大夫交我们每人两条麻袋,板着面孔,不怀好意地说:"一定要摘满,完不成任务小心着。"车过曲沃,在拐向翼城的方向时,便疾驶了。我们立在驾驶室后边,吕荣华穿的厚实,不觉什么,我只穿一身单衣,寒风迎面扑来,冻得浑身发抖。吕荣华出于同情心,便大声喊叫司机,说后面太冷,让车开得慢一些。车停下来之后,驾驶室的部队班长,遂把他的棉大衣脱下来,让我披着,才又开车上路。我的身上确实暖和多了。车过翼城、隆化,地势愈来愈高,风声愈来愈大,上在东山,极目回望,果然是郁郁葱葱,一片松林。我和吕荣华下了汽车,便深入林中,开始摘松桃。为了不遭人家的白眼,我手里勤快,冒着严寒不停地拣,可地下的松桃有限,只拣了一麻袋便没有了。于是只好攀援树上,伸手摘取。树高风大,枝干摇曳,尽管心惊,但怕完不成任务,中午不曾吃饭,依然在树上搜索摘取。看看麻袋快满了,我才从树上下来,找个向阳地方,取暖休息。而吕荣华只拣了一麻袋。他心里很不好意思,但也实在是人困马乏,饥肠辘辘了。为了不至于挨批,我分给他半麻袋,也算是有福同享,有难同当了。

大约下午四点,车始从阳城返回。我和吕荣华扛着麻袋,登上卡车,返回曲沃。车过隆化,邱师傅要大家下车吃饭。走进饭店,一片暖意。邱师傅要来炒面,要我吃,我说不饿,因为自己兜无分文,让人家花钱,太不合理。就这样一直饿着回厂。走进伙房,向老葛古要了两个馍,自己倒了一碗开水。人饿了,不管吃什么都是香的,从劳改以来我始终坚持穷而有志,绝不能为一点生活小事,让人瞧不起。那时就业工人出差,每人一天有五角生活补助,可是几经申请,这位朱大夫硬是不批,如今偶尔回到厂里,见到我倒是嬉皮笑脸,表示客气。而厂里的一些干部,像厂长、政委总是往家里相邀,尽管他们是一片诚意,我还是婉言相谢,宁肯在难友家中喝杯开水,也不愿无端相扰。

还有一件事，至今仍耿耿于怀。有一年秋天，奉命到侯马货栈为一位政委取行李包裹。取货时汽车直接开进，车尾靠近站台，朝着库房门，车身正好横在铁路中央。年轻力壮者，进库房搬运，年老体弱者留在车上接转。出人所料，一辆停在铁轨上的货车，突然倒车，而汽车司机又不知去向，火车一倒，立时把汽车推直，再往前一拉竟将汽车挂在车厢上拖着走了。我们只管呼叫，火车司机根本难以听到。唯一的办法，只有跳车。可是当时汽车上还有一位比我年长的，我遂帮着他先跳下车，自己随车又走了一段路，刚好碰上一个颇大的废铁丝堆，便什么都不顾，跃身一跳，正好落在铁丝堆上，倒也松软，不曾受伤。连朔县修窑那一次事故，应该说这是我第二次死里逃生，遇难呈祥。同时在危急面前，先人后己，应该是我十年劳改的最大收获。

　　后来汽车被甩在洋灰电线的夹缝里，幸好没坏。开来吊车，把汽车吊出，重新开到货站前，把行李装好。回到厂时，但见路的两旁，站满人群，面带微笑，鼓掌欢迎我们，我心里先是感到迷惑，而后也就欣欣然。一问方知厂里接到紧急电话，以为我们因公不幸遇难，如今又看到我们生还，自然是变忧为喜，表示祝贺。可见人们心灵大都是善良的,我对未来充满了希望。

看看快春节了,厂里给我补发了每月欠发的十四元钱。我遂进城在估衣市场买了人家穿过的棉衣棉裤,又买了一双新棉鞋。人是衣装马是鞍装,这样一来,如果不翻档案,我亦可"冒充"人民中之一员了。

一九七一年,承郭秀敏队长的关怀,把我从杂工队调入机瓦房,担任龙口工,住在工地,并负责机瓦房的夜间放风。比起那种无定性的勤杂工来,当然要好多了。不过责任重大,首先我每天夜间得起来好几次,窥察天象,无风开窗,有风关窗。由于办事认真,能吃苦耐劳,从来没有出现质量事故,所以深得郭队长的好评。

郭队长是晋东南沁县人,是真正的贫下中农,父母双亡,从小孤苦伶仃,后来参了军,复原后以工代干,分在曲沃砖厂。他文化不高,但为人正派厚道,富有同情心,处理问题比较实事求是,从来没有凭手中的权力凌辱犯人。因此只要他带队主持生产,大家积极性都高,任务完成也好,他明察秋毫,对表现好的,总是给予表彰,甚至减刑。为他瞩目的人,绝不是那种假积极,两面派。如经他手减刑释放的邵子德、王午寅不只在生产上有一套,而且作为小组的负责人,总是能正确地贯彻领导的意图,公正对待每一个人。郭队长于二〇〇〇年不幸病故了，年龄还不如我大。主要是从改革开放以来，一些负面的东西，深深地刺痛了他的心。我每次去看他，他都要大发一通牢骚。当然话题离不开劳改队。如政府干部贪赃枉法，收受贿赂就可以减刑，还可以免刑。收得多，减得多。管教干部和犯人混在一起吃喝不分。晚上不是学习，而是和犯人一块打牌。为了讨好队长，犯人有意自输。然后跟家里要钱还账。问题是改革开放以来抓捕的一些犯人，一是年轻，都是二十来岁，家庭条件好，娇惯成性，无法无天；二是这些人确实是嫖赌吃喝偷，五毒俱全，有些人并犯有杀人、放火、强奸的重罪，如不严加管教，那么将危害人民。他确实是忧国忧民，百思莫解，活活气死的。

机瓦房的生产时间主要在春夏秋三季。夏季是高潮，因天气热，瓦干得快，所以经常组织大战。大战时要牺牲午休，拉快模，否则完不成任务。进入冬季，便转入备料或维修工具。这年队里决定改革瓦机，把人工拉模改为机器操作。工作地点就在瓦机旁。工房大，天气冷，在瓦机旁砌一个砖火。于是郭队长便安排我白日休息，晚间看火。瓦机旁，竖一立柱，有脸盆粗，直抵中梁裂缝处。立柱中间，挂一五百瓦灯泡，用以照明。一天临睡前，我把火添上，遂

254

回屋就寝。躺下不久,便浑然入睡,既而做梦。梦见自己在作长途旅行。野外荒凉,道路崎岖,跋涉一天,筋疲力尽。时至深更半夜,渴望休息,但前不着村后不着店,正在困惑绝望之际,忽见前面出现一五间大的厂房,山墙处开一小窗,类似票房的售票口。向里张望,瞥见屋内停着两具尸体,不由得毛发直竖。想拔腿远逃,无奈乏得难以举步。正在这时,只见队里的王功和另一工人从对面走来,他们二话不说,先后将两具尸体抬到室外。人多势众,我自然也胆壮了。遂凑到跟前,详观二尸。但见第一具约六十岁,长脸,布满皱纹,温静祥和,身材颀长,毫无恐怖感。第二具便不同了,看样子有四十余岁,头如泰斗,腹似叩钟,隆隆突起,不由想到,此人可能是因生闷气致死的。有冤不得伸,郁积于胸,无法宣泄,猝然而亡,当时人谓之气鼓。正遐想间,王功以三尺钉凿耙,向腹鼓者猛击,只见一股白液,射然冲出,向我喷来。我惶惶然,到处逃躲,白液依然穷追不放,后来逃至南端,出现一间平光瓦屋,扇窗风门。我惊喜过望,推门而入。屋内有三屉桌一张,土炕一方,上有被褥。我疲劳至极,遂不顾一切,拉下被褥,倒头便睡。谁知刚一合眼,只听见门吱呀一声,仰头一看,原来是六十岁男尸破门而入。我佯作镇静,可他装好一袋烟,

255

向我索火。我告以不会吸烟，无火可借。他威胁，如不施火，将不让我出去。说时迟那时快，我趁其不备，跃身而起，拉起被子猛将其头部覆盖，乘间逃出。慌汗淋漓，突然醒来，原来是一恶梦。一看手表，已是午夜四点，不得了，该添火了。披上衣服，迅急奔向车间，但见立柱中腰已被五百烛灯光烤着，烧出一洞，往外冒烟，我总算镇静，赶快舀水，将火烟扑灭，并和泥将烧出的空洞堵死，总算免了一场意外事故。好人自有神助，否则吃不了也得兜着走。第二天我向郭队长如实汇报。站在一旁的技术工人王午寅听过后，以异常诧异的心情对我说，当时建机瓦房时他在现场，就在瓦机下面挖出两具尸体，看来是死者显灵，把你唤醒了。大家都说我有造化，连死人都在暗中护佑。

　　还有另一件事，使人不解。那年我积攒了八十元钱，在车市买了一辆旧自行车。如此进城就可以车代步了。有了车，礼拜天总是要出去活动活动。有一次从城里回来，大约四五点钟，我将车子用布子擦抹一遍，按习惯擦完之后，便推回机瓦房了。这回大概是懒了一些，不知为什么竟然放在我的窗前，临睡前也没有往回推，进屋就睡了。谁知睡梦中，忽然一阵巨响，把我惊醒。我急忙跑出，但见瓦机正中，已经塌陷，一股灰尘直冲云霄。我也不敢进去，第二天起来一看,方知中梁柱烂的不堪重荷而折断。上班之后,好多人向我寻问,都以为我的车子被砸坏了,一看安然无恙,停在户外,我告以昨天回来懒得推入。这又印证了"吉人自有天相"这句古话,不该我破财也!

我从小养成了看报的习惯,这不能不感谢我的父亲,他于一九三四年因患肺结核,去北京协和医院治疗。住院期间,订有《小实报》,他看完之后,如数给我寄来。我老是看上面的毛三爷连环画,以后便能看各种新闻了。一九三六年西安事变发生,我已懂得关心国事,整版整版的看《晋阳日报》《华闻晚报》了。就业之后,我每天都要翻看《人民日报》和《光明日报》。一九七一年,有好长时间看不到"林副主席"的版面,但绝没有想到他会叛逃,更没有想到竟折戟温都尔汗,可是事情毕竟发生了。从此我们接连不断地讨论,从"永远健康"到刹那灰烬,简直是一绝大讽刺。在讨论当中,有些人说他奸臣眉眼,早看出他不是东西,我讥讽说你怎么不早向中央提出来呢?从此我们每天早晨都要跑步,要唱《三大纪律八项注意》,要读最高指示:"要团结,不要分裂;要光明正大,不要搞阴谋诡计。"我心想上面的事我们管不着,不过对林彪的可耻下场,我是幸灾乐祸的。在这个问题上,我讲究因果报应,善有善

257

报,恶有恶报。听说老人家为这件事,情绪低迷了很多。堂堂人所共知的亲密战友,竟然心怀叵测,想要加害于他,败露之后,又想争得一线生机,卷土重来。老人家没有声色俱厉地痛斥林彪,只是颇耐人寻味地说了一句话:"天要下雨,寡妇要嫁,谁也奈何不得。"但是仁者见仁,智者见智,这里确实有些轻描淡写的味道。

在劳改单位,林彪事件一经明朗化,干部们似乎有禁忌,很少议论,但在工人当中,沸沸扬扬,且感到轻松,头上似乎松了一个箍儿。

从释放以来,我一直是孤家寡人,有人给我介绍对象,都被我婉言谢绝了。心想自己挣钱少,又无地位,条件好的人家不愿意,条件差的,一是自己负担不起,二是自己也不省心,还不如孤身一人,站起来一根,睡下去一条,一人吃饱,一家不饿,如此而已,别无他求。

鉴于这种原因,每逢春节,妈妈和两个妹妹,总是写信敦促我回家过年。我当然是感激之余,求之不得。因为这里所有工人也都回家过年,一个人留在厂里,冷冷清清,确实不是味儿。可每次回家和妈妈、妹妹、妹夫、外甥们团圆,热热闹闹固然是好,但过完正月十五,返回之际,总是引起我心中无限的感情泛滥。两家十多口人,还有妈妈,亲往车站送我,流泪眼对流泪眼,心潮难平,离情难已。回到厂里,这种情景,无时不在我的脑际浮现。后来有一次我回家,大妹对我说:"哥哥,你还是成个家吧!不然你每次走时我们送你,看到你孤苦伶仃,飘然而去,总是非常难过。回去以后,在那样环境中劳苦一天,能不能吃上一顿可口的饭呢?衣服脏了,是谁给你换洗呢?一旦病了,有谁照顾你呢?家里的人,谁都在牵挂着你,我们的心确实为你操碎了。你每次回来,我们确实高兴得很,可是一走,我们又都是泪眼相顾,尽在不言,确实是感情上的一大灾难啊!哥哥,你答应我吧!我求求你成个家吧。"我点头表示尽量满足亲人们的意愿。

回来之后,首先是郭队长为我介绍他村里的一位寡妇,四十多岁,有三个男孩,一个女孩。我们见过三四次面,对方没意见,可是我深感没缘分,枉费了郭队长一片好心。王永德医生曾给我介绍一秦岗的,见过一次面,约三十几岁,没有回音,大概是人家不愿意。又有人给我介绍一曲村的,五十多岁,有两男一女,考虑到对方比我年纪大,一旦老了,究竟谁来照顾谁呢?但对方意志很坚,几次到厂里找我,多亏章耀兄当面阻拦,方才罢休。最后由公路管理站的王祥介绍,才认识了我现在的老伴。

当时她只有三十六岁,丈夫新故,留下四个女儿,老大十六岁,老二九岁,老三六岁,最小的尚在襁褓之中,只有六个月。她先由李树义介绍给本厂的一位广东人,本已说妥,后广东人嫌负担过重,又中途变卦了,才又给我介绍。是章耀兄陪我去见的第一面。初次见面给我的印象是,年轻憨厚,是一位朴实、勤劳的农村妇女,我没有意见,只是考虑到自己的工资低,一月三十三元,能否养活六口之家,尚有疑虑。可一旦机会错过,不一定再找到合适的。为此我回了一趟家,和妈妈妹妹商量过便定了下来。

　　结婚时,妹妹给拿了点钱,太原永年弟拿了点钱。好在对方有房子,况且那时尚在"文革"时期,不讲求铺张浪费,人们的物质要求也都不高,只要双方没意见,领过结婚证,就算天作之合了。

　　结婚的头一天下午,我骑着车子往里村走,出得门来,正好碰见那个广东人骑车往城里去,我们彼此心照不宣,点了点头,便各自分手了。婚后,我回到厂里人们告诉我广东家住院了。我问为什么?原来就在我们分手的那天下午,他骑车不慎被汽车撞了。幸亏没有致命,但我老在想是否是老天对他言而无信的一种惩罚呢?抑或是因我结婚,使他有点神情恍惚,总之,谁知道呢?

　　应该说,我无中生有地有了一个家庭,一切都是陌生的。大女子虽然婚前陪我去了趟太原,但她是带着任务去的,主要是想看看我在太原有无亲戚朋友,将来生活有没有保障。结果很失望。她从小生长在农村,由于她父亲成年累月生病,连房子都零碎拆着付了医药费。她和她母亲相依为命,一块下地干活,来支撑着这个家庭。她妈妈再婚,她是持反对态度的。最小的妹妹生下来,无力抚养,她妈妈想送人,她也反对。她的外婆,当然心疼女儿,支持女儿再嫁,因而惹得外甥至死也不愿意和老人讲话。何况新的爸爸,又是一个穷光蛋!在砖厂劳动比劳改犯也强不了多少。为此我回到家里,她总是冷眼相待。记得有一个星期六下午我回去还没有吃饭,正好她妈妈不在家,按理她应当为我做点饭吃,可她竟和她的妹妹躲出去了。我只好洗了洗手自己动手做。当然这都是过去的事情了,但对我的心灵却震撼很大。我知道一个幸福祥和的家庭,对我来说还是那样的遥远。而要改变这种现状,光靠感情是不行的,必须有一定的经济实力。可一个就业工人,尽管有点文化,却是社会上公认的臭老九,知识愈多愈反动,又如何改变眼前的现状呢?我确实愁苦异常。好在老伴心眼好，人实在，礼拜天尽量给我吃好的，走时又给拿着白面。当时我已是四十六七的人了，入监之后便离婚了，也没有留下一男半女。老伴曾征询我的意见，村里有些好心人，也动员她给我留个后。我当即表示不敢再有了，一来是负担不起，二来她已有了四个女儿了，最小的尚在吃奶，她又得下地，还要织布喂猪，养鸡做饭。如再有孩子，两父一母，远近厚薄，闲话是非，必然会引起很多，不若自己犹如亲生，把这四个孩子抚养成人，不一样吗？我一生最崇敬的就是周总理，自知不敢比总理，但学习他总可以吧。事实证明，我的想法完全正确，如果说在我的后半生，还能多少为国家有点贡献的话，主要是没有为家庭所累。起先两个妹妹也想不通，没有自己亲生的侄儿、侄女，常为此掉泪，不过随着时间的推移，她们也慢慢地习惯了。

一九七六年，是我们国家灾难深重的年代，首先是东北降下了陨石雨，接着一月八日，敬爱的周总理，积劳成疾，因病逝世。听到广播，举国上下沉浸在一片悲痛之中。那几天，我几乎是悲痛欲绝，如丧考妣。令人气愤的是干部们都在开追悼会，可不许就业工人参加。怀念总理，人人有份，这是一种最纯洁的感情，为什么就不允许他们宣泄呢？大家议论纷纷，牢骚满腹，我遂不顾一切，回到车间拿起笔,在车间所有的宣传版面上,都写上悼念总理的诗词,大家拍手称快,都到黑板前低头默哀,厂领导获悉后,佯装不知,唯有郭队长对此深表同情。

周总理是我们国家的顶梁柱,在国内国外享有崇高的威望。基于此"四人帮"把他恨之入骨,所以总理的追悼会开过之后,他们便开动一切宣传机器,把矛头指向小平同志。两报一刊连篇累牍,登满了"走资派还在走"的文章。乌云翻滚,群魔乱舞,人心惶惶,国将何往?正当全国人民为祖国的命运焦虑万分的时候,四五清明节,首都亿万人民抬着钢铁制作的花圈,成群结队走向天安门广场,在人民英雄纪念碑下,悼念我们的周总理。一连三天,人山人海,诗词歌赋,贴满了广场的所有角落。面对这种情况,"四人帮"怕得要死,恨得要命,立即出动民兵,大打出手。但是血债还要用血来还,人民的血是不会白流的。天安门虽然暂时沉寂了,但此时无声胜有声,物极必反,我当时就深信,真理必将战胜邪恶,光明必将驱散黑暗。

就在这年的七月份,朱总司令逝世,人民对这位戎马终身,为共和国立下汗马功劳的元帅,还是寄予无限深情的。可是万恶的"四人帮"对这样一位忠实坦诚的老人也不肯放过。"文革"初期,林彪、江青之流,不更是昧着良心给老人身上泼污水。据说是因毛主席出面说话,老人才免遭批斗。但是大字报上的无中生有,污蔑不实之词,世人是永远不会忘记的。

七月下旬唐山发生了有史以来不曾多见的八级大地震。人烟繁华的煤都,雷电闪烁间变为灰烬。房屋倒塌,血肉横飞,百万人口,不幸殉难者竟有二十五万之多。中国四千年的历史,人民从来是无辜的。推翻暴君是他们,养活达官贵族是他们,交粮纳税也还是他们。他们究竟有什么罪过,要遭此浩劫!不过中国老百姓传统的说法是国家有难往往会有预兆。君不见一九六六年邢台地震之后,紧接着是灭绝人性的"文化大革命"爆发。可这次唐山地震不久,仅仅隔了不到两个月,毛主席便逝世了。毛主席的逝世又是"四人帮"垮台的前奏。

果不其然,十一过后,忙于篡党夺权的"四人帮",春梦未醒,便束手就擒了。捷报传来,万民称庆,举国欢腾。从此人民共和国开辟了一个新的纪元。

为了消除"四人帮"的流毒,全国顿时展开了一场"揭批清"运动。但是由于"两个凡是"的双钳,好多冤假错案,仍然尘封未动。具体在劳改单位,理应是为含冤受屈者平反,可一些专政干部,为了保护自己,竟将矛盾指向这些

264

可怜的就业工人。用他们的话来说，就是："你们不要高兴得太早了，我们不是一风吹，形势再好也没有你们的份。"这还不算，他们反而在就业人员当中，开展相互检举，政治性的问题没有，便从生活上找缺口，本来是干部利用工人，偷盗国家的财物，可把账全算在工人身上。一条车带，一缕钢丝，便因而住学习班。我因住在工地，自然被当作怀疑对象。管教处一位姓郑的干部，几次找我谈话，交代政策，指明方向，动员我交代问题，我问心无愧，当场拒绝了他这种带有恐吓性的盘诘。知我者郭队长，他对那位姓郑的干部说："大道理他比你懂得多，恐怕论操守，他比咱们某些干部要清白得多。"真金不怕火炼，长达半年之久的检举揭发，方知我不曾拿过公家的一针一线。孔子说："君子固穷，小人穷斯滥矣！"陶潜不为五斗米折腰，车间区区小物，岂能动我心乎。或许有人问："那么多东西你就不手痒痒吗？"我的回答是："我从小受儒家教诲，我懂取财有道，不义之财虽一毫而莫取。"

　　一九七七年，总理逝世·周年。全国所有报刊登载了颂扬总理丰功伟绩的文章。出于对总理的敬仰之情，相关的文章我都拜读过。还有好多纪念文集，《天安门诗抄》我几乎都买了。首都文艺团体组织的文艺晚会，王昆、郭兰英这些曾受总理栽培的艺术家，登台演唱、声泪俱下，台下观众亦深受感染，同声哭泣，外电评论，这在中外历史上都是罕见的。

十一届三中全会之后，小平同志开始主持党中央工作。以"实践是检验真理的标准"为依据，对"两个凡是"进行了针对性的批判。胡耀邦同志担任中共中央组织部部长，开始了拨乱反正、正本清源的平反工作。首先是一些大案、要案，像刘少奇、彭德怀、贺龙、陶铸、吴晗、邓拓等同志都得到了平反，接着是全国各地的冤假错案开始平反。这次平反时间跨度之大，不限于"文革"，而是新中国成立以来，所有的冤假错案，都终于平反昭雪。耀邦同志有雄心，有气魄，胸怀坦荡，光明磊落，排除干扰，大胆执行，连胡风、葛佩琦这样经老人家问过的案件都彻底推翻了，右派分子几乎全部平反，可见这绝不是什么扩大化的问题。

有一天从报纸上看到为孙维世平反的消息，是少波同志主持开的会，并发表讲话。孙维世是烈士之女，她的父亲留法时，和总理是同学、同志，回国后，从事革命活动，被国民党杀害，是总理夫妇把她扶养成人。她才华洋溢，禀性刚烈，曾留学苏联，学习戏剧专业，回国后任青年

266

艺术剧院总导演。五十年代初以导演《保尔柯察金》而成名，该剧由名演员金山饰保尔。我估计可能是她因导演《保尔》认识金山，由热恋而结婚的。结婚那天，江青亲持礼品前往祝贺，结果孙维世拒收，从而得罪了江青。"文化大革命"江青掌权，孙维世自然逃不了她的魔掌。

看了报纸，得悉少波同志在文化部艺术局工作。少波同志是我学习戏曲的启蒙老师，我到戏校工作，就是由老师介绍的。一别二十多年，他仍在工作岗位上。我遂萌发了给他写信的念头，可又想别后经年，世事茫茫，人事难测，感情疏远，是否能唤起原有的师生之情？考虑再三我还是写信了。如实地汇报了阔别二十三年来我的坎坷遭遇。没想到半个月后，便收到他的来信。详细情况，已写文发表，这里就不细谈了。少波师给我的来信，很快轰动了全厂，都知道我在北京有一位知名的老师。故一九七八年，过了春节，李春溪指导员便找我谈话。说既然老师还认你，就应趁热打铁，去北京看望一下。我放你一礼拜假，不扣工资，你速速去吧。我很感激他的一番好意。

到了北京，首先是打听少波师家的住处，问到紫贵同志、弼萱同志，光知他搬家了，但不知搬往哪里。后来我终于在东华门派出所打听到他新住址——地坛北里东区五楼五单元二〇一室。这次见面，久别重逢，承老师热情接待，互诉衷肠，了解了各自别后的情况。临别依依，老师嘱咐我，回去以后，多给他写信，工作问题将来由他解决。

一九七九年，平反之后，老师当即派一位处长，持他给刘江同志的亲笔信。刘江同志看过信又推荐我到师大工作。我曾有专文《少波师和我的后半生》，现收入本集。

此恨绵绵无绝期

"恨在有情人未成眷属",这是我毕生最大的隐痛。一个因事故身亡,一个因错划右派而锒铛入狱。然死者已矣,生者却何以堪!深夜沉沉,韵湘的身影,经常出现在我的眼前,或是梦里,我看她形神憔悴,泪光闪闪,风尘仆仆,似乎是从大西北的荒漠跋涉而来。她走近我,继而挽着我的双手,最后又情不自禁地伏在我的身上,号啕大哭,我知道她在思念我,这是刻骨铭心的思念啊!我的心在颤抖,我的心在流血,我把她拥入怀里,想安慰她,可是什么也说不出,我哭了,我的心在隐隐作痛。她已经离开这个她所眷恋的人世四十四个春秋了,但似乎我每个夜晚都会想到她。辗转反侧,欲睡不能,便径自暗诵起苏东坡的《江城子》来:

十年生死两茫茫,不思量,自难忘。千里孤坟,无处话凄凉。纵使相逢应不识，尘满面，鬓如霜。　　夜来幽梦忽还乡。小轩窗，正梳妆。相顾无言，唯有泪千行。料得年年肠断处，明月夜，短松岗。

这首读来感人肺腑的词，确实引起我情感上的强烈共鸣。东坡十余年，倍受失去爱妻的情感折磨，而我失去我的"爱人"已经四十四年了，如果天假以年，我会熬煎到死，而且终生不悔。我们的情就是这样深，深得像那桃花潭水……

岁月无情，人生苦短，趁我的头脑还清醒，记忆尚明晰，以一万年太久、只争朝夕的精神，把这段充满了苦涩味道而蒙着悲剧色彩的恋情写出来，也好让我长出一口气，既安慰韵湘在天之灵，也算是了却我的一桩心愿。

一

一九五七年十一月，已是深秋了，校园的梧桐树叶子已有点微黄，有的经不起风吹，纷纷飘落。但反右的浪潮，并未降温，排演场外，大字报触目惊心；排演场内，激烈的发言，响亮的口号，此起彼伏。我背着沉重的五条反动治校纲领的罪状，从排演场缓步出来。好多人尾随着我，纷纷议论,说三道四,而我自己满肚委屈,不能分说。因为我知道,强辩的结果只能是罪加一等。可反党、反社会主义的罪名,不论从感情,还是理性,都是无法接受的。因为接受,就是一种背叛。我和所有的共和国的每位知识分子一样,从小就承袭了热爱祖国、热爱人民这一光荣传统。新中国成立后,亲眼看着祖国一日千里的发展,人民生活日新月异,党的干部廉洁奉公,社会秩序井井有条,这样的党我怎能不拥护啊,这样的社会,我怎能不热爱啊! 百思不得其解,我困惑,我忧虑,我神伤,我疲惫,我需要休息。走进宿舍,我刚刚躺下,忽然门卫老王进来唤我,让我去接电话。我蹒跚地走下楼,拿起听筒,问是谁,原来是韵涛妹打来的电话。她声音哽咽,以商量的口吻对我说:"告你一个不幸的消息,请你不要难过。"我说:"涛妹,人已打成右派了,还有什么承受不了的!"韵涛哭了,告我她姐姐死了。我真不敢相信,手拿话筒,脑子一片空白。半年前的往事,一下涌在我的心头。

那是在五月前,她刚刚调西北工作,专程绕道北京来看我,我们曾漫步北海,共茗于漪澜堂,望着明媚的风光,清澈的湖水,互诉衷肠,畅谈未来,如此,流连十日她才快快离开。当时,我送她到车站,她笑着,或许是怕我难过,她哭了，是否是意味着诀别。我安慰她，不要惦记我，放心走吧。她说她害怕，我问她："怕什么?"她说："怕你出事。"她的话应验了，我真的出事了。但我做梦也没想到她竟在一夜之间，为煤烟熏死了。她是天灾，我可谓之人祸。她在昏迷中，一定会想到我，可她现在什么都不想了。而我却承担了两个人的痛苦，而且还背着右派的沉重枷锁。真是福无双至，祸不单行啊!就在九月份，我还收到她的来信，她仍然不放心我，可当时我已经被打成右派了，但我没有敢告诉她。因为她要强，她好胜，在政治上或许比我成熟。于是，我心中又陷入了深深的自责，或许我应该告诉她。如果告了她事情的真相，她一定会回来，哪怕是伏在我的身边痛哭，甚至在大会上批判我，揭发我，气败坏地打我、骂我，我都心甘情愿，因为她从心眼里爱我、疼我。这样一来，或许会躲过这场不应有的灾难，因为我不能没有她啊!

后来礼拜天，我回到姑父家，拿着她单位发来的电报，看了一遍又一遍。电报是一九五七年十一月十一日发的，而她出事的日子是十一月七日。我忌恨这个日子，这是个不祥的日子。因为她夺取了我的心上人。她活着时，给我写信，开头总是"我的楷"，落款总是"你的湘"。可惜这些情深意长的文字在"文革"中都散失了。但是怕什么，因为一幕一幕的往事，都刻在我的心里。

现在我要让年光倒流，打开记忆的闸门，让记忆深处的一缕缕柔情滋润我苦涩的心田。

二

我和韵湘早在"七七事变"前，便青梅竹马，在一起嬉戏了。韵湘并非姑母所生。姑母在生了第一个孩子金荷以后，便患了坐骨神经疼，不能再生养了。姑父当时在省财政厅任秘书长，地位不低，收入不薄，膝下自然不能无子。幸好他手下的一位科长，姓柴，南方人，生下一对双胞胎，于是便把最小的送了姑父，这便是韵湘。韵湘长着一双会说话的大眼睛，是江南水乡的肤色，红润而白嫩，未及两岁，便伶俐聪明会说话了，惹得全家人都喜欢她。于是她自然成了姑父姑母的掌上明珠、千金小姐。当时我小学读一年级，逢礼拜天，总要到姑母家去玩。姑父为她买了一辆小二轮，开始她不会骑，由我推着她玩。要不她立在后边，托着我的肩膀，我带着她玩，把上还挂着一个小篮子，说是上街购物，我们玩得十分开心，但心明如镜，童稚时的爱是最富有情趣的，但也是最纯真的。这段生活，一直储存在我的记忆深处。

三

　　一九三七年，日寇侵华，姑父举家到了大后方——陕西的汉中。我随着全家回了故乡——平定。从此天各一方，音讯渺茫。直到一九四五年抗日战争胜利，我们才又在太原重逢。这时的韵湘已在念高小了。她天资聪颖，考试总是名列前茅。后来姑父为了续祠，又娶了一位姑母，生了两个男孩，四个女孩，她们兄弟姐妹处得十分和谐。而姑父疼爱大女儿的心情未减，韵湘在家仍然享受着特殊照顾。但对她的身世，却讳莫如深。一九四六年，我初中毕业，因爸爸弃世，我的升学顿时成了问题，正好这时，我的亲姑母病故。我去太原，一为奔丧，二是和姑父商量我的考学事宜。姑父悲痛声中，当下拿出钱来，让我马上赴京考学校，不必参加丧礼了。姑父从小喜欢我，在监狱时，他亲自去看我，隔着铁栏杆，泪眼相望，我永远忘不了那惨痛的一幕。以后我从监狱出来去看望他，这时他已是八十三岁的老人了，因久病，不能下炕，但神志清晰，一看到我，竟失声痛哭，说韵湘活着该多好啊！他始终为女儿的一段往事，感到内疚。一九八〇年，我工作之后，每期学报

274

都寄给他,他看到我写的文章,总是立即回信鼓励我,字里行间,洋溢着他的快慰之情。姑父于一九八二年十一月病故,韵涛来信告诉我说姑父再也无法读我的文章了。

四

姑父的内疚是有原因的。他开始时并不同意我和韵湘的婚事,后来他才认识到如果及早同意了,就不会演绎出这一幕人间悲剧。女儿的死和我的入狱,都是这一事件结出的恶果。但我还是原谅了老人。一是老人深悔于自己,二是老人至死关心着我。天下的事,往往是如此微妙,难以理喻。

我记得那是一九四八年,内战的烽火,已燃遍了全国的各个角落。解放军势如破竹,国民党土崩瓦解,节节败退,随着辽沈、淮海战役的胜利,太原已成内陆孤城。阎锡山为了负隅顽抗,便大量往外疏散非军事人员。当时,我在北京念高中,七月间,连续收到姑父发来的两份电报,一是说韵湘去京,要我关照,二是改变原计划,除他一人外,全家去京,一切事要我协助姑母妥善安排。

七月十四日中午,姑母率表弟妹乘机到京,我到东单航空公司迎接,安排他们就近下榻于北京饭店。七日后,由植兄找好房子,移居于地外平安里。房子只有三大间,不过是古建筑,是旗人的老房,雄伟高大,宽敞明亮,这样便定居下来了。接着便是安排表弟妹们的就读问题。两个表弟入七中,两个表妹上了佑贞。当时我在盛新中学,和佑贞仅一墙之隔,它与佑贞又是兄妹学校,都是天主教会办的。校舍优美,质量上乘,离家很近,我与表妹每天相偕而去,相偕而归。说说笑笑,倒也不感寂寞。

韵湘从小娇生惯养,过着优裕的生活,来到北京,逢礼拜天,还要我陪她看电影。她性格开朗、解放,走在路上,总愿我挎着她走,但我是不习惯的,生怕同学看见,说这说那。为此,我往往借故,尽量避嫌。回到家里,她对我的生活起居十分关心。有一次,我从外边回来,偶感腹疼。姑母说可能是受凉了,使用土办法,烤热鞋底暖肚。韵湘主动积极抢先为我暖肚,这对她来说,可谓之绝无仅有,连姑母都感到诧异。说你表妹从来没有这样服侍过人。还有一次从街上回来,买回六七条毛巾,每人一条,逐一用丝线绣上名字。每天洗完脸,她总是把我和她的搭在一起。逢礼拜日,专门为我洗头发,如此情形,全家人都心照不宣。

有一天,正好只有我和韵湘在家。一向活泼开朗的她,突然变得斯文起来。她把我叫到跟前,两眼微启,脉脉含情,过了半晌,羞羞答答地问我:"表哥,你觉得我对你怎么样?"我说:"很好,生活上对我这样关切。""仅仅是这样吗?"如此突兀,问得我不知说什么好。大概沉默了十多分钟,还是她开口了:"你知道我为什么对你那样关心?"我说:"因为你是我的表妹。"她笑了,说:"你真傻,这还用你说。你应该往更深处想。"我故作糊涂说:"这我就不知道了。"她似乎有点沉不住气了,充满柔情地说:"既然你不知道,那么我就向你倾吐肺腑。表哥,你从小失去了父母,我对你十分同情。你十分坚强,一个人生活,一个人奋斗,从来也不悲观,我对你十分敬佩。你诚恳、忠厚,对人热情,这些都是我需要的。我的身世你不是不知道(看来她已清楚),父亲对我挺好,母亲毕竟不是亲的。我常这样想,如果将来我们能够生活在一起,那该多好啊!没有公婆,小两口子,自由自在,不受约束,这是我所渴望的。"她的话,确实出我所料。她对我好,我晓得,但我从不来敢有此奢望。因为她是官家小姐,我是个穷学生,穷富的悬殊,让我望而胆怯。我真不知道该如何回答她。不过事到如今,总该明确表态。我从无城府,不论对谁,无不以诚相待,遂对她直言:"你从小娇生惯养,我一贫如洗,将来生活在一起,你会后悔的。""你以为我不能吃苦吗?"她反问道。我点点头。她笑了,说:"张果老骑驴,往后瞧。"她仿佛很自信,这又是我始料不及的。

果不然,从此以后,她和我一道出去,不再乘车,放学回来,尽一切可能帮着家里干活。每礼拜让我换一次衣服,而且都由她来洗。一夜之间,判若两人,家里人无不感到意外。但其中奥妙,谁都弄不清楚。

韵湘小学时,有个好友,福建人,小姑娘长得一表人才,浓眉大眼,身体窈窕,叫余宝珍,也是她班上的高才生。由于战乱,她也迁居北京,住在北池子。有一天来看望韵湘,因为是她的好友,我自然热情接待,没想到就因为多说了几句话,竟惹得韵湘大为不满,女友刚送走,韵湘当着家里那么多人,向我大发雷霆。嫌我话多,刘阿姨好言相劝,她反以"狗拿耗子,多管闲事"相讥讽。从此她再也不主动邀余宝珍到家里来玩了。当时我并不理解,尚有点愤懑,觉得她不通人情,后来她才告诉我,她确实有点妒意。我才慢慢意识到她当真爱上我了。

凉风习习,金风送爽,已然是仲秋时节了,但人们对这个传统象征团圆的日子,仿佛兴致并不太高。原因是内战的硝烟味,在这文明古城到处都可以闻到。物价飞涨,金圆券贬值,大家都受到生活的胁迫。但对韵湘来说,情窦初开,刚刚萌发的爱情幼苗,特别需要雨露的滋润。太原炮声隆隆,他爸爸尚在危城,她并不顾及。当晚,她非让我陪她逛中山公园。我们披着柔和的月光,携手于花丛密林,望着光洁的明月,我便提起王维那首脍炙人口的好诗:"身在异地为异客,每逢佳节倍思亲。"韵湘听了却说:"岂不闻,月有圆缺,人有聚散,此事古难全,我们莫辜负此良宵。"说完这句话,她便轻轻地投在我的怀里,问我:"这些日子,你觉得我怎么样?"我说:"你变了,不再是官府小姐了,勤快了,淳朴了,也成熟了,你真是我的好表妹。""以后最好不要唤我表妹,我是你的湘,就唤我湘吧!"她含情脉脉地对我说。我为她的天真所陶醉,我情不自禁地轻轻地吻了她。"天上银河二星,人间并肩双影",时光不知不觉就到了深夜,我们含着柔情蜜意,很不情愿地挽手于回家的归程。

时间是爱情的催化剂。从中山公园回来,韵湘的情感犹如喷泉,酷似瀑布,时时处处浸染着我。放学回来,她总是偎偎切切,形影不离,家里人都投以异样的眼光,不知是羡慕,还是妒忌,表弟妹尽是拿姐姐开玩笑,当着姐姐的面,管我唤姐夫,韵湘毫不介意,报之以惬意的微笑。女保姆刘阿姨比我们大不了几岁，看到我们亲密的样子，触景生情，竟不由得啜泣起来，原来她的丈夫正在参加解放平津的战役呢。她的丈夫叫杨增禄，结婚不久，两人便天各一方了。韵湘极富同情心，每每我们出去时，总是唤上刘阿姨一道去玩。但这并不能抹去她寄人篱下，思念丈夫的一片惆怅。

　　我们住的地方离北海后门极近，学校和北海仅一墙之隔。故而放学之后，经常到北海信步漫游。韵湘最喜欢划船。礼拜六放学早，在漪澜堂小坐片刻，便交了租金，拾级登舟了。方向多是西北角，直驶五龙亭。摇动双桨，碧波荡漾，夕阳余晖，染红天边，红砖绿瓦，金碧辉煌，回眸白塔，倒映水中，假山上游人如织，湖水中鱼儿穿梭，清风徐来，飘来阵阵钟声。我在如梦如幻中不经意地篡改唐诗，把"醉卧沙场君莫笑"，改吟"划舟北海君当醉"，韵湘听后，竟情意深长地唱起《扁舟情侣》来。其歌词为：

　　把桨，点破了湖心。点破了湖心的平静。小船儿缓缓向前行。湖两旁的杨柳，摇曳轻轻，好像欢迎我俩来临。我俩偎傍着唱歌，我俩偎傍着吹琴。唱一曲宝贵的光阴，吹一曲爱侣的甜心。甜蜜的歌声、甜蜜的琴音，甜蜜的我们。

我接唱：

看西半天的霞，红炯炯，红炯炯，袅袅的炊烟穿过了树林。听！寺院里飘来的钟声，晚风带来牧童的笛音，好一个仙境，好一副诗情，愿我们的爱情像湖水一般的平静，愿我们的爱情像湖水一样的恬静。我们是湖上的神仙，我们永在湖流连、流连，永在诗情画意的仙境……

慢慢地，我们融入了黄昏的夜色，我们忘了周围的世界。韵湘的性格像一团火，她是个热情奔放的女孩子，她爱什么，恨什么，都是那样强烈、灼灼逼人，毫无顾忌。而我毕竟比她大了几岁，是从一个封建家庭成长起来的。我喜欢巴金的作品，我有反封建的意识，我渴望自由，但却还保留着一点儿封建的阴影。我既不是觉新，因为我的反抗意识比他要强，也不像觉慧，因为觉慧向传统观念冲击，比我勇敢得多。我似乎是觉民的化身，但并不像觉民幸运。这是时代使然，怪不得谁。我和韵湘的关系，日趋明朗化、公开化，家里谁都看得清清楚楚，姑母当然更为敏感，但她并不明确表态。不过有时别人向我们打趣，她往往从旁敲敲边鼓，好像她并不反对，这是她的聪明处。有

281

一次植兄和凌姐来到姑母家里，姑母送烟给植兄，植兄燃着，吞云吐雾。我出于好奇，顺便点着一支，刚要衔上口，便被韵湘夺去，当下揉得精碎。凌姐拍手调侃："哟，现在就管得这样严，将来还了得？"韵湘理直气壮地冲着凌姐道："吸烟有害身体，我当然要管。我不像你，明知抽烟不好，可植兄抽烟，你却听之任之。"立时惹得家里一片哗然。凌姐显得很不自然，无言以对。姑母笑着说："我窦楷最有福气，有这样一位关心他的好表妹。"大家面面相觑，谁都不再说什么。

后来随着太原的形势日趋恶化，姑父的兄嫂、侄儿侄女也相继来京。三间房子当然住不开，承房东好心，又把后院的房子租给我们两间。我和几个表弟便搬到后院住去了。但每晚睡觉前，韵湘总是先去将被褥为我铺好，早晨提前招呼我起床。分开住不但不感到寂寞，反而愈加深了彼此的关心，爱情真是令人琢磨不透。

深秋了，朔风凛冽，树叶萧瑟，这时解放的战火，已逐渐靠近北京，天津失守，北京积极备战。临到冬季，北海结冰，上置红色标记，国民党飞机不断空投物资。同时东单练兵场，亦改成临时机场，人心惶惶，不可终日。元旦临近，各处败兵纷纷涌入内城，但上边有令，不许惊扰民宅，多住在廊前檐下。就在这时,国共和谈又拉开序幕。元旦那天,国民党政府发出文告,蒋介石暂告隐退,李宗仁代行总统职务。后来虽然国民党撤回谈判代表,但代表未归,傅作义将军顺应形势,宣告和平起义,北京遂和平解放。一九四九年十月一日,新中国成立,从此"中国人民站起来了"。

狡黠的阎锡山,原来身挂木版"誓与太原共存亡",现在看看北京解放,太原难保,竟抛下他的僚属,借口向南京求援,坐上飞机一去不复返了。

春节过后,还未开学,便接到通知,迎接解放军入城。我是在西直门外,手执小旗欢迎解放军的。大军到来,威武整齐,纪律严明,面带微笑,频频招手,给人留下了难忘的印象。

这时的北京属军管会领导,各校亦派来了军代表,我们学校的军代表是王丁乙,高三班的同学,原来他是地下党,现在一跃而为校领导了。

接着各校相继建立了团组织,我们开始对这些新鲜事物,多持观望态度,主要是长期受国民党宣传,对共产党不了解。记得随着形势的发展,有些进步同学在学校办了壁报,起名"黎明",我曾为之撰文《春之残梦》,谁知立即受到了批判,因为有怀旧伤感的情调,是小资产阶级的东西。韵湘年纪小,对新事物特别敏感,很快便成为共青团培养的对象,她经常被派出去听报告,如彭真的、古大纯的,这样往往把幽会的佳期错过了。我为此十分困惑,亦十分恼火,为什么沉入爱河的她,突然冷却下来?我们原来约定每礼拜六都要在北海幽会,有一次我去了,久等不来,直到夜幕降临,我才怏然而归。第二天在伯父家相晤,便对她大发雷霆,责备她背信弃义,不讲良心,韵湘再三解释说,正要赴约,临时接到团市委电话,要听彭真的报告,来不及打电话。我仍然不依不饶,仿佛内心受尽了委屈,最后伯母出来说话,才算告一段落,但我已有预感,我们之间似有裂纹了。

四月份,太原宣告解放,姑父当时是省田赋食粮管理处处长,命运如何,前程未卜。是不是属于改字号人物?更是不可预料。我们没有任何阶级觉悟,只盼望亲人平安无事,顺利归来。大约沉默了足有五个月,姑父终于在七月份办完了交接手续,承军管会做出结论"是奉公守法的公务员",因家在北京,准于回家。这对全家来说不啻是天外之音,那些日子全家老小无不沉浸在欢欣之中。

姑父来京后,成天让我陪着他寻亲访友。大约过了一个月时间,才开始着眼于家事,对我和韵湘的大事,他似乎早已胸有成竹,只是默而不宣。他对女儿十分亲热,而对我却十分冷淡,我情知不妙,后来他在墙上竟贴上了亲自书写的"避邪远嫌"四个字,这究竟写给谁看呢?看着让人瞠目结舌,而我大有山雨欲来风满楼之感。韵湘亦深感愕然。我问韵湘:"咱们的事你爸爸提过没有?"她摇摇头。我说:"应该向他讲了。"她点点头。不过我们还是满怀信心、抱有很大希望的。谁知韵湘刚一开口,便遭到她爸爸的婉言拒绝。理由是彼此都在读书时期,不必过早解决。韵湘提议:"难道先定了不行吗?"姑父却说:"忙什么,将来好的有的是。"韵湘深感不解和茫然。她哭了,哭得很伤心,她没有想到唯一的亲人,今天突然变得这样固执,这样冷漠,这样不近人情。她劝我不要着急,以后有机会再说。

没过几天,姑父把我叫到屋内,态度严肃、表情冷淡、一派道学气,我感到一股凉气,透人心腑,有点木然,做好了受审的心理准备。可是未经受审,判决已经下来了。姑父一本正经地说:"你听着:自己的姑娘大了,按理说找个对象,大人放心,本是一件好事。可是咱家的习惯,表兄表妹,骨肉还家,人有议论,况且我一向主张宁做两门亲,不做一门亲。你不和韵湘结亲,我们不仍还是亲戚。我们相处多年,姑父在你身上虽然没有什么大恩,但也没有什么大仇,我想你总不应恩将仇报吧?我知道这样做,对你心灵会造成创伤,但是创伤就创伤吧!"

这是姑父的原话,五十多年了,铭刻在心,一字不忘。记得当时我听了之后,确实如京剧里的一句唱词:"冷水浇头,怀抱冰。"姑父不愧为政界人物,他的话犹如一记闷棍,使人猝不及防,打得你一时难于申辩,但我没有掉一滴眼泪。我望了望他,转身走出,韵湘已焦急地在门外等着,问:"我爸爸说了什么?"我说:"没有说什么,你慢慢就知道了。"

八九月间,北京各大学都忙于招考。当时还没统考,各招各的。我考上了辅仁大学中文系。植兄、凌姐双双考入北大。以后院系调整,辅大和师大合并,我正式成为北师大的一员。

考上了大学,我算是有了归宿,不再寄人篱下了。我很快搬入学校,这也算是"避邪远嫌"吧!临行我向姑父告别,韵湘把我送在门外,我问她:"今后怎么打算?"她说:"爸爸不同意,我也没办法!"我一时气愤,毅然决然地告诉她:"既然如此,也就算了。祝你好运,希望以后不要再找我！"

为了排遣胸中的块垒，我把整个身心都投入在学习上。我对现代文学特别感兴趣。尤其是解放区的文学，使我耳目一新。我曾仿照李季的《王贵与李香香》、赵树理的《李有才板话》写了一首《傻福喜翻身诉苦》的长诗，得到郭预衡老师的好评，在同学间也引起轰动，遂在全系成立新文艺研究社时，众口一词，推选我为社长。

一九五〇年抗美援朝伊始，同学们为了声援这场爱国主义运动，除了下乡宣传外，就是出墙报、写文章。当时班内成立了好些研究小组，如高尔基小组，马雅可夫斯基小组，我和邓沐珩几位同学成立了鲁迅小组。我们学习鲁迅精神，以杂文抨击美帝的侵略野心，以诗歌颂扬志愿军的赫赫战功。韵湘的学校离辅大不远，她们经常到这里看墙报、取经，自然我写的东西，她也过目了。她有两次打电话来，由于心情不好，我没接。后来，她索性到宿舍找我，刚好我不在。我从图书馆回来，屋里的同学告诉我说一位小姑娘浓眉大眼、温柔多情，前来找你，并转告说，她明天会再来看你。第二天，我偏偏不在，又使她扑了个空。

我并非无情，更不是不爱她，而是对她的懦弱有点反感。为什么不能理直气壮地向家里挑战呢？家长不同意，无非是这样那样的原因。二十世纪五十年代,解放了,妇女翻身了,为什么还要干预儿女的婚姻呢?而韵湘已经是共青团员了,为什么还逆来顺受,我着实有些想不通。不过我也接受了一些新的思想, 那就是爱情只能是生活的一部分,时代青年应该是自强不息,积极进取,为社会主义献身。儿女情长,英雄气短,我绝不能因爱情而沉沦。当前,唯一的任务就是安心学习。

　　树欲静而风不止。意想不到的事情发生了。一天,我正在上课,忽然传达室的人来找我,说快下楼去,外面有一位老人急着要见你。我颇感蹊跷,究竟是谁呢?下去一看,原来是姑父。他显得有点尴尬,难为情。终于还是先开口了,说:"韵湘病了,在家里,你能否看看她去?"我略略迟疑,问:"我可以去吗?"姑父马上回答:"全家都盼你回去,尤其是你表妹。"我说等下午吃过晚饭我回去。姑父说:"家里给你准备饭呢。"说完姑父骑车走了。望着他的背影,我心里生起一些怜悯之情。下午吃过晚饭,我借了个车子回去了。他们住在景山后的黄化门。下了车,姑父引我至里屋,看我进来,全家人似乎很知趣,一伙全出去了。姑父向着女儿说:"我走了,有什么话,你们好好谈吧。"

姑父一走,韵湘伏在床上失声痛哭起来,嘴里不住地诉说:"你太狠心啦,几次找你都不见我,你害得我好苦啊!"我说:"这不来了吗?"她仍然生气地说:"谁人让你来的?""是你爸爸亲自叫的我,不然的话这样的地方,我能来吗?"我回答道。"我爸爸说什么来着?"她又问我。"说你病了,让我来看看你。"我一字一板地说。她一时沉默,但仍在啜泣,我又问她:"得的什么病?"她说:"我也不知道。"我让她把得病的经过告诉我。她说:"那天正在上课,突然晕过去了。学校通知家里,才把我抬回来。"我说:"找大夫看了没有?"她说:"中西医全找了。"我问:"什么病?"她说:"人家说什么病都没有。"我长出一口气,说:"既然这样,我也就放心了,你可在家里多休息些日子,待好了再上课。"我要走,韵湘依依不舍,流着眼泪,让我多陪她一会儿。我把她搂在怀里,她像驯服的小鹿,眼睛一片光亮,面颊一阵红云,因为她又重新找回了幸福。这个时候,我也深感内疚,因为是我伤害了她。快九点了,我吻着她向她告辞,答应明天再来看她,她露出了会心的笑容。

　　如斯一个礼拜,我每天下课守看她。她的病情一天一个样,没有吃一粒药,十天功夫,居然下床走动了,她深情地向我唱了一首歌:

如果没有你,日子怎么过。我的心也碎,我什么事也不能做……

听了她的歌唱,我也不由地回敬她一首《恋之火》:

眼波流,半带着,花样的妖艳柳样的柔。无限的创伤在心头,轻轻地一笑忘我忧……

此时此刻,两颗火热的心又一次在一起碰撞。很快韵湘便上学了。同时礼拜六幽会的惯例恢复了。这时她家搬在了旧鼓楼大街。我们每次幽会的路线是她出来到辅大叫上我,然后出东官房,经什刹海、后海,过银锭桥,出烟袋斜街,最后我送她回家。

每当我们望着明澈的湖水,披着柔和的月光,在浓密的树荫里,情意绵绵,互诉衷肠,畅谈未来的时候,总免不了触景生情。我记得当时我们还经常吟唱这样一首情歌:

夜留下一片寂寞,湖边只剩我们两个,你挽着我,我挽着你,千言万语,让我说什么……

就这样,我们度过了一个愉快而又甜蜜的夏天。

放过暑假,开学那天,韵湘突然兴奋地找到我,说:"告你一个好消息。"我问:"什么好消息?"她一边搂着我一边说:"昨天爸爸对我说,你们的事我不管了,和你表哥商量着办吧!"我一听此言,竟兴奋地跳了起来,并大声高喊:"我们胜利了。"她则意味深长地对我说:"希望我们有个更美好的明天。"

姑父有个好友,姓金名颖悟,亦是旧官场人物。新中国成立后,来到北京,以刻蜡版为业。他和姑父过从甚密,无话不谈,我和韵湘都唤他金伯伯。他思想比较开明,对我们的事也特别关心。有一天,他把我和韵湘邀到家里,笑着说:"你姑父同意了,你们应当感谢伯伯才对。韵湘从学校晕倒回家,你姑父急得像热锅上的蚂蚁,得病乱求医,中西医都找遍了,人家都检查不出到底是什么病。他一味地钻牛角尖,是我提醒了他。"我好奇地问:"伯伯怎么说来着?"金伯伯告诉我和韵湘:"我说景韩(姑父的表字),你聪明一世,糊涂一时,孩子得了病,找医生管啥用?那么找谁?你姑父问。我说你得好好想一想,你姑娘的病是为谁而得的。这一下子,你姑父开窍了,醒悟过来了。这才决定亲自去找你。果然有效,韵湘一见到你,便很快好了。"我和韵湘齐声唤："伯伯,我们永远忘不了你,伯伯。"其实我们对姑父也不曾忘怀,新旧时代的交替,谁都免不了的,何况他最终又主动地答应了我们呢?

一波刚平,一波又起。人常说的旧的矛盾解决了,新的矛盾又发生了。一是我们的爱情经过一段人为的纠葛之后,韵湘似乎感到有负于我。由于她反抗的意志不坚决,深恐我耿耿于怀,将来会对她不好。这是伯母把话传给我的。为此我向她表白,好事多磨。经过一番曲折,反而加深了理解,真正的爱情,应当经得起任何考验,海枯石烂,矢志不渝。第二个问题,使我预感到一种隐患。韵湘在团的教育下,思想突飞猛进,这时也已经担任了班上的支部书记,成天开会,要不就是听报告,我们之间形成了"相见时难别亦难"的处境。一天下午,她约我到北海交心、畅谈,我当然求之不得。为了不受干扰,我们租了一条小船,划到桥洞里幽会。蓝天白云,碧波荡漾,鸳鸯戏水,荷花绽开,好一派宜人风光。我向韵湘说:"勿负此良辰美景,娘子!有话请讲,小生当洗耳恭听。"韵湘惬意地笑着说:"我们岂不是在演《白蛇传》吗?"我说:"正是,我是许仙,你就是白素贞了。"韵湘说:"许仙曾误听法海狂言,辜负了素贞一片好意。"我说:"最后断桥相会,他不已经悔悟了吗?"韵湘说:"但最后被压雷峰塔下,已然是一场悲剧。"我解释说:"那是封建社会,我相信我们是不会重演的。"她的脸上顿时布满了一层忧郁,深深吸了一口气,说:"阿弥陀佛,但愿如此。"可随即告我,她们政治辅导员几次找她谈话,我们的事她全知道了。她不反对,但有一条:"政治思想一定要统一。"我立时感到凉透脊背,虽然不完全了解其内涵,可在当时的历史条件下,无疑是人为地横起了一条深不可测的鸿沟。我不再说什么,心里感到憋闷、窒息,我沉默不作任何反应,只是望着桥洞的石壁发呆。韵湘看到我的神情,便柔声地问我:"怎么?你不高兴了?"我说:"我很难理解,究竟怎样才算是政治上的统一。我们都是受着共产党的教育,毕业之后,都要为社会主义服务,难道这还不是政治上的统一?"韵湘说:"你是否应当积极争取参加组织呢?"我说:"那是可望而不可即的事。人人都参加了组织,将来共产党还领导谁?我愿当一个普通的群众,自由自在,不受任何约束。"韵湘感到震惊,用她的话来说,就是想不到我的思想这样落后。我们不欢而散。她原想以特殊的身份说服动员我早早参加组织,她认为这才是唯一的政治上的统一,但我不那样认为。我总是觉得那样未免肤浅、表面化、形式主义。政治最精粹的内涵,应该是"全心全意为人民服务"。回忆我当时就是那样单纯,认为热爱领袖,就不该掺有任何杂质。

走出北海,各自分手,我的心情感到格外沉重,好长时间,我没有再找她,有时间就闷在图书馆里看书。她打电话来,我也没有心思接,我感到害怕,感到精神上有压力,甚至我的人格上受到损害。我不愿为爱情牺牲自由。我倏然想到匈牙利诗人的名句:"生命诚可贵,爱情价更高;若为自由故,两者皆可抛。"但达到那样的境界,谈何容易,我是爱情至上主义者,我认为爱情应该是无条件的倾心相爱,我离不开她,因为我喜欢她的纯洁、任性和火一样的热情。我们彼此都生活在矛盾中,受着痛苦的熬煎,谁都想说服谁,而又势均力敌,但我们满怀希望,因为我们国家的前途是光明的,一切总会变好的。

一个礼拜天的早晨,韵湘突然跑到宿舍来找我,她满怀歉意,但我佯作怒意,并不理她。同屋的人,面面相觑,作壁上观。韵湘实在按捺不住了,她柔声地靠近我说:"还生我的气吗?"我仍不作声。她更温存了:"都是我不好,那天都怪我,说话不讲方式,惹得你生气……"她的痴情,得到屋里同学的同情,纷纷出来替她说话:"这样的小爱人哪里找呢?何况你也不一定完全都对。大礼拜天的,出去玩玩吧。"其实我的心早已软化了,和大家略施寒暄,便相偕去了。

这次我们跑得很远,从地安门坐五路车直奔天坛。这是历代帝王祭天的地方,穹庐顶直冲云霄,巍巍建筑,殿内竟没有一根立柱,好大的空间,将能容纳多少文武官在这里从事祭天活动。这种庞大的祭祀不一定有效,但却为我们留下了精美绝伦的文物古迹,不仅展示着劳动人民的聪明才智,而且可以看到我国当时建筑艺术的水平。

我们从祈年殿出来,牵手走到对面的回音壁。韵湘提议:"咱们各走两端,进行对话。"我们把耳朵紧紧地贴在墙上,没想到韵湘实在顽皮,她仍然对早晨发生的事耿耿于怀。从这围墙里奇妙地传来她银铃般的声音:"亲爱的!还生我的气吗?"我说:"压根儿就没有生你的气,我的生气全是假的。"她努起小嘴说:"你真坏!"通完话,我们坐在回音壁下的台阶上。韵湘问我:"此时此刻你在想什么?"我说:"我在幻想美好的未来。"她说:"年轻人更应该正视现实。"我强调幻想可鼓舞人前进,她强调只有正视现实,才能克服意想不到的困难。我们又是各执一词,互不相让。鉴于以前的教训,韵湘还是让步了,说:"我相信爱可以熔化一切!"果真是那样吗?

一九五〇年冬天,抗美援朝运动搞得如火如荼,首都大中院校掀起了一场志愿参军活动。开始韵湘亦蠢蠢欲动,自己是班上的团支部书记,应积极带头,可她一想到我,便顾虑重重了,她说家庭可有可无,但不能没有我。我心里感到欣慰,总算是相互理解了。

一九五一年春节,我是在姑父家里度过的。当时源表弟因发高烧住院,我每天陪着韵湘在医院里看护表弟。闲着无事,韵湘忽然向我问起她的身世,鉴于全家人的共识和无言的默契,我笑着说:"你既然知道,何必再问我呢?"她说:"我很想见我的生身父母。"我说:"姑父母待你胜似亲生,何必自寻烦恼呢?况且一旦他们获悉,一定会伤心的,何况你的亲生父母,从你落地再未见面。间隔八年抗战,三年内战,人事沧桑,那里去寻找呢?"她说:"我现在只有你是我唯一的亲人。"说完她哭了。

为了不让她过于伤感,我说:"同是天涯沦落人,我们身世在某种意义上是极似的,你我都是从小失去了父母,你即便有父母,但女孩总不能一辈子守在父母身边。只有你和我可谓天缘巧合,相依为命。""男儿有泪不轻弹,只缘未到伤心处",想到我们飘零的身世,我也不由自主地哭了。

春节过后,各校相继开学。朝鲜战场,捷报频传,志愿军归国代表团,经常应各校邀请来学校作的报告。我们听过《谁是最可爱的人》的作者魏巍同志来作报告。志愿军赴朝作战,他一直是随军记者。他和战士们同生死,共命运,住在一个山洞,出入一条战壕,为了保家卫国,用自己的生命,换取祖国人民的安详夜晚,他就是以此写成了《谁是最可爱的人》来讴歌我们的英雄。他的文章,他的讲演,不知感动了多少人。我还记得一次魏巍给我们讲祖国赴朝慰问团向志愿军作报告的情况,白天炮火连天,夜晚怕敌人轰炸,遂移在山洞里作报告。战士们冒着生命危险,夜晚赶到会场,为的是听听亲人们讲讲祖国建设的情况,讲一遍不行,还要再听第二遍。他们说这样的报告,听上一百遍也不嫌烦。我们舍生忘死,为的就是祖国的发展和人民的幸福。韵湘是团员,听报告的机会比我多得多。听过后,每每含着眼泪向我转述。她更进步了,和祖国的命运贴得更紧了。

一九五一年七月,各校都已开始放暑假,就在这时志愿报名参军活动又展开了。韵湘思想也更成熟了。她不像上一次还在舍不得我,考虑我。更重要的是她是共青团员,支部书记,再不带头显然说不过去了。于是一清早,便约我到北海谈话。她这次谈话，既简短明了，又坚决果断。说："为了祖国，也是为你，我决定报名参军了。"我看她态度坚决，只好表示同意。她又说："如果不赶走美帝，哪有我们幸福的明天。"就这样，我们便各自回去了。不过我还抱有一线希望，"万一批不准"，那可就是我的造化了。

所谓万一毕竟所占的系数太小了。不到十天，名单揭晓，她被批准了。姑父急得老泪横流，舍不下女儿，言辞恳切，再三挽留："同志们疼你，只能是用眼泪，父母疼儿女是心在流血，况且和表兄的一段曲折经历，他能同意吗？爸爸有对不起你的地方，可他是实心实意地爱你呐……"

在那个年代，政治高于一切，我们终于未能留住她。当天下午，我到学校里去看她。这时她正换上绿装，英姿潇洒，神采飞扬，一群同学簇拥着她，健步走来。同学们齐声唱着《共青团员之歌》："听那战斗号角……青年团员们团结起来，万众一心，保卫国家……再见吧！妈妈，别难过，莫悲伤……祝福我们一路平安吧！"面对这种情景，我也深深受到感染。忘掉一切，握着韵湘的手，向她表示热烈的祝贺。她豪情满怀地说："为了你，为了我，更为了我们的祖国，请你为我送行吧！"我问她何时动身，她说听候通知。

七月十四日正好是礼拜六,我接到凌姐的电话,告我韵湘已集中到北大工学院 (西城端王府),要我马上去看她。我立即骑车前往。韵湘和所有女兵一样,武装整齐,头发剪短,她兴奋地跑来告我,她们现在正要开会,让我牺牲午休,作最后一次面谈。七月的北京,赤日炎炎,骄阳似火,吃过午饭,人们都休息了。我有心思自然难以入睡。一时许,韵湘从营房蹑手蹑脚地出来,我们手挽手,绕到了王府的假山后,水塘前,树荫下,人们都已休息了,这里显得格外静谧。找了一块光滑的汉白玉石阶,我们坐了下来。韵湘显得有些疲惫,我让她伏在我的怀里休息,她像一只驯服的绵羊,含情脉脉,一定要我吻她,不知是幸福,还是心酸,她竟然哭了。她说:"我希望轰轰烈烈地死,雄赳赳气昂昂,跨过鸭绿江,冒着浓烟,粉身碎骨,作一个董存瑞式的英雄。"我笑笑说:"你功成名就了,而我呢?只好纸船明烛照天烧了。"她这时理理散乱的头发,破涕为笑,深情地望着我说:"我在时,生活上有人照顾你,以后千万要勤快点,衣服要勤洗勤换。乍一分手,相思是免不了的,但不能影响学习。对家庭我毫不留恋,官僚家庭,给予我的负担实在是太重了。爸爸失业受管制,挣不来钱,妈妈花手大,弟妹们都还小。要不是这样,我还不一定参军呢,至少可以给家里减轻一分负担。我唯一放心不下的就是你,孤孤零零,何始何终。请相信我,只要活着,我们就是夫妻,万一不幸,你也应该有足够的精神准备。"我安慰她:"不要想得那么坏,吉人自有天相,我相信今天的离别,将是将来最有意义的聚会。没有高山,显不出平地,不经艰苦,那来香甜。在爱情征程上,我们不是已经战胜了家庭的障碍吗?"韵湘不无忧虑地说:"可未来对我们的又将是什么呢?"眼看快三点了,院子里已有人们的说笑声,我们依旧互诉着各自的爱恋与忧虑,无尽无休。忽然一阵集合的军号声,彻底划破了午间的静谧,韵湘闻风而动,和我匆匆吻别。

五点北大工学院门外,已开来了十多辆军用大卡车,她们分组整队出来,点名上车,送行者熙熙攘攘络绎不绝。看看行将开车,韵湘高声把我唤至车前,伸出手来,和我紧紧地握别,并问我:"今天是什么日子?"我说:"妹妹参军哥送行。"她说:"不对!"我露出一脸茫然的神情,她说:"今天是七月十四日,我们在一起不多不少,整整三年。"是啊!一九四八年正好是七月十四日她来的北京。天缘巧合,命运的安排,同时也是偶然中的必然。

一声令下,汽车相继开动。"青年团员们,万众一心,

300

保卫国家,再见吧!妈妈,别难过,莫悲伤,祝福我们一路平安吧……"她一直向我摆手,我望着她,直至望不到车影、人影。

送走了韵湘自然要回到姑父那里复命。一路上昏昏沉沉,恍恍惚惚,身不由己,大有失魂落魄之感。走进屋里,我向姑父汇报了送行的经过,姑父长叹一口气,歪倒身子,不住饮泣,弟妹们也为姐姐的离去而郁郁寡欢,全家冷冷清清,昔日的全家乐竟一去不复返了。我环顾四周,搜索屋里的一切,墙上挂的是韵湘的照片,还有我们俩的合影。韵湘盖的薄被、蒙头巾、木梳、绣花荷包、英语词典、唐诗、宋词、她最爱看巴金的《家》,爱屋及乌,睹物思人,不由地掀起我的离愁别恨。我的心从来也没有像现在这样空虚,像水上的浮萍,深秋的落叶,天涯的孤鸿,迷途的羔羊,断线的风筝,折帆的小船……真是"问君能有几多愁,恰似一江春水向东流","剪不断理还乱,是离愁,别是一番滋味在心头","物是人非事事休,欲语泪先流",这就是我当时的心境。

七月又是暑假,图书馆也不开,同学都已回家,为了驱散心中的阴云,我回了一趟老家,看望母亲和妹妹。尽管有亲人的安慰,但心情还是沉甸甸的。妹妹十分同情我，同时也非常思念韵湘，因为这位表姐对她们也格外关注，给她们留下美好的记忆。临到开学，我回到北京。收发室老王交我两封信，都是韵湘的。信中说她并没有开赴朝鲜，真是谢天谢地。她们离开北京，便分到张家口军委电讯工程学校去了。该校校址是新建，位于张家口的郊区，荒凉的西山坡，可谓白手起家。这样自然上不成课，得先建房子。信的字里行间，充满着思念之情，让我安心学习，生活上要学会自理。我一边读一边落泪，一遍两遍，不厌其烦地读。我第一次尝到情书的味道，像夏日的冰淇淋，香甜、味美、可口、降温，沁人心脾。韵湘差不多每礼拜都有信来，我也是有信必复，感情都是火辣辣的。如此持续三个月之久，大约收到二十多封信，可惜我入狱后，不知落在谁手里了。

　　她除了不断写信，还给我寄过两次照片。第一次是志愿军战士郭俊卿的照片，这是一位当代的花木兰，女扮男装，从戎杀敌，到部队为她们做报告留的影。第二次是她参军后照的相，直到现在我还保存着。照片后边写着："楷，你高兴吗？她将是你永远的好朋友。"落款是："湘于五一年参军。"这是我和她之间唯一的纪念品了。

　　九月间，岚由太原去张家口经北京来看我，我请她带

302

一本《钢铁是怎样炼成的》给韵湘。难为她专程跑到西山坡去送书,可却招来韵湘的满腹不愉快,来信责备我为什么不邮寄,她并不领这份情。岚从张家口回来见到我满肚委屈,说韵湘见她,二话不讲,拿着书转身就回去了。岚喜欢我,韵湘早已知道,不过我早已向她表明心迹,除了她我谁都不爱。应该说从小说接受了爱情专一的思想,这里既有封建社会从一而终的思想, 也有小资产阶级爱情至上、精神高于物质的世界观。

　　不知为什么,以后韵湘的信,逐渐地少起来了,可能学校已建成,学习已步入正轨。不过十月国庆节过后,她写来一封信。令人不解的开头不再以 My　Dear 相称,而是易之曰楷兄,我怀疑其中必有文章,心里感到不安。我请金伯伯过目,金伯伯宽慰我说不要想得太多,韵湘生性纯洁而热情,不会有变的。我说她比我进步,环境不一样,有时也许不由她。金伯伯不以为然,认为是杞人忧天,自寻烦恼。我一如既往,给韵湘回信。可是世上的事,偏偏不以人的意志为转移,不祥的讯息终于来了,她来信告我,组织经过讨论,一致认为我们俩不可能结合。她是学电讯的,在部队绝对保密,我将来是搞文艺的,工作性质不一样,为了革命的利益,只能牺牲个人利益,服从组织的决定。一看信，我确实如五雷轰顶，感到眼前一片昏暗，心胸为之窒息。心想为了革命，我支援她参军，而得到的回报，却是不许我们结合。我回信她，请她慎重考虑，三思而行。并批评她："你正在学习，尚未分配工作，干吗要事先给自己出难题。况且在革命阵营里，不是从事同样工作的有的是，不在一起的有的是，只要彼此信任，诚心相爱，没有克服不了的困难。"她来信依然强调这是组织的决定，拗不过，晚提不如早提，免得耽误我的终身。我把信给金伯伯看，金伯伯不解，表示沉默。最后劝我学习要紧，只要自己有出息，好的有的是。我点点头。可是我不禁要问：解放了，难道婚姻自由是一句空话吗？

　　放了寒假，过了春节，我去了一趟张家口，约好第二天在外面商谈。翌日八点吃过早饭，她领我至一山坡的向阳处，我们偎在一起，韵湘十分惆怅而又满怀委屈地告我，为了我们的问题，组织几次找她谈话，小组开会批评，说她革命意志不坚定，阶级立场不稳，为此她哭得死去活来，而遭到的却是更严厉的批判，并且由小组升级为全队，真是小题大做。我建议我们暂且不提，各自暗中相恋，等将来再说。她表示同意。我心里感到欣欣然，觉得不虚此行。谁知睡了一夜，第二天再见时，她态度突然变得坚决起来,表示组织决定,一定得服从。显然这部队领导又在做工作了。我有些失望,提出当晚返京。

这天气候骤然彤云密布,竟然飞扬起鹅毛大雪来,真是塞外雪片大如席,到我走时,已是有一尺多厚。韵湘和一位战士送我前往车站,路面不平,深一脚、浅一脚,一脚一个深窝。韵湘经常来往,毕竟路熟,她穿着厚厚的军大衣,扶着我步履艰难地到达车站。临开车,她语重心长地安慰我:"这是组织的决定,我也没办法。你对我的深情,终生难忘。但愿能把我忘掉,回去以后,安心学习,凭你的聪明才智,前程是无可限量的。"列车员举红旗示意,车要开了。一声汽笛,一阵浓烟,车厢徐徐蠕动,她向我扬手示意,道声珍重。车速不断地加快,她的倩影也就在漫长的铁轨后消失了。

第二天凌晨,我从西直门站下车,回到学校,倒在床上,蒙头大睡。晚六点起来,强作精神吃了点饭。同学们劝我要想开些,但如耳旁风,丝毫听不进去。尤其那些夸夸其谈,讲革命大道理的人,我更是听不进去。满腹牢骚和委屈无法倾诉,遂信笔写七言一首:

来时欢喜去时悲,

空来张垣走这回。

不如不来亦不去，

亦无欢喜亦无悲。

请金伯伯过目，他十分赞赏，说有佛家的味道。我说是啊，看来离出家也不远了。姑父知道后，十分后悔，责备女儿不该负心。我说不要怪她，这由不得她。

失恋之后，我没有沉沦，没有自暴自弃，也不曾怨天尤人，司马迁愤而著《史记》，我亦仿效古人，愤而读书，以期于将来了。

一九五二年五一，韵湘毕业，组织给每人发了一部分钱，她全部买成马列书籍给我寄来，信和书是我游行回来之后见到。信中告我她已毕业，听候分配，发下的钱悉数买成书籍，给我寄来，思念之情，无时或释。看来爱火尚未熄灭，但并不意味着能够复燃，同时我也绝不抱有任何幻想，因为我深知政治的鸿沟是无法逾越的。

同年冬天，她调天津小王庄实习，春节期间，她回家探亲，到师大看我，正好我回介休和妈妈、妹妹团圆去了，失去了一次晤面的机会。但我并不后悔，挫折和经验教育了我，千万不要轻易坠入情网，否则精神的打击和心灵的创伤往往不是一时半时可以平复的。

一九五三年初夏,由于少波师的引荐,我提前毕业,到中国戏校任教,因是新中国成立后新出科的大学生,深得领导信任,很快担任了教研组组长,工资连升三级。鉴于组内教师都比我年长,大部分是旧知识分子,学校十分需要新的血液,校长便责成我多推荐师大同学来校任教。邓沐珩原和我在一个班,因父亲遗弃家庭,兄弟五人,负担过重,不得已而休学任教于天津十七中学。征求他个人的意见,他表示愿意调戏校工作。校方遂命我和天津教育局协商。赴津之前,我给韵湘写信,告诉她我礼拜六到津,一定去看望她。下车后,本拟先去看她,可出于时间上的考虑,不如先去教育局,否则就得拖到礼拜一了,白白耽误两天。为此,我礼拜日早晨才去看她。

小王庄离市区很远,倒两次车才到。久别重逢,欣喜之情,溢于言表。韵湘佯作怒容,努着小嘴,娇嗔地责怪我说:"昨天为啥不来?本来是昨天的班,让别人替我,专门等你,可久等不来,害得人好苦!"我告她不来的原因,是出于先公后私,她满意地点点头,以赞许的口吻说:"想不到你还可以。只要你进步,我就高兴。"说着说着她突然关切地问我:"你吃饭没有?"我说:"我已然吃过。"她说:"你等我一下,待会儿咱们一块出去。"

韵湘说完话走出去了。她的战友们,围着我问这问那,她们对我的工作很是羡慕,文艺单位,自由自在,生活在首都,该是多么幸福!说着说着,韵湘飘然从外走来。她穿了一身崭新的军装,锃亮的黑皮鞋,容光焕发,双目闪亮,两年不见她比以前更丰润了,更漂亮了,也更成熟了。她略带娇羞,向战友们示意,我们出去逛一逛,随后我们便一道进了城里。

身后只听战士们交口称许:"多么幸福的一对。"

走出营房,乘了一段汽车,到法租界下车,走进第一百货公司,我给她买啥,她都坚决不要。从商店出来,我们携手而行,正好碰上她的另外几位男战士,他们以奇异的目光看着我们,使得韵湘看起来极不自然。我想这或许是军队的单纯所导致的,然而我们都是出自天性、情不自禁啊!

我问韵湘:"这些战士,会不会向上反映?"她莞尔一笑:"管他呢!"她反而把我握得更紧了。我心想这或许也是一种无声反抗!走着走着,看到一家餐馆,小巧玲珑,别致幽雅,我这才感到肚子咕噜咕噜叫起来,遂不好意思地向韵湘提出:"咱们一道吃饭吧!"她愕然地问:"你不是说已经吃过饭了吗?"我说:"不曾吃过。""为啥不在我们那里吃?"我说:"一来不愿打扰人家,更主要的是怕耽误时间。"她会心地笑了。走进餐馆,我请她点菜,她拿着菜谱,点了我最喜欢的四个菜,又要了两盘饺子。菜饭上来之后,她让我先吃,说她不饿。我再三劝让,她说她吃不下,她哭了。没办法,只好独自享用。我慢慢地一个一个夹着吃,她坐在我的对面,手托着香腮,双目含情,像两道电光,逼视着我。我说:"你既然不吃,可干嘛又老看我?"她说:"两年没见了,还不许我好好看看你。古人说,一日不见,如隔三秋,七百三十个日日夜夜,当是多少万个秋啊!真是柔肠寸断,我的心都为你而操碎了!我真后悔啊!既知现在,又何必当初呢?"她的感情失控了,饭店的服务员进来,以为我们在争吵。感到茫然,而又不好问什么。我快速算过账,轻轻把她扶起,走出餐馆。

这时正当中午,骄阳似火,灼人肌肤。我说:"咱们到北宁公园去吧。"韵湘点点头,表示同意。进得公园,我们找了个幽静的所在,湖岸边、柳荫下,我又买了汽水、冰糕之类,我靠着树干坐下,她立在我面前,问我:"你看我的服装好吗?"我说:"很好,尤其穿在你的身上。"她告诉我:"这套服装发下来,一回未舍得穿,还有这双新皮鞋。"我说:"那是为什么?"她说:"为伊消得人憔悴,但等此时此刻,只有见到你,我才舍得穿呗!"说完,她毫无顾忌地偎依在我的怀里,她放肆极了,我也尽情地吻着她。树上的鸟在叫,水里的鱼在游。鸟是如此欢,鱼是如此自由,而人偏偏受着各种羁绊。于是我想到老子的箴言:"世上本无事,庸人自扰之。"我向往远古,羡慕原始,日出而作,日入而息,漫步桃园,无为而治,淡泊明志,宁静致远,该多好啊!我望着蓝天,望着湖水,望着韵湘绯红的双颊、酒窝,还有那双醉人的秀目,问她:"亲爱的,你在想什么?"停了一会儿,她漫不经心地问我:"你的问题解决了吗?"我说:"没有。"她说:"你快解决吧!你解决了,我就好办了,这是我的一块心病啊!我对不起你,我有负于你,但我已无能为力。我像笼中的鸟,网中的鱼,心想自由,奈何不得。只有你的问题解决了,我才算是解脱了——主要是心灵的解脱。"我说:"我并不影响你啊!如果你有合适的,也可以先解决啊!"她说:"情况不同啊!组织上给我介绍的一位指导员,我不同意。"我不无讥讽地说:"最起码的条件'政治思想统一'。"她十分敏感,觉得我在揭她的伤疤,快速做出反应:"难道政治能代替思想感情吗?"她看来十分恼火,但她绝非生我的气,而是失悔于自己作茧自缚,误人

310

误己，终生遗憾！我说："你不必为我操心，我尽可能等你。"她听我如此说，又伤心地哭了。说："这里很快结业，完了分配工作，我将要求组织分配我一个深山老林，人不知、鬼不觉的地方，不食人间烟火，好坏我自为之。"我笑笑说："这像一个革命者吗？如果像你所说，只能是五台山皈依佛门，终身不嫁，当尼姑了。"

日落黄昏，意尽情浓，我们蹒跚地挽手走出公园，我送她到汽车站，互相间紧紧地拥抱在一起，热情地狂吻，这时候，仿佛周围的一切都已不存在了，只剩下我们俩……

天津短暂的相会是幸福的，但留给人的却是更深的惆怅！

满想这次会晤，会将爱情之火重新点燃，但根据以往的经验，我又不敢过分乐观。果不然，由于那儿一位男战士的汇报，韵湘当晚回去便受到部队领导严厉的批评，而且不容分说，把她分配到内蒙古的锡林浩特大草原执勤。这与其说是考验，毋宁说是流放，更可以说是一种惩处。她一到内蒙古，便给我来了一封长信，鼓励我千万不要等她，说我比她有条件，一定要抓紧时机，尽快解决，对她也是一种解脱。而至于她，身不由己，只能是服从革命的需要了,字里行间,充满了痛苦无奈的情绪。而我也深深为她的处境和这种残酷的纪律、不近人情的干预而感到忧虑和不安,我唯恐她第二次精神失控,旧病重演。我写信尽量宽慰她,表示此生无缘,但求来世。正好这时候岚从太原来京,名义上是探亲,实则是向我求爱。岚是一位北方姑娘,比韵湘年长一岁,性格温顺,一双秀目,脉脉含情。就读于山西大学,其父是一位厅长。她一片诚心向我表白,说:"爱你之心,早萌心中,只是鉴于你和韵湘的挚爱,我不能夺人之美。现在听说部队不同意,故我特来和你商订终身。"她的不期而至,一时使我的感情陷入困境。好多天,她约我逛北海,游西郊公园,通情达理,语重心长。她为我对韵湘的专一不二而十分敬重。但她又认为,明知不可为而为之,结果只能是造成双方的痛苦。她不赞成这种僵持的做法,况且韵湘主动提出来让对方先解决,这里便不存在谁负心的问题。况且时代不同了,一个人服从组织安排,亦无可非议。接着她毫不隐讳地告诉我:"你我生活在一起,我会比韵湘更体贴你,她给予你的,我加倍给予,她亏欠你的,我代她补上。"岚的话使我感动,也使我歉疚,因为我曾经爱过一个人,并占有了我的心灵。现在虽然天各一方,但彼此心灵上的创伤,恐怕是终生难

312

以平复的。而面对白璧无瑕，像映日的荷花、出水的芙蓉，前程似锦、无可限量的岚，我问她："何必非要找我这样一个心灵上已经打上了爱的烙印的人呢？"她说："我爱的是你那颗心，自然就不在乎那颗烙印了。我们是唯物主义者，忘掉过去是不可能的，但更重要的是开拓美好的未来。"我要求她容我考虑，她表示理解。之后的几天，我总爱把韵湘的某些长处、优点和岚的不足之处相比，这实际上是一种偏爱，我也知道是不公平的，但只能说明我对韵湘爱得太深了，所以对岚总缺少那种发自内心的激情。磋商几天，毫无结果，最后岚在快快不快中与我告别。在星月交辉的夜晚，我送她上车，我感到十分的过意不去，竟神使鬼差地向她提出，愿意把我的好友介绍给她。她闻言，没有表现出诧异，反倒十分平静地说："可以，但条件一定要和你一样。"火车开动了，我们四目相望，直到列车消失在茫茫的夜幕中，这段姻缘也在无形中消散了。

韵湘调内蒙古后，好长时间不来信了，我晚上经常梦到她。"天苍苍，野茫茫，风吹草低见牛羊。"只见她散着头发，在晨光曦微里，和牧民们喝着奶酪，又说又笑，忙忙碌碌。把青春奉献给草原，这或许就是她的理想。在这段多梦的日子里，我不期然地收到她的一封信，传来两个可喜的信息,一是她在军区的讲演比赛获奖了。这是意料中的事,韵湘从小天资聪颖,善于表达,抗战时期,随她父亲在克难坡,只有六七岁就登台唱《女起解》呢。另外一个消息是经组织决定,她和内蒙古一年轻战士结婚了。这消息自然对我是一个沉重的打击,但我并不恨她,更不会生她的气,因为我理解她。她同样是为了我,她是哑巴吃黄连,有苦说不出来。正像她说的,不能因为她耽误我。于是,我在心中暗暗地下决心:要么终身不娶,要么向岚求婚,但命运真是捉弄人,因为这时的岚也已经有了意中人。

　　一九五六年,韵湘和她的新婚丈夫从内蒙古来看我,相约于我的同学福林夫妇家。中午福林设家宴款待,我心情沉重,没有心思共餐,躲在另一屋里闷坐。先是福林夫人来邀我,我婉言相谢。很快韵湘便来了,她解释说:"我是专程来看你的,并不想让他来,但他很想认识你。"我说:"那只能谢谢他的好意了。"因为我出席这样宴会,会受到人们嘲笑,我的心灵实在承受不了。她说:"你既然来了,看在我的面子,还是应付一下为好。"我说:"我一向真诚待人,从来不会敷衍。我和他素不相识,你不是强人所难吗?"韵湘说:"他此次来有两个目的,一是向你致意,二是想敦促你及早……"我没等她说完,就打断她的话说:

314

"你无须替他说话,他根本就是多此一举。难道你不清楚,如果我过去,对他不同样是一种伤害吗?孔子说:己所不欲,勿施于人。请你给我留一点余地,不要让我过分难堪!"韵湘见我如此态度,伤心地哭着说:"如果你不去,我就在这里陪你。"这时福林来说:"今天是我请客,你不过去不是拂我的面子吗?"我说:"如此,我是冲着你去的,与别人无关。"这样我们一同坐在桌旁。当着大家我表白:"实在对不起,我无心吃饭,我来喝几杯酒好了。"于是自酌自饮,连饮三大杯。韵湘见状抢走了酒杯,不许我再饮,我索性拿起酒瓶,又咕嘟了三大口。只觉天旋地转不知不觉中就晕过去了。等我醒来,已是晚上八点,韵湘一直守在我的身边,看我醒来,她伏在我身上痛哭失声,哽咽着说:"不该让他来,是我伤害了你。"我说:"我不怪你,伤害我的是你部队的领导。我真不理解,在新社会竟然会发生这样的悲剧。如果说保密,总理有些大事,还不向邓大姐透露,这才叫真正的保密呢!"

第二天凌晨,韵湘独自一人到戏校来找我。我和她一起到外面用早餐,出来顺便走进陶然亭公园。我们停立在高君宇墓前凭吊许久。我向她介绍了石评梅的故事:"石评梅是我们故乡的一位才女,如果她活着,当与冰心、丁玲齐名,可惜红颜薄命,仅仅活了二十七岁。她实在过于钟情了,如果是现代,她绝不会死的。她有两位好友,一是陆晶清,一是黄芦隐。芦隐的《象牙戒指》写的就是石评梅。"

韵湘喜爱划船,我与她租了一叶扁舟,泛向湖心。湖面上好多青年男女都在放声欢唱。不知为什么,昔日的兴致再也唤不回来了。我们彼此面面相觑,互相注目,虽然不说话,但谁都知道谁在想什么。我略带揶揄地对韵湘讲:"失恋的滋味,我算是尝到了,是苦是甜,我看这也是一种享受。从这个意义上讲,我比你幸运多了。不过,我绝不愿你有这种幸运,我衷心祝愿你永远幸福,留下的由我一个人来承担。"这时一位同道突然划船迎面而来,笑着说:"该吃你的喜糖了,向我介绍一下好吗?"我淡淡地回复:"她名叫韵湘,是我的表妹。"他笑笑说:"有点冒犯,实在对不起。"这位同道划走后,韵湘柔声地问我:"你真不能谅解我吗?"我说:"我倒是希望得到你的理解,因为我已是第二次负伤了。我的眼睛已然没有泪水了,现在是心在泣血。"韵湘不再吭声。两小时后,我们走出公园,彼此心情都很沉重。

没几天,韵湘便回内蒙古了。我没有去送她。因为有第三者,我不能表示也无法直面自己的感情。不久她来信了,希望我早定终身,不要以她为念。

我和韵湘的事,渐渐为亲朋好友所知晓。一九五七年,表姐夫特意为我介绍一家乡的亲事。虽说是乡亲,但现在北京定居,住西内马相胡同十二号。夫妇二人,只有一个女儿,在地质部工作。因没有男孩子,甚需要我这样身份的人入赘。可当时囿于我自己的观念,深恐人们议论,有图谋人家财产之嫌,遂主动放弃了这次机会。后来我的表弟又为我介绍一位正在读高中的村姑,我嫌人家是农村的。我的领导史校长获悉后,当即找我谈话,史校长十分动情地说:"同志,只有这样的人,才能跟你老老实实地过一辈子呐!难道非要一个演员不成?须知演员的生活、习惯对我们来说,不一定完全适应,你晚上下班,需要人照顾,可人家正在演戏呢!你看,堂堂戏校校长,也算是个局级了吧,可夫人是前门车站的售票员,对我体贴入微。况且在我们这个社会,不分职位高低,干什么不是为人民服务呢?"我这个人又想革命,又有点虚荣心,出于领导的关心,一时心软,居然同意了这门亲事。谁知结婚之后,我总是不由地和韵湘攀比,感到大有失之毫厘,差以千里之憾。尽管对方百依百顺,哭着要我对她好一点,但总是燃不起我感情火苗。这时我不由得想起巴金《家》中的瑞珏和梅,我演的正是这样一幕戏。我们虽然结婚,但很少在一起。最后我一入监狱,她主动向我提出离婚,我马上签字,如释重负。不过现在回过头来看,由于我的轻率,给她的一生造成了不幸,我是有负于人家的。我出狱后,听说她早已结婚了,但并不如意。后来又听说她在不惑之年,早早谢世,更使我感到内疚和不安。

一九五七年五月,韵湘奉调大西北,专程绕道北京来看我。我们一块去了颐和园、动物园、北海、景山、天坛故宫,玩得十分开心。尽管物各有主,但依旧是两情依依,真个是剪不断、理还乱。愈是尽兴,感到时间过得愈快。转眼行期已到,我们确实有点难舍难分。就和韵湘说:"早知现在,何必当初呢!"韵湘说:"同是天涯沦落人,相逢何须曾相识,真是万事皆由命,半点不由人。"她劝我:"既然定了,就早点结婚。"我说:"事已至此,夫复何言。只是传统教育给予我的习惯,我从无喜新厌旧的恶念,相反的却是怀旧而伤感,何况在我看来,旧的永远是新的。我们一度曾是理想主义者,希望永久相爱,而不愿结婚,因为真正的爱,主要是心灵的融合,而何必一定要结婚!"韵湘说:"对于一个革命者来说,恋爱的最终目的是结婚。光恋爱

318

而不结婚,是不现实的。"我说:"你说的很对。只是我们绝对摆脱不了情的困惑。"她说:"这就叫藕断丝连啊!对我来说只能是春蚕到死丝(思)方尽了。"韵湘苦涩地一笑。而我则说:"对我来说,却是此恨绵绵无绝期了。"

　　走的那天,全家送行。她向爸爸、妈妈、弟弟、妹妹一一握手告别。最后她握着我的双手,深情地望着我,要我吻她。我吻她的前额时,她睫毛一动,又哭了。我说:"来日方长,后会有期,只有两情不忘,我们便是精神生活的最富有者。"她说:"不知为什么,这些天,我们虽然玩得十分痛快,但我一直很害怕。"我问她:"害怕什么?"她说:"害怕你出事。"我说:"清平世界,朗朗乾坤,赤日当空,万里无云,有什么可怕的呢?"她说:"君不知天有不测风云,人有旦夕祸患,我们一定谨言慎行,好自为之。"我说:"谢谢你,请放心。"她说:"你的毛病是过于坦诚,过于憨厚,对谁都相信,说话直来直去,不分场合。将来恐怕吃亏就要吃在这个方面。"我笑笑,不以为然。她这时脸上笼罩着一层阴云,愁眉深锁,不无忧虑地说:"爱之深,方知之切,千万要听我的话,以防出事。我不能没有你。"我怕她难受,向她保证,当牢记嘱咐。真是说不完的离情,话不完的别意,不过对我和韵湘来说,除了离愁别恨,更多的是心灵的压力和沉重。这也许就是我们常说的预兆吧！

韵湘走后，便掀起了轰轰烈烈的整风运动，各部门各单位都相继传达了毛主席在中央宣传工作会议上的讲话。讲话号召各民主党派、人民团体、社会各界人士、广大群众一齐动员起来帮助党整风。要充分发扬民主，本着知无不言，言无不尽，言者无罪，闻者足戒的精神，向党进言，帮党整风。一时社会上传为美谈，同声称赞党的光明磊落，领袖的博大胸怀。文化部门听的是周扬同志的传达报告。他提到新中国成立以来，思想改造运动连接不断，从而使一些知识分子虽在春天，仍然感到有些春寒。有些党的干部，做工作生硬，态度蛮横，使群众望而生畏，不敢接近，于是他号召大家，取消顾虑，畅所欲言，给党提意见。不拘形式，可以写大字报、小字报，当面提或开座谈会，形式可多种多样，内容要生动活泼。这样全国各地、整个社会一下子沸腾起来了。意见纷呈，十分尖锐。结果我们的决策者坐不住了。一声令下，当即反右。并且规定指标，每个单位必须抓若干人。可怜一些善良的、正直的、爱国的知识分子，一时陷入了灭顶之灾。我自己说来可笑，开始还铭记韵湘赠言，"谨言慎行"，蔡子人同志两次到图书馆动员我参加座谈会，我都婉言谢绝了。第三次他苦口婆心,向我交代党的政策。我一时心软,竟然去了。我看好多人,面面相觑,一言不发,觉得未免世故。于是我当着院长,面对面提了好多意见。现在还记得提到党内的宗派主义,提干不论才德,而是党龄长短。人事干部,铁青面孔,趾高气扬,只会整人。除此,还写了两张大字报,意见比较尖锐,但都事实俱在。开始领导还肯定我态度积极,意见中肯。谁知《人民日报》一发社论,我便如瓮中之鳖,自投罗网。批判会上,我几度申辩,知无不言,言无不尽,人家说知无不言,也没有让你如此说。后来始知,始作俑者,原来是引蛇出洞,那么还有什么好说的呢?

从此,决定了我一生的命运;从此,开始了我漫长的劳改生活。我失悔没有听韵湘的话。四十年来,我一直嘴里不停地念叨:"如果你活着, 我决不会这样,如果你不死,我们一定会生活得更好。"

九月份,韵湘从大西北来了封信,告诉我,单位乃新建,一切都是从头开始,因而顾不上写信。叮咛我少说话,多听取意见,好自为之,免我惦念,真是语重心长啊!岂不知我这时已是贴上标签的右派了。在我们国家就是这样滑稽,昨天还是同志,阶级兄弟,结发夫妻,父子兄弟,一夜之间便成了敌人。我下定决心,不写信,不理她,不告她。我怕她承受不了,因为她最了解我,最相信我,曾经支持她报名参军,抗美援朝,保家卫国,牺牲小我完成大我的我,怎么会是反革命呢?难道抗美援朝的英明决策,不是党制定的吗?

从此,我接连不断地参加批斗会,一些平日对现实不满,怪话连天的二流子,摇身一变,竟然成了积极分子,我的一切行动,都受到他们的监视。人们不再唤我同志,同学不再唤我老师,众口一词地称谓是"右派分子"。客气一点的称"右派先生"。"先生"并不吃香,是属于资产阶级范畴的。总的一句,就是一定要把你搞臭,把你淹没在群众的汪洋大海之中。看来我总算水性好,漂泊了二十多年,没有被淹死。因为我相信真理,相信未来,真理一定会战胜谬误,未来一定是光明的。

最大的不幸,是一九五七年十一月,突然接到涛妹的电话,说她姐姐死了。对这一震撼人心的消息,我被惊呆了。但我没有哭,一直到现在,我也没有哭,我把悲哀埋藏在心里,永远记着她,我认为这就是对她最好的纪念。

今年是新的世纪二〇〇一年,正是韵湘参军的五十周年。现在正好是七月,她是那年七月十四日穿着军装,唱着军歌,乘着军车离开首都的。满希望打走豺狼,唱着凯歌胜利归来,披红戴绿,张灯结彩,送入洞房,然而等待我的却是终生的惆怅与凄凉。

我不由地凝视着韵湘参干的这张照片,读着后面的赠言:"楷! 你高兴吗?她将是你永远的好朋友。"是的,我们是永远的好朋友。只是一个在天上,一个在人间。正如明皇那样,上天入地求之遍,两处茫茫皆不见。空有一片相思,这才是人间的最大悲剧呢!

学报四年

一九八〇年元月，我带着感激的心情走进学报。因为我原来的本意是到中文系，学中文的，不到中文系到哪里呢？可偏偏中文系的闫主任，拒绝接收，连王书记、杜院长都说不通。时隔有日，颇感蹊跷，亦十分焦躁，幸亏学报的尹世明主任一口承诺，我总算有栖身之地了。自然感激之情油然而生。

但我又是带着诚惶诚恐的心情走进学报的。一是我没有做过编辑；二是从一九五七至一九七九年，漫长的岁月，我一直在劳改，学业的荒疏不说，心灵的创伤更是难以平复。可是一想到少波师给我的鼓励："重整旗鼓，再接再厉"，想到他的临别赠言："去师大工作是件好事，但不能没有自己的专业。在大学里工作，一定要搞学问，否则你立不住脚。"前者像进军号，后者像警世钟，看来我只能前进，不能后退了。回到北师大，郭预衡老师含着祥和的目光，以温馨的语言宽慰我："不要怕，安下心来，苦干五年，足可以跟得上。"李修生师弟说："亡羊补牢，尚不为晚，不过不论在任何情况下，不要忘了我们是北师大毕业的，要时时、处处、事事考虑师大的形象……"所有这些，我都默默地把它牢记在心。

　　一旦离开那个窒息的劳改单位，投入了山西师大的怀抱，给我最深切的感受是我自由了，恢复人的尊严了，不再为那些劳改干部的子弟们，不分大小，直呼其名了。记得小时常诵读的一首翻译诗："生命诚可贵，爱情价更高，若为自由故，两者皆可抛"，诚哉斯言也。只有失去自由的人，才知道自由的可贵。试想如果没有真正的自由，生命也会黯然失色，爱情也会苍白无光，是自由给生活以附丽。来到师大，学生以老师相称，人与人和睦相处，平等相待。因为是平反，工资恢复原来的等级，体现了知识应有的砝码。回到厂里，人们投以奇异的目光，政委往家相邀，秘书准备客房，大概这就是"士别三日，刮目相看"的实际体现吧！

　　上班之后，我给自己定了一套计划，就是三分工作，七分学习。边干边学，干中学、学中干，敏而好学，不耻下问，发扬在劳改单位时一切服从分配，知难而上的精神，因此一些年轻人对我十分友好,十分尊重。因僧多粥少,世明主任分配我负责历史栏目,虽然并非我之所长,好在历来的老传统,文史不分家,我慨然答应,愉快地接受了。这一年学报被正式批准向全国发行,为了扩大影响,世明同志要我去北京组稿,而这应该是我的强项。因为我过去在京工作,在文化界、戏剧界结识了不少名人。到京后,我首先找少波师,他欣然应诺,并表示对我的工作将大力支持。后又从社会科学院找到李健吾先生,他是山西运城人,曾在法国留学,是著名的剧作家、翻译家、法国文学研究专家。五十年代就闻他的大名,惜不曾晤面。这次首次登门拜访,心情不免有些忐忑。我是下午去的,李先生正好在家,进门之后,我毛遂自荐,李夫人当即沏茶送给我。李先生温和慈祥,热情关怀,满面笑容地说:"乡里乡亲,有什么要求,尽管说吧。"这一下子驱散了我思想上的顾虑,当即提出了约稿的请求。李先生十分爽快地说:"不必客气,只要是家乡的事,理应支持,以后有什么事,我是一呼百诺。正好我手下有一稿子是批评《辞海》的,你们敢不敢发?"我说:"求之不得。"李先生遂把稿子交我。回到临汾,世明同志看到这两篇名家的大作,如获至宝,放在学报的开篇,出版之后,引起省内外的强烈反响,认为山西师院学报,是一份学术性很强的刊物。在全国的大专院校排名,竟排到第十三。以后我又约过端木蕻良、王瑶、郭预衡、张恒寿、李修生、许可、周振甫、陆地、王冰彦诸专家、学者为学报撰稿。

我虽年过半百,但重新工作后,似乎年轻了好许,浑身有使不完的干劲。凡是分配的任务,我样样抢先,一项也不落后。如每天清晨打扫卫生,我总是"黎明即起",第一个先到,不管轮谁不轮谁。我去了就干,不管是拖地、抹桌子、倒垃圾……有些年轻人贪睡,起得晚了、到得迟了,显得挺不好意思。也许在别人眼里这是属于体力劳动,出力不讨好的累活,可是对于我和过去相比,倒是一项难得的轻活呢。况且我也不愿一旦离开劳改单位,便养尊处优起来。我对那段生活是既沉痛又留恋。沉痛的是青春年华,就这样蹉跎而过;留恋的是它确实锻炼了我,使我身心健康,懂得了什么是政治,什么是生活,什么是人生,什么是世故,如何做人,如何生存,那样的教育真是交再多的学费,也无从觅得的。譬如有一次全国学报会议在山大召开,师大也是东道主之一,学报同仁当然全体出席参加。世明同志分配我的任务是定制纪念品,并负责运送到太原,我遂到侯马陶瓷厂,定做了上百个茶杯,并将会议名称、奉送单位烧在陶瓷上。这项工作倒无足轻重，关键是用小平车把陶瓷杯运送到车站，然后起票搬运上车，因为当时没有出租车等运送工具。这还不算，我得押车前往，免得卸货有摔破之虞。这样赶到山大，已是开会第三天，当时我的学生，中国戏曲学院学报主编也应邀前来开会，看到我风尘仆仆，十分同情，这么大年纪干年轻人的活，他又不好意思问，我却处之泰然。我想的是这样的会，理应让年轻人多参加，我看到大家拿到纪念杯，纷纷向我致谢，真是别有一番滋味在心头。人生就是这样，有一失便有一得。崇高的境界，无私的奉献，大都要经过一段痛苦的洗礼，才能获得的。

在编辑部里，搞校对工作，我可能是最差的一位。一是年纪大，老花眼；二是缺乏这方面的锻炼，所以经我校对的稿子，多有疏漏，往往受到世明同志的严厉批评，对此，我毫不计较，因为我认识到这种批评对我很有好处。"玉不琢，不成器"，况且经历了十年炼狱，什么苦没有吃过，什么罪没有受过，真是大风大浪都过了，这点批评又算得了什么呢？何况人家是善意的批评呢。如果我在编辑工作上略有长进的话，恐怕和这种批评是分不开的。所以我对世明同志始终怀有知遇之恩、感激之情。时间是试金

328

石,通过几年的交往,世明同志熟悉了我的人品和工作态度,所以几次学报会议上,号召大家学习我对待工作的主人翁态度。这时我想到修生师弟在工作前对我的嘱咐:不论办什么事,要时时、处处考虑北师大的形象。我感到自慰我没有辜负师弟对我的苦心和良言。

由于长期劳改,学业荒废,所以工作之后,我把大量时间放在夜读。一是读我自己的专业,文学门类的书,一是读围绕工作范围的书,因我负责历史栏目,于是我买了《资治通鉴》《史记》《中国通史》一类的书参照阅读。除此,我还挤出时间锻炼写文章。第一篇文章是《＜明镜记＞读后》。《明镜记》是少波师在粉碎"四人帮"后第一篇剧作,首稿便交我过目,剧作写唐太宗李世民纳谏难的一段故事,将古喻今,感人至深,我遂写了一篇评论文章,后经过少波师亲自审阅在学报发表。第二篇文章是《＜打金枝＞与丁果仙》,约七千余字,发表在一九八二年学报第一期,很快由人大复印资料全文转录。这篇文章作为我申报高级职称时送交至华东师大蒋星煜教授审查的代表作,得到老先生的好评。后来职称在省里通过,这对我来说可谓之天外之音,因为在劳改期间,我做梦也没有想到自己还会有幸当副编审、副教授,更不用说研究生导师之类的。

真可谓人生无常,三十年河东,三十年河西。于是我悟出"失意时不应丧气,得意时不要忘形"这一真理。

世上有些事往往是始料不及的。一个上午,我正在编辑部阅稿,莲子忽然进来告我说中文系一位黄老师找我。黄先生个子修长,重眉大眼,一表人才。他十分谦和,入座后自我介绍,他是中山大学毕业的,是王季思先生的研究生,在中文系讲授戏曲史。听说我过去在北京戏曲单位工作,故希望能在一起合作。这样我们经过一席交谈,一拍即合,直到如今。黄先生出自名师,造诣极深,我真幸运,难得有这样一位学者作我晚年的启蒙老师,并把我带入一个新的研究领域——戏曲文物。

学报一年只有四期,我负责的历史栏发稿有限,所以工作量不大,完全可以"行有余力,则以学文"。

就在一九八〇年夏天,我们由四个人组成小组,开始戏曲文物的考察。我们先是骑自行车,对临汾附近的戏曲文物进行考察,如魏村、东羊、王曲三处的元代戏曲舞台;后来又至洪洞广胜寺观看明应王殿的元代戏曲壁画。所有这些,使我对元代的戏曲繁荣加深了认识。

以后,又到曲沃、襄汾、侯马、新绛、万荣、稷山、河津、永济、运城、芮城、解州、垣曲、闻喜、夏县、蒲县、隰县、石楼、浮山诸县进行了考察,足迹踏遍了晋南各地。我边看边学,并经黄先生的耐心指点,使我对中国戏曲有了新的认识。

一九八四年,陶本一同志当了校长,我向他当面汇报了戏曲文物这些年的活动及考察情况,他听了饶有兴趣,认为大有可为,便授意立即写成材料,向省里申报成立戏曲文物研究所。陶校长事业心强,勇于开拓,他拿着材料,亲往太原,不到一星期,便被省里批准了。这对我们来说,好像做了一场梦,谁想到小打小闹,竟然成了大气候呢!看来这就是所谓机遇。

戏曲文物研究所一成立,不久我便奉调离开学报了,这似乎大出世明同志所料。而对我来说,感到搞戏曲文物研究较之学报,更接近我的专业,故我只能是舍鱼而取熊掌了。就在这年,曲家源先生由四平师院调学报。同时洪铁、李世超二位资深的老编辑相继调往省城,木林调山西日报,宏轩亦联系好地委宣传部,世明同志也积极活动,准备调离。记得是当年秋天,省委组织部来人了解他的情况,陶校长事先向我打招呼,说省里来人了解世明的情况,老人只剩你了,你对他最了解,要帮着组织好好为他搞个鉴定,以利于今后的工作。陶校长为人正派,心地善良,在一些大的问题上,他总是着眼于工作,处处为别人想,这恐怕是世明同志应该学习的。

我在学报一共待了四年,是埋头苦干的四年,是勤奋学习的四年。是学报接纳了我,是学报培育了我。我永远忘不了学报,忘不了世明同志,也忘不了一起工作过的每一位同志,他们都不同程度帮助了我,给我以教益,给我以启迪。学报是慈航普渡,没有学报,就没有我今天。不只是我,恐怕每个人都一样。所以我希望每个人都应珍惜自己所走过的历程。忘记过去是不对的,也是不现实的。有的人到了一个新的单位,稍有成绩,便把原来的单位贬得一无是处,自以为是,其实这是一种背叛。我们师大,在全国来说排不上席位,不是名牌大学,但她却培养出不少出类拔萃的人才,像侯校长、张平,一个在数学上做出了惊人的成绩,一个写下了以反腐倡廉为内容的小说,都获得了轰动效应,受到了社会的好评,但他们都没有忘记师大,因为师大是他们的母校。中国有一句传统的格言说:"儿不嫌母丑",这是一种境界,这是一种品德。中国还有一句古语叫"饮水思源",凡是信守这种精神的人,无不是硕果累累、前程辉煌。

尤其是对于我,没有师大,就没有我自己,没有学报,就没有我的今天,我对师大怀有深厚的感情,我对学报有着浓重的情谊。与我的付出相比,师大给予我的太多了,每每想到这些,我会感到脸红、耳热、心跳、惭愧!

五百位老人的共同心愿

　　在全国各地,有这样五百位老人,他们都曾经是一九四三、一九四四、一九四五、一九四六届的平定中学学生。他们在时代风云变迁之际,历经沧桑,到处流浪,风餐露宿,奋发学习。后来,有的投笔从戎,参加了中国人民解放军,有的以优良成绩考上了清华、北大、交大、北师大、山大等高等学府,有的则急国家所急,投身到新中国各行各业的建设岗位。应该说正是家乡这所中学的培育,他们才有此学习工作战斗的本领。因此说平定中学功不可没。

　　他们,包括我自己,大学一毕业,欣逢新中国成立伊始,大家满怀革命豪情,服从组织分配,抱着哪里需要,便在哪里开花结果的美好愿望,兢兢业业,埋头苦干,几十年如一日,把自己的青春年华,自己的毕生精力,献给了新中国的建设事业。他们也曾经历过连绵不断的政治运动,有的遭受挫折,遭受打击,遭受各种不公正的待遇,但是他们都不把个人的恩怨得失放在心上，总是以祖国的利益为重，矢志不移，跟着党走。现在他们有的取得了高级职称，有的担任政府部门的领导，有的默默无闻地在基层工作几十年，他们没有辜负家乡人民的愿望，均在各自的岗位上用辛勤劳动回报着家乡人民，他们都是家乡的好儿女。

毕竟是岁月无情，转眼半个多世纪过去了。原来的青衿学子，现在都已年逾花甲，直奔古稀之年。人到老年更思乡，这是五百位老人的亲身感受，其中饱含着绵延了几千年的中国人民传统的美好情愫。他们思念家乡的领导，因为领导正在为家乡的繁荣昌盛筹谋策划；他们怀念家乡的人民，因为家乡的人民正在为家乡奔小康而辛勤劳动；他们怀念家乡的同学，因为同学情谊是埋藏在心灵深处的一份最珍贵最难忘的感情。这些思念就像那汩汩流水，日夜流淌，汇聚成河，并化作一种共同的心愿，那就是作一次半个世纪别后的重聚。

另外，还有一个好消息也在激励着这五百位老人，听说有的老同学倡议，将平定中学不同阶段的办学过程纳入平定中学的整体发展历史中，并撰写平中校志，这种意向，值得肯定和庆幸。这样，当她在二〇〇三年欢度自己的百年诞辰时,就会欣慰地看到,在日寇统治、灾难深重的岁月里,她不畏艰险,硬是用自己苦涩的乳汁,为家乡人民培育了五百个新中国的建设者。

　　一旦当这五百位老人返乡聚会,亲眼看见自己的母校被承认,自然会释去多少年来埋藏在心中的块垒并欣喜若狂。他们渴望这一吉祥日子的早日到来,也更希望家乡各级领导的支持和关怀。

（《平定报》）

赵炳晟和他的剪纸艺术

　　赵炳晟的剪纸,二十世纪九十年代以来,先后在《人民日报》《北京日报》《民政之声报》《北京老干部》诸报刊登,引起了各地剪纸爱好者的关注。一九九六年和一九九七年,他创作的《喜迎香港回归》《牛耕年丰》两幅剪纸,曾参加中国美术馆举办的"中国剪纸精品展",博得了观者的好评,荣获二等奖。一九九八年创作的《百虎图》和《百兔图》,千姿百态,形象生动,显示了他深厚的艺术功底和创作才能。其中《百虎图》应邀参加了由北京国际艺苑举办的"北京工艺美术作品展",使中外宾客大饱眼福,叹为观止,当场购走三套作品共三百幅。此外,北京电视台一九九八年曾对他的剪纸艺术进行了两次专题采访,并请他在演播室作了剪纸演示,片题为《民间艺术剪纸》及《剪出来的风景》,后又在北京电视台《东方艺苑》栏目多次播放。

去年正值中华人民共和国成立五十周年，也是澳门回归祖国怀抱的喜庆日子，炳晟和全国人民一样，为了迎接这两个良辰吉日的到来，满怀激情，用一个月时间，总计剪出了《祖国万岁》《龙凤呈祥》《喜迎回归》《澳门回归》《维护世界和平》五幅大型团花剪纸。我有幸于去年十月在炳晟家里亲眼看见，其构思之精巧，内涵之丰富，剪法之细腻，以"千剪不落""万剪不断"的阴阳纹结构和形象生动的剪纸艺术语言，传达出十二亿炎黄子孙欢庆祖国华诞和喜迎澳门回归的心声。五幅剪纸一并参加了北京民间文艺家协会主办的北京市庆祝中华人民共和国成立五十周年"北京市民间艺术精品展"，北京电视台《北京您早》栏目对他的剪纸进了拍摄和专访。家乡的《平定报》更是对这个辛勤耕耘的古州游子情有独钟，从一九九四年以来，在副刊上连续刊登他的剪纸，直到如今。

　　看到炳晟这些举世瞩目的可喜成绩，作为他的同乡，我真是感到由衷的高兴！这是故乡的荣誉，是平定人的骄傲。

　　炳晟家住平定东关八蜡庙。平定历史悠久，文化源远流长，享有"文献名邦"之美称。良好的人文环境对一个人的影响是深远的。不过文献名邦在过去主要指的是出了多少举人，出了多少秀才，剪纸一项，尚登不上大雅之堂，但作为民间艺术，却为当地人民所喜爱。在我的记忆里，一般家庭妇女，操起剪刀，简单的图样如马、牛、羊、鸡、犬、豕，常用的吉祥语如"福禄寿""双喜"及鞋帽灯饰上的各种花卉，都能剪得出来。炳晟出生于一个剪纸世家，他母亲妯娌三个，都是剪纸能手。逢年过节，坐在一起，互相切磋，边剪边议，剪出的图，自然不同凡响，因其熔铸着集体的智慧。每当家人兴高采烈地剪纸时，年幼的炳晟，总是伫立一旁，细心观赏，先是出于好奇，日子一长，耳濡目染，便深受其熏陶，最终爱上了这项艺术。此外，我和他幼时都在教会设立的友爱小学读书。这所学校设备完善，师资力量雄厚，凡是开发智力的课程应有尽有。担任手工课的翟老师给我们留的印象极深。手工课有两项，一是编织，一是刀刻。翟老师心灵手巧，经他编刻的鱼虫花鸟、竹篱茅舍、人物山水、亭台楼阁，无不形象逼真，令人神往。虽然刀刻并不等于剪纸，但他们是相近的艺术。触类旁通，对于从事艺术的人，往往是习以为常的。以炳晟的聪慧和悟性，自然会从中受到启迪。

平定剪纸是一项民间艺术。这项艺术起于何时，是外来的还是土生土长的，有待深入研究。不过从它丰富的内容、寓意的深刻、构图的复杂、手工之精致、技法之娴熟，绝非一代人、两代人所能完成，也恐怕不限于平定一个地方的文化积累。山西和陕西是近邻，和河南接壤，从古以来不仅受汉唐文化和汴宋文化的影响，民间文化的交往恐怕更为频繁。从刀刻的角度着眼，殷商的金文、甲骨，周秦的竹简，两汉魏晋的石雕，都会对剪纸起到引发作用。从难度来讲，剪纸比刀刻难度更大。刀刻在先，剪纸在后。刀刻往往是两道工序，而剪纸是一次性完成。真正的剪纸，据我所看到的资料，唐代已然有之。一是李贺的《迎神曲》："春罗剪纸邀王母，共宴红楼最深处。"一是杜甫的《彭衙行》："暖汤濯我足，剪纸招我魂。"前者是迎神，后者是祀鬼，尚未走向民间的娱乐活动。到了宋代，随着市民经济的兴起，民间文艺开始走向城市。首都汴梁的勾栏瓦肆里杂剧、评弹、影戏日夜不绝。宋耐得翁《都城纪胜》"瓦舍伎艺"记载："凡影戏乃京师人以素纸雕镞，后用彩色装皮为之。"说明剪纸这项艺术已正式走向了民间的娱乐行列。到了明代，随着人们的审美需求，又把剪纸应用到妇女的头饰上，如明人灯词《川拨棹》：

340

"花灯儿两边挑,更堪那一天星月皎。我则见绿带风飘,宝盖微摇,鳌山上灯光照耀,剪春蛾头上挑。"时间跨越了明清两代。到民国初年,平定的剪纸艺术,在广大劳动人民的创作实践中有所变化,并融进了自身的地方特色。从内容来讲,它反映的生活面更为广泛,举凡婚丧嫁娶、生儿育女、老人祝寿、时令节日、禳灾逐疫、家禽走兽、虫鸟花卉、日常生活,无不包容在内。表现方法,也更为多种多样,一是以象征的手法托物寄意,如"龙凤呈祥""麒麟送子""榴开结子""鸳鸯戏荷"等;一是以常见动物、花卉的谐音组成图案,用以表达亲朋好友间的相互祝愿,如《福禄寿图》,其中所画蝠是福的谐音,鹿是禄的谐音,仙桃是象征长命百岁。还有猫与蝶组成的图案,猫蝶是耄耋的谐音,也是祝老年人健康长寿;还有是以事物的形象,表现他们对美好的憧憬和向往,如牡丹象征富贵,葡萄、石榴喻多子多孙,喜鹊与梅花组成的图案,寓意喜上眉梢,好事即将到来。还有就是对现实生活的反映,像春耕、秋收、瑞雪、劲松等,不一而足。

平定的剪纸,过去多以单色为主,后来东关戎家,制作了不同形状的刀具,将花样附于粉连纸上进行雕刻,阴阳相间,以阴为主,刻就,然后以鹅黄、品绿、桃红诸色调配点染，色彩斑斓，生活气息浓郁，深受广大百姓喜爱。

　　但是剪纸在旧社会，由于不被重视，虽然风靡农村，总是受着一定的局限，不论内容、剪法，往往因袭的东西多，出新的少，所以发展缓慢，较少变化，最近看了炳晟这几年的剪纸，感触颇深。我认为他在继承传统的基础上，有了创新。其主要原因，一是他生活在北京这样一个政治文化中心，广见博识，这里人文荟萃，国内国外各种艺术，竞相展出，这样就使他能汲取诸家之长，表现不同的生活内容。如"庆祝香港回归"这幅图案，上面的鸽子、彩带和下面的牡丹花，采用了传统对称的艺术结构，牡丹象征富贵昌盛，鸽子象征和平，融中西观念于一炉，八个人前后两组在宫灯前舞蹈，给人以耳目一新之感。宫灯仍然是传统的，象征政通人和，舞蹈则是民间的。人物形象则以北方农村的普通百姓为表现对象，不同的服饰，不同的面容，但一个个浑厚、纯朴、乐观、喜气洋洋，表现出他们激越奔放的欢快心情。从总体上看，它是属于北方剪纸艺术的风格，粗犷、清丽、纯朴、自然、流畅。《祖国万岁》和《澳门回归》是两幅大的团花剪纸。《祖国万岁》中心是国徽，四周有无数的和平鸽环翔。鸽子的周

342

围是向日葵,其次是盛开的牡丹,团团锦簇,烘托出祖国的一派繁荣昌盛景象。《澳门回归》中心为新设计的地方区徽,区徽周围是无数燕子和成千上万的梅花。燕子为澳门各界所选定的象征回归的吉祥物,而回归的日子,正好是梅花盛开时,燕子兴致勃勃地飞舞其中,表示久别归巢之意。这幅图案与《祖国万岁》,有异曲同工之妙,构思新颖,主题鲜明,组织严密,繁而不乱,总体风格吸收了南方剪纸柔美、和谐、纤细、工整、典雅诸特点。

从炳晟的剪纸艺术可以看出,他热爱祖国,热爱家乡,热爱生活,热爱生命。他现在已是七十高龄,从离休那天起,他就从来没有闲着,"烈士暮年,壮心不已",他决心以剪纸艺术,描绘祖国,歌颂四化,礼赞家乡,刻画未来。但是必须指出这项艺术难度是相当大的,除了本人的天赋,家庭影响,更重要的是本人的努力,锲而不舍,刻苦钻研,深入生活,敏于观察,始能达到出神入化的意境。在进行这一劳动时,往往是脑体并用,即心之所想,眼之所向,手之所使,必须是三者浑然一体,互相映照,这样剪出的图像,才会栩栩如生,个性鲜明,精神饱满,收到寓教于乐的艺术效果。炳晟正是具备了这样浑厚的艺术修养和艺术功底,才取得令人瞩目的成就。可以这样说,他现在已不是一般的剪纸能手,"艺术贵在创新",他已是实实在在的剪纸艺术家了。俗话说:"有志者事竟成","苍天不负苦心人",我衷心地祝愿他健康长寿,在未来的日子里,再创辉煌,为家乡争光,为剪纸艺术谱写新的篇章。

(《平定报》)

张彪的《足迹墨渍》

承张彪同志将他的大作《足迹墨渍》以诚相赠,十分感激。

张彪同志热爱戏曲事业,他的《足迹墨渍》很大一部分是谱写蒲剧艺人事迹的。其中涉及的蒲剧演员从清代到近代,无论是名伶大腕,还是普通艺人,都在他的书稿中得以体现,他的诗可以说是以诗的形式汇成的蒲剧史,对后人研究蒲剧裨益匪浅。

张彪同志热爱自然、热爱文物古迹,在工作之余,他游遍了祖国的山山水水。他笔下的山水,是渗透了他独特情感的山水,从不因袭以往骚人墨客的抒怀方式。《游枫桥》写景写人、十分贴切。《咏兵马俑》多白描,杂有议论,"入土勤王三千载,今露尊颜供人评",颇能发人深思。《分水亭》短短四句,道出了洪、赵两县建立分水亭的来龙去脉。争水本非雅事,但张彪同志关于争水的诗作则给人美的感受。《山海关感怀》既突出了山海关地势之险要，又追溯了三次大兵入关的历史，尤其是最后两句："英雄不记当年怨，挺胸举步眼向前"，显示出作者宽广的胸怀。他所咏绘的二十八个钟馗诗配画，诗作因表情而注入不同的内容，画像因内容而状其喜怒哀乐。但其诗其画有一点是一贯的，那就是呼唤人间正义、痛砭贪官污吏，这是作者着力灌注的思想。他以诗配画的形式所描绘的蒲剧界人士的肖像，善于抓住人物的主要特点，诗画相映，给人以惟妙惟肖之感，也显示出作者的功力和才气。

作为领导干部，张彪同志精通业务，爱惜人才。唯其如此，所以在他担任文化局长期间，三晋大地首次成立了民俗博物馆，威风锣鼓享誉京城，许多蒲剧和眉户剧的梅花新秀脱颖而出。但在成绩面前，张彪同志始终保持着清醒的头脑。他对自己严格要求。五十多岁时，他参加自学考试，完成了大学的学业。在诗歌《自学自考大学课程》中他说："而立已过读大学，深知书海精粹多；并非仕途谋高位，实为晚辈树楷模。"他在诗歌《休停步》中写道："誉高愈添凌云志，名扬更知攀登急；玉顶未达休停步，及至白首志不移。"这些诗歌读来明白如话，细想起来却意味深长。

（《临汾日报》）

山西师大，我爱你！

我爱师大，这是我发自内心的呼唤。或许有人会问："为什么?"我的回答是："因为师大爱我，所以我爱师大。"

五十年代的人，大都受的是革命传统教育，把工作看成是自己的生命。可是从一九五七年反右到十年动乱，到一九七九年平反，整整二十三年，我被剥夺了工作的权利，看到人家正常上班、下班，人人以同志相称，真使我羡慕得要命，其内心的痛苦、辛酸可想而知。

一九八〇年，我持着马少波老师和刘江同志的推荐信，到师大(当时是山西师院)落实政策，联系工作，见到王增谦书记，他看过信后，以热情而肯定的语气告诉我："老窦同志，你哪儿都不要去了，就留在咱这儿工作吧。我们欢迎你。"二十三年的坎坷命运，从此结束。调入学校后，我被分配到学报工作，人们都以老师相称，我感动得老泪横流，因为这一年我正好是五十而知天命了。

上班之后,深感工作来之不易,而自己又已是垂暮之年,于是给自己立下誓言:"该我做的事,尽量做好;能做的事,尽量去做;有利于师大的事争取多做;不利于师大的事,坚决不做。"

我在学报工作了四年,后在校领导的大力支持下,和大家一道创建了戏曲文物研究所,创办了大型国家一级学术刊物《中华戏曲》,在学术界产生了一定的影响,为学校赢得了荣誉,我感到无限欣慰,总算没有辜负校领导和师友们对我的厚望。

一晃竟是十年,诚如孔夫子所说:"发愤忘食,乐以忘忧,不知老之将至"。一九九〇年三月,组织上正式宣布我退休,心中有些茫然,感到不是滋味。正当这时,陶校长找我谈话,说你不能离开戏研所,领导研究决定,返聘你继续工作。我听后,一则以喜,一则以忧。喜的是领导的重托和信任;忧的是年老体衰,难以胜任。

接着,全国剧协常务副主席刘厚生同志,在中国戏曲学会秘书长龚和德同志陪同下,专程由上海来临汾。在我家,刘老以七十高龄的特殊身份和我商量:"窦楷同志,听说你退休了,我今天和你商量,为《中华戏曲》咱们再合作10年吧,你看怎么样?"我告诉刘老:"我心脏有病,恐怕活不了十年了。"刘老动情地说:"这样吧,我今年七十岁,你刚六十,我把我的阳寿借你十年如何?"这时龚和德同志插话说:"既然厚生同志说到这里,就不要再推辞了。"真是盛情难却,但更感到责任重大。

一九九三年,我被评为有突出贡献的享受国务院特殊津贴的专家。论贡献,不能说没有,但实在是微乎其微。与国家给我的殊遇极不相称。可以说我付出甚少,而得到的太多了。细想起来,如果不是师大给我工作的机会,这些缘何而来。惭愧之余,作为一个民进会员,只能是和党肝胆相照,荣辱与共,为师大的繁荣昌盛,散尽余热,鞠躬尽瘁,死而后已。

(《山西师大报》)

岳王坟前话沧桑

读小学时,有一位美术老师,姓刘,白发,长髯,脑门突出,如年画中的寿星。每当课余,他总爱为我们讲岳飞的故事,从而在我幼小的心灵中,树立起岳飞这一英勇善战,足智多谋,指挥若定的抗金英雄形象。但令人浩叹的是正当前线捷报频传,乘胜追击敌人之际,岳飞却被投降派秦桧进谗于宋帝赵构,被用十二道金牌连夜召回,并以"莫须有"的罪名,杀害于杭州的风波亭上。千古奇冤,令人发指。念中学时,我又精读了《岳飞传》,每至"风波亭"这一细节,常常痛哭流涕,悲愤异常,不禁使我陷入深深的思索,为什么每朝每代总要出几个奸臣,而忠臣义士偏偏是受害者,而且都是出自皇帝昏庸,朝廷腐败,外患频仍,民不聊生,国难当头的情况下。虽然时过境迁,但我认为认真地总结这一历史现象,不论对现在,还是未来,都是有借鉴作用的。所谓以史为镜,可知兴替。

三月上旬,承杭州大学教授任明耀兄相邀,偕老伴往杭州一游。杭州以她山明水秀的绮丽风光,吸引着众多的中外游客。然而对我来说最感兴趣的还是岳坟。早就听人说位于西湖畔的岳坟,依山傍水,气势雄伟,规模宏大。尤其给人印象最深的是岳王坟前跪着的秦桧夫妇的奸佞形象,还有那副意味深长的对联:"青山有幸埋忠骨,白铁无辜铸佞臣。"不知出自哪位秀才的手笔,寥寥十四字,道出了普通百姓在是非面前鲜明的爱憎立场和态度。"正邪自古同冰炭",尽忠报国的岳飞,将永远名垂青史,而万恶不赦的奸相秦桧,将为世人唾骂万年。

　　那天,我们除了瞻仰岳坟,还观看了历代文人墨客的书画展厅。其中有梁启超、康有为、章太炎、吴昌硕、启功这些大家的作品。他们无不以饱满的笔触,深厚的感情,从不同角度,来礼赞这位为民族立下赫赫战功的英雄。此外,还浏览了古今名人书写刻之于石的碑廊。有岳飞写的《出师表》,表明他以抗敌复国为己任,效法诸葛武侯的精神,鞠躬尽瘁,死而后已。其字迹雄浑恣肆,潇洒流畅,一派大将风度。还有毛泽东主席和杭州著名书法家沙孟海先生书写的《满江红》,一个以大气磅礴的狂草,一个以庄重雄迈的真楷,共同书写着岳飞的这篇洋溢着爱国主义精神的杰作,说明他们对这位民族英雄是心仪已久的。

面对眼前的这一切,谁又了解岳坟所经历的千年沧桑呢?岳飞是在南宋绍兴十一年(1141)为宋高宗赵构、奸相秦桧杀害的。死后,狱卒隗顺出于对民族英雄的崇敬和悲悯,潜负其尸,葬于北山之麓。隆兴元年(1163)宋孝宗接位后,改葬其遗骸于此地。经历元代,至明成化十一年(1475),常熟人周木中进士后官拜浙江布政使,重修了岳王坟。修坟时采集山上顽石,请工匠雕琢了秦桧夫妇跪像,置岳王坟前。但游赏者往往怀着对奸臣的刻骨义愤,不是唾骂,便是抛掷石块,致跪像伤痕斑斑,面目难辨。明正德八年(1513),李隆出任浙江都指挥,鉴于石刻不坚,遂以铜铸秦桧夫妇像,另加了万俟卨的跪像。赤身露体,双手反剪于坟前。但不久,又被游人用石投击得断指折臂,破烂不堪。万历二十二年(1594),安徽休宁人范涞任浙江按察副使,有感于铜质仍不坚硬,改用铁铸三像外,又增铸张俊一像。从此,坟前遂成四奸像长跪。后来在雍正初年,栖霞岭村民结伙用木棍击毁王氏跪像。雍正九年(1731),浙江巡抚李卫上书朝廷,云:"白铁无辜,不当受污,可用缴来的盗贼叛逆兵器重铸四像。"获准。至乾隆四年,四像又毁,钱塘县令请示浙江巡抚熊学鹏以顽铁无知,不想再铸,不料当晚,则梦见秦桧四奸伏地哀告,如不再铸,会在阴司受苦,学鹏为之惊醒,于是下令重铸。

后至嘉庆五年(1800),清著名学者阮元任浙江巡抚,上任伊始,为壮景观,便把岳坟修饰一新。谁知时隔两年,即嘉庆七年(1802),四奸像又被毁,阮元只得又雇工匠,以废兵器重铸。四像铸成后,有人曾在木板上拟写对联一副。上联是"咳!仆本无心,有贤妻何至若是",悬挂于秦桧胸前;下联是"啐!奴虽长舌,非老贼不到今朝",悬挂于王氏胸前,可谓妙语连珠,极尽讽刺挖苦之意。

一九六六年,"文革"一开始,就因大破四旧,岳坟设置悉数遭毁,四像亦不知去向。粉碎"四人帮"后,一九七七年,浙江省人民政府拨款四十万元,才将岳坟重新修建,而对四奸像来说,这已是第九次修复了。

值得人们深思的是,历代所毁者都是奸像,说明人民对奸佞的深恶痛绝和义愤难忍,而"文化大革命"却好坏不分,忠奸不辨,玉石俱焚了。这也难怪,清官如包拯、海瑞,硬被说成是卫护封建利益者,那么像岳飞这样的忠臣,岂不是封建统治的卫护者吗?其实全国珍贵的历史文物,遭破坏的何止岳坟一处。一九八四年,我去河南洛阳作文物考察,看到龙门石窟有数以千计的石雕佛像,惨遭锤击,实在令人叹惜。就连平定榆关门下的石碑"汉淮阴侯韩信下赵驻兵处"的石碑,以及"二道寺张穆先生读书处"的石碑,还有南天门的"陕甘爵督部宗堂左施银六百五十两"的石碑,不也都遭到同样的命运吗?故有人把"文化大革命",喻为是大革文化的命,看来是最恰当不过的。

(《三晋都市报》)

陶寺和陶寺文化

一九八〇年夏天，我有幸陪同河南郑州大学的李民教授参观了陶寺遗址。在参观当中，面对琳琅满目的出土文物陶缸、陶鼎、陶鬲以及日常家用器皿，我惊叹不已。李先生向我介绍，这些器皿的主要特征有轮制、模制和手工制作，皿壁厚度较均匀，器形也较规则，杂色陶很少，从整体看，当属于龙山文化，距今四五千年，和尧的年代差不多，是研究唐尧的极为珍贵的资料。

时至今日，二十多年过去了，随着古墓的大量开掘，更多的随葬器皿的大量发现，经过分析、比较、研究，专家们一致认为陶寺的墓葬遗存，是研究尧文化的一把金钥匙。并把陶寺墓葬及有关文物，定格为陶寺文化。

陶寺位于襄汾县东北，离县城十五华里，距临汾约六十华里，正好是当时尧都古平阳的管辖区。这些墓群分布在陶寺、李庄、中梁、东城四村之间，东西长约两千米，南北宽约一万五千米,总面积为三百万平方米。该墓群从一九七八年开始发掘,现在清理出一千余座墓葬,研究也进入更高层次。首先应该说明的是一些专家认为这些墓葬遗存,其"地望及年代和陶唐氏的地望、年代基本符合",这样它就是帝尧陶唐文化的遗存了。

不过更为重要的是这一千多座墓葬,绝非任意埋葬,而是排列有序,错落有致,专家们认为它起码属于两个不同氏族的墓区。

它们之间的差异,或者说是区别是,大型墓,墓坑较大,且很深,用的是木棺,棺底铺朱砂,随葬品丰富精美,有彩绘龙纹陶盘,以及成套彩绘木(漆)器、珠玉等。墓主人均系男性。

中型墓,墓坑大小及深度次于大型墓,分布于大墓附近,同样用木棺,有的棺底有朱砂,随葬品有陶器,少数有彩绘木器石礼器和装饰品,葬主亦都是男性。

小型墓,墓坑只能容尸,坑亦较浅,以至有的骨骼为地层所破坏。没有棺木,有的以帘箔卷尸。随葬品只有小骨笄等,而以这种墓葬的数量为最多。

综上所述,可以看到墓葬之间的悬殊差异,很明显是由墓主人生前的社会地位和财产的多寡所决定的,大型墓的墓主生前不是军事要员,便是贵族首领;中型墓墓主当属于他们的僚属;小型墓墓主则是一般的庶民或奴隶等。另外在大型墓的左右两侧,往往有两座对称的中型墓,服饰华贵的女主人,据判断,当是大墓墓主的妻妾。

其次,大型墓葬所发现的礼器、乐器和各种彩陶器皿,说明那时主权和国家已经初步形成。特别是乐器中的特磬和鼍(以同音替代)鼓,以及彩绘蟠龙纹陶盘,更给了我们有力的佐证。特磬,即石磬或大磬,由青色石灰岩打制而成,通长九十余厘米,呈三角形。据研究是当时部落首领举行宴会、祭祀活动的礼乐器。磬不仅是上层人享乐的工具,也是权力的体现。鼍鼓,即木鼓。古墓中有成对的这样的鼓,鼓身竖立呈桶形。用鳄鱼皮蒙鼓,故曰鼍鼓。鼓外壁绘以白、黄、黑、宝石蓝彩色图案,是王室的通神之器。史书记载,鼍鼓属于陶唐时的器物,《史记·司马相如列传》有:"建翠华之旗,树灵鼍之鼓,奏陶唐氏之舞,听葛天氏之歌。"说明鼓和陶唐的有机联系。

彩绘蟠龙陶盘,是又一典型的象征主权的器物,以褐陶烧制,敞口,高八点八厘米,口径三十七厘米,底径十五厘米。内壁磨光,以红彩为底色,再以红白彩绘出盘龙纹图案。蟠龙方头,张口露齿,有鳞甲,很像蛇,又似鳄鱼,专家们认为是由两种以上动物综合而成，应该是由图腾转化而来的鳄鱼与蛇的复合体。关于蟠龙图案的文化内涵，专家们认为："当是帝尧陶唐氏时代实物"，"是帝尧祖统的赤龙图腾形象"，或是"帝尧陶唐氏的赤龙图腾崇拜表现"，所以"崇拜赤龙图腾的陶寺龙山文化居民"，便是以赤龙、赤蛟、赤蛇为祖先的华夏族人，就是帝尧陶唐氏。史载帝尧的父族为黄帝的后裔，姓姬；母族为炎帝后裔，姓姜。母曰庆都，因居伊侯国，后迁耆国，故姓伊耆。帝尧出生于母亲家，亦随母亲姓。帝尧的出生与龙有关，传说"庆都与龙合婚，生伊耆"，后"尧求祖统，庆都告以河龙"。可见，龙作为陶唐氏的族徽或图腾崇拜，也就顺理成章了。

如此，我们再来研究尧、尧文化，不是更多些依据了吗？

（《山西人民代表报》）

向家乡的文友们致敬

时间实在是过得太快了，这是我平反之后，工作二十年来最真实的感受。"发愤忘食，乐以忘忧，不知老之将至！"这是我此时此刻最真实的心理写照。

令人振奋的二〇〇〇年，在体育健儿们勇夺奥林匹克金牌的凯歌声中和经济腾飞的号角声中向我们告辞，令人神往的二〇〇一年迈着雄武的步伐，以崭新的姿态，满怀信心地向我们阔步走来。中国过去有副春联："一夜连双岁，五更分二年"，作者以巧妙的构思，向人们道出时空的必然联系，同时又说明它们之间总还是要分开的。又一副春联是："又是一年芳草绿，依然十里杏花春"，说明我们的祖国，我们的家乡，过去和现在，永远是万紫千红，春色满园，莺歌燕舞，前程似锦，同样也是构思巧妙。

值此新旧交替、送旧迎新的时刻，让我以最诚挚的心情，在千里外的古尧都——临汾，向家乡的文友们致以节日的问候和祝贺。祝愿大家新年快乐,体健笔健。同时,我也向平定报社的同行们问候,你们无论是过去还是现在,为了平定的文化事业默默耕耘,为人作嫁衣,无私奉献。我虽老矣,但也要向你们这种精神学习,并祝愿你们不断进取,勇于开拓,再创辉煌。

家乡的文友,有的我认识,像晋如祥、李守珍、胡彬、孙祥栋、郭九麟、袁盛慧等,有的虽不认识,但他们的大作我都一一拜读过了。我写的一些拙幼的文字,想大家也都过目了。这叫以文会友,古已有之。所以我们既是同乡,又是文友。

我由衷地感谢《平定报》为大家开辟了"山风"这块百花园,我国许多知名的大作家,在他们起步时,无不是借助于大花园这块沃土,萌芽、开花、结果的。鲁迅、冰心、巴金、郁达夫、徐志摩、萧乾、沈从文、石评梅等大都如斯。"五四"以来,像《新青年》《小说月报》《文学季刊》为我们祖国培养了多少优秀人才和知名的作家呀!

平定昔日以"文献名邦"著称,其原因就是代代都有人才涌现。明清两代,秀才、举人、进士、翰林,不知出了多少。"文革"之前,平定的大街小巷旗杆、横匾比比皆是。这是平定的光荣,也是每个平定人的骄傲。

但是新中国成立以来，偏偏在文人这一行业给人以青黄不接之感，在文坛上立得住脚的作家几乎是空白。对这个问题，我在不断地思考，旧社会能出张石舟、石评梅，为什么新社会反而沉寂了呢？我是这样认识的，在科举时代，人人读的是四书五经，朝廷开科纳士，也不出这个范畴，只要把文章写好，文理通顺，大抵都可以中举做官。那时的学子，学的比较单一，没有声光电化，只要把文章练好就满可以了。新社会则不同了，特别是新中国成立以后，随着国家经济建设的需要，大学里开设的课程，理科占绝对的优势，即使有文科也都是属于科研型的，要不就是教师。事实上，培养作家，靠高等院校并不完全对路。作家还是要靠社会来培养，靠刊物来培养。新中国成立以后，期刊倒是不少，一九五五年以后，国家相继成立了作协、美协、剧协、音协等各种协会，可是由于极左路线的干扰，历次运动，无不是从文化战线开始，从作家头上开刀。从批判电影《武训传》开始，接着是反胡风，批判俞平伯的红楼梦研究，批判胡适的学术思想，批判中间人物，批判资产阶级人情论，直到反右，最后是"文化大革命"，不知毁灭了多少人才。这样，对文化战线人人望而却步，谁还敢再舞文弄墨呢？

幸好，物极必反，作恶必灭，随着"四人帮"的垮台，迎来了祖国文艺的春天。特别是党的十一届三中全会之后，砍倒了两个"凡是"，平反了大批冤假错案，解放了成千上万的文化人，从此我们的国家由天下大乱走向天下大治，人人精神振奋，个个心情舒畅，在"双百"方针的指引下，文艺不再是政治的附庸，而是要很好地为人民服务，为社会主义服务，这样伏案而无禁忌，执笔挥洒自如，于是作家辈出，佳作如林，出现了我国有史以来少有的文艺盛况。为此，我呼吁家乡的文友们，应当趁此大好时机，提起笔来，敞开胸怀，歌唱我们的祖国，礼赞我们的家乡，描绘我们的时代。

　　这样，《平定报》就负有义不容辞的责任：一是首先要为青少年作者鸣锣开道，把重点放在他们身上，给他们广开阵地，增设栏目，吃偏饭，多鼓励。因为他们是我们的未来，平定的希望。我经常在《平定报》上读到女子文学社、平定一中、平定二中以及平定师范同学们的文章，其特点是有朝气、有理想、有感情、有内容、有文采，文字清丽，不乏佳作。二是要为老年作者继续提供阵地，让这些离岗的老人还能发挥余热，老有所为。

　　平定人杰地灵，也是地灵人杰，并有着悠久的文化传统,只要大家心向文艺,深入生活,启动文思,提笔撰稿,把家乡的新人、新事、新的风貌、新的气象用各种不同的艺术形式诉诸文字,这样我们的百花园必然是百花竞放,争相辉映,硕果累累,美不胜收。而且作者耕耘花园,花园培养作者,那么灿烂的平定文化之到来,当指日可待。

家乡文友们,努力吧!为了繁荣家乡的文化事业,为了多出人才、早出人才、快出人才,我们要以一万年太久、只争朝夕的精神,奋力拼搏,勇于开拓。要深信有志者事竟成,美好的未来将是属于我们的。

待到山花烂漫时,齐在丛中笑。

(《平定报》)

宣扬以德治国　促进四化伟业

——为《平定报》创刊十周年而作

《平定报》创刊十周年之际，正值二十一世纪的开头一年，站在新世纪的门槛，回顾过去的峥嵘历程，是非常有意义的。不过这当是报社同仁们的事了。因为你们与她休戚与共，相濡以沫，亲自尝受了创业的艰难，与拓荒的酸辛，自然会从中总结出成功的经验，和挫折中的一些教训。这对今后的发展，无疑是十分有益的。至于我自己，只想展望未来，谈点对乡报的希望。

最近江泽民同志提出"以德治国"，这对全国新闻工作者来说关系极大。它应是时代的最强音，和新的舆论导向。"以德治国"，我个人理解，不应局限于政府官员，而应该是"国家兴亡，匹夫有责"，凡是共和国的公民，人人都有一份责任。"以德治国"，首先要求每个人都要提高自己的思想素质和道德修养。中国的古训很早就有古训："欲治其国，必先齐家，欲齐其家，必先修身。"可见修身是最根本的。拿政府官员来说，既然你手中的权力是人民给的，那么你的一言一行，所作所为，就应当处处以人民的利益为准绳。应当为官一处，造福一方；应当"先天下之忧而忧，后天下之乐而乐"；应当守身如玉，廉洁奉公；应当虚怀若谷，善于倾听群众意见；应当礼贤下士，引进各方人才，共为我谋；应当时时考虑如何千方百计减轻农民负担，如何想尽一切办法为下岗职工排忧解难，如何不失时机把本地区的经济搞上去。因此，我们的政府官员，就必须要以"三个代表"的精神要求自己，多为百姓办实事、办好事，少说空话，言行一致。这样才能取信于民，得到人民的支持、爱戴和拥护。孔子云："为政以德，譬如北辰，居其所而众星拱之"，就是这个道理。所以不论办什么事，一定要顺乎民情，合乎民意，要时时处处想着人民。像周总理那样，临终时，把医生叫到跟前谆谆嘱咐："我这里不需要了，去照顾别的同志吧！"做到了真正的忘我，这是何等境界呵！

德的总体概念，就是以自己的模范行为，履行公仆的职责，春风化雨，无为而治。"春风杨柳万千条，六亿神州尽舜尧。"使整个社会路不拾遗，夜不闭户，老有所终，幼有所养，壮有所为。虽说有点理想化，却是我们应当追求的。

施行"以德治国"，首先要有高素质的人才。在新时期，党中央提出"科教兴国"，同样需要高素质的人才。而人才来自学校，只有办好学校，才能培养出合格人才。而办好学校，必须要有德才兼备、品学兼优的教师。因此，全社会、全民族都要兴起尊师重教的热潮。而作为教师，一要有渊博的知识，二要有高尚的情操。教师是人类灵魂的工程师，是德育的传播者，是德政的奠基人。故教育者，必先受教育。古人一再强调言传身教，甚至往往是身教胜于言传，所谓以身作则，以身示范，身先士卒，都是这个意思。说的一套，做的又是一套，就不配为人师表。旧社会对孔子的评价是，德配天地，道冠古今，万世师表。当教师就应当像孔夫子那样，对自己"学而不厌"，对学生"诲人不倦"。要"克己复礼"，非礼勿言，非礼勿听，非礼勿视，非礼勿动。当然这个礼和孔夫子的礼是应该有区别的。我们的礼就是爱祖国、爱人民、爱生活、爱集体。我们的礼是一切美好事物的象征，是一切善言善行的总汇。我们的一言一行当以此为标准。

作为《平定报》的同仁，既是以德治国的传播者，也是躬身实践者。对那些廉洁奉公的先进事迹，要及时进行报道，对科技战线的创造发明，要予以表彰，并力促转化为生产力。对各行各业,各个部门有突出贡献的优秀人物,要广为宣传,宣扬他们的事迹,宣扬他们的行为,宣扬他们的思想。"风行文教,雨化英才",从点到面,使全民族的道德、思想逐步深化和提高。同时对那些贪污腐败营私舞弊、以权谋私、图谋不轨的黑暗现象,要予以彻底揭露和无情鞭挞。要人们真正懂得"德"的含金量,懂得公与私的分界线。大公无私本是一种理想,但公私分明,必不可少。处理问题,要先公后私,先人后己,关键时刻能公而忘私,能"杀身成仁,舍生取义"。总之,我们的新闻媒体,要尽力宣传人世间的真、善、美,狠狠抨击社会上的假、恶、丑,使社会主义祖国再现几千年的文明。"德不孤,必有邻",从而赢得全世界仰慕和称赞。

报纸是人民的喉舌,报纸一定要替人民说话。

对此,愿与《平定报》的同仁共勉之。

(《平定报》)

人间自有真情在

竹君妹患胃癌,于一九九六年十一月不幸病故,享年五十四岁,可谓英年早逝。噩耗传来,令人慨叹,令人感伤。竹君妹一生从事教育事业,她热爱党、热爱祖国、热爱生活,事业心强、责任心强,勤勤恳恳、兢兢业业,数十年如一日,以致积劳成疾,一病不起。她坚强、乐观,有恒心、有毅力,顽强拼搏,与病魔斗争了六百二十五个日日夜夜,始撒手人寰。她与妹夫志同道合,感情甚笃,当他们跨入天命之年,方期白头偕老,共享天伦之乐,谁想中道分手。死者已矣,而对于生者来说,其精神上所受的打击,可想而知。竹君妹留下两个好儿子,在当今的改革大潮中,都能独立创业谋生,且各有所成,实在令人欣慰。大外甥莹玖的爱人小梅,毕业于四川大学中文系,她聪明好学、才华横溢,温柔多情、善解人意。与外甥初识时,竹君妹已卧病在床,难得她一片孝心,和婆母相伴二百六十一天,整夜侍奉,互相关怀,结下了深厚的母女般的情谊。竹君妹病逝后,小梅沉痛万分,遂提笔挥毫,写成了这篇读来感人至深的悼文。我认为这种感情真挚坦诚、朴实自然,是在传统文化的熏陶下形成的。这种感情在当今的婆媳之间,尤其是青年一代身上,已不多见。它是属于民族的,是东方民族固有的美德,我认为值得提倡,应当发扬光大。为此,我把原文寄《平定报》,深信它会对家乡的精神文明建设起到推波助澜的作用。

亲爱的妈妈:

　　爸说:"你妈走了,送送她吧,让她走好……"

　　让我写点什么,我无从下笔,只想止住那流不尽的泪水;

　　让我做点什么,我无力回天,只想用手去捂热您冰冷的、浮肿的双手;

　　让我说点什么,我说不出,只想唤回您的音容笑貌、您的身影。

　　妈妈,您知道吗?我从来都认为只要想做什么就能做到,可现在任我怎样地呼唤,任我怎样地哭喊,我想见到您,却见不到,却唤不回。

妈妈,我多么想再为您按摩一次,再为您喂一次汤,再为您翻一翻身,再为您擦一擦汗,再叫一声"妈妈",再在您在脸颊上亲吻一下,再听您说一声"多穿点衣服,别着凉",再听您唠叨一声"开车小心",对我说一声"别忙了,回家来吃饭吧"……

妈妈,短短的二百六十一天,您给我留下了一生的烙印,您多了一位让您牵肠挂肚、惹您生气的女儿,我有了一位善解人意、慈祥的母亲。二百六十一个日日夜夜,您的所在,成了我的生活轨迹,您的病痛,成了我的心痛,您挂在脸上的泪花成了我强咽倒流的苦水。妈妈,您在床上受苦,我们陪在床前也在受着折磨。眼睁睁地看着死神一天天在靠近您,我们却无力将您抓紧,眼睁睁看着您渐渐地走远,听不到孩子们呼唤母亲时撕心裂肺的声音;我们在送您,却等不到您的归期。

妈妈,在这世上还有您的骨肉,有您的至爱,有您牵肠挂肚的家,有您呕心沥血的事业,有那么多那么多您放不下、舍不去的东西……

终于,您创造了前所未有的奇迹,您离开了那冰冷的病房,您感动所有身边的人,您回来了,回到朝思暮想的家,回到了爸爸的身边,回到了我身边,您又看到了这间屋子,看到了您所有的孩子,看到了您所熟悉的一切,妈妈,我们又团聚了……

妈妈,我坚信,您永远和我们在一起!

儿媳:小梅　泣拜

一九九六年十一月

大峪情丝

在人的一生里,有些事看起来极普通,讲起来也极平淡,但总使人眷恋不已。我是一九四六年负笈燕京离开家乡的,迄今已是半个多世纪了,两鬓染霜,记忆衰退,可是怀乡之情时时拨动着我的心弦,使人彻夜难眠。

我小时住在大峪村,离城三里,原先有西阁,出了西阁,首先映入眼帘的便是嘉山庙的钟、鼓二楼。每天放学,我和村里的二三学友,望着神庙,说说笑笑,相偕返家,充满了童年的快乐。

大峪村,过去有三百户人家,一千多口人,大都以农为生。全村几乎全是坡地,只是沿河两边有少许平畴,人称河滩地,种的多是高粱、谷子和玉米。坡地多集中在狐沟、柳沟。狐沟、柳沟缘何得名,不太清楚。因为狐沟终年不见狐,柳沟从来也少见柳。也许蕴含着远古洪荒的故事,那谁晓得,反正后辈人没有一个能够说得上来。狐沟、柳沟的尽处，都有清泉从山岩汩汩而出，流经全村，汇入嘉河，可惜由于当时科技落后，并没有给十年九旱的农田带来任何灌溉之利，人们依然靠天吃饭，风调雨顺，皆大欢喜，逢到旱年，四出逃荒。

由于穷困，在过去的那些年月，农民们的许多带有宗教民俗色彩的活动，频繁多样，层出不穷，留在我记忆的最深处。先说除夕夜晚的接神，家家院里生着新砌的方形灶火，上面覆盖着刚折来的柏枝。火的后面以竹帘架设的祭坛，里面贴着全神码。全神码者，集各路神之木刻图像也。像的前面是各类祭品。三十晚上，大都不睡，叫熬年。没事干，说吉祥话，包饺子。熬到新旧交替的子时开始接神。由家长领头，分跪香、叩头、焚枝等程序。跪香，即祈福。焚枝是点燃柏树枝，噼噼啪啪，红光烛天，香气扑鼻，据说是每年斯时，二郎神手牵哮天犬，犬含人头，在空中巡游，如不点燃柏枝，说不定这颗血淋淋的人头，便会落在谁家，所以看得出焚枝是为了禳灾。

从初一到初四，主要是出村串户，到宗亲邻里家拜年。正月初五，人称破五。这一天家家户户都吃饺子，是春节的延续，无须赘言。只是凌晨送五穷媳妇，为其他地方所少有。其仪式是把事先剪好的手牵手的五个妇女，放在

374

燎坑的煤灰锅里,早晨一并端出,倒在大门以外。以此送走了穷,可能来年就富了。问题是年年都送,可年年都穷,谁也不理解这是个社会制度问题,但农民实在是穷怕了,他们渴望四季平安,五谷丰登,过几天无忧无虑的舒心日子。

二月二,龙抬头,兆示着雨季将由此开始,自然要举行祭赛龙王的活动。其中打灰尘一项亦为各地所罕见。每年的这一天,通常是下午,举家老小,齐集大门之外,有的提着灰桶,有的拿着扫帚,有的拿着图案。图案有元宝、制钱、金库、银库、摇钱树等。然后将门前清扫干净,将图案依次铺在地上,这时小孩们好奇地围观,大人们则从桶内取出白灰,向图案轻轻散撒。散完白灰,撤去图案,地面上便是印下的各种金银财宝。这一民俗活动反映了在旧社会,当地农民渴望摆脱贫困的美好愿望。

七月二十,大峪村最爱红火,以有名的独龙杆参加七月二十全县组织的迎神赛社活动。大峪村规模最大的活动是正月十五大摆黄河阵。说是十五,实际是十四、十五、十六连续三天。或在甄家的五亩堰,或在嘉山庙前,总的来讲,地方必须是空阔平坦。摆黄河阵,先是栽设木桩,木桩上钉上纸糊的各种类型的灯碗,然后按着蓝图,用麻绳或铁丝，拉成单行线路，曲径通幽，九弯十八盘，搭着牌楼，分进出口，由人监管，依令而行，一俟月出东山，便将所有灯碗一齐燃着，白菜灯、西瓜灯……一派辉煌，这时诚可谓灯月交辉。人们吃过元宵，便扶老携幼，穿红戴绿，来游黄河阵了。大人们比较耐心，循着线路，自始至终，由进而出。小孩子们就没有那份耐心了，转来转去，转不出去，就越绳而过了。其实只有这样，才能显示黄河阵的魅力和情趣。黄河阵是否来自《封神演义》，没有考证过。不过按入阵之后，曲曲弯弯，令人莫辨，似乎名之迷魂阵更确切一些。但迷魂阵又是什么呢？依然说不清。不管怎样，不要小看大峪家，花钱再多，每年正月十五总是要办，足见其穷而有志，并可一窥其豁达、豪放的乐观精神。

令我难忘的还有"放河灯"。我小的时候，每当春节，家家的春联，总爱写"门临嘉水长流，户对冠山永固"，这是很符合实际的。因为那时的嘉水，确实是不舍昼夜，从各家门前缓缓东流。每当秋收完毕，正是天高气爽，人们怀着丰收的喜悦，望着碧澄澄的河水，情之所至，兴之所至，便不由地寄兴于放河灯了。河灯为纸做，船型，外面涂蜡油，以防水湿。两面尖，中间阔，里面是油灯，上面是纸扎的各种花卉和人物。花卉如芍药、牡丹；人物是八仙、寿星之类。月白风清,将河灯点着,顺流而下,像落地的繁星,美观极了,迷人极了。人们伫立在河的两边,放着、望着、数着,这时有老人的赞叹声,小孩的欢呼声,此起彼伏,汇集成一曲祝丰收的优美欢乐的交响乐章。直到午夜,人们才兴尽而归。

这些民俗活动,在现实生活中,可能有的已经消失;那悠悠嘉水,也是早已断流,不复存在,今后也不会再有了,然而我的思乡之情,并没有因此而减退,相反却更加浓烈,更加难以克制。于是只好寄之笺墨,以慰余生。

(《平定报》)

大峪花园琐议

　　大峪花园,即明末进士张三谟的故居。可随着时间的流逝,人们已慢慢地将名满乡邑的张三谟淡忘,留存在人们记忆中的只有那如花园一样的故居了。连我小的时候,也只知有花园而不知有张三谟其人。按理我的堂姐,嫁于张三谟的后裔张国梁,可我并不知他三百多年前的先祖,竟是堂堂有名的张三谟。

　　据《平定县志》载,张三谟,字纬典,号日葵,平定大峪人。生于公元一五八五年,卒于一六四九年,享年六十四岁。他是明天启二年(1622)壬戌科进士,这样他的府第,当建于他考取进士之后了。

　　张三谟的故居大峪花园,坐落在大峪村中部,即现在村小学的斜对面。面对冠山,门临嘉水,往南爬上红土坡是河头、后沟;东北是小峪,正东三里是县城。其占地面积五六亩。大门外是一长方空场,两旁有上马石。大门前额,悬有一天蓝色牌匾，上书"进士第"三个大字。走进大门，下了台阶，有一亩大的空间，亦青砖铺地。再往前便是正院。正院的前后门都有一米左右的房檐伸出，迎门是与后檐联结一起的木制屏风。前檐伸出有四五米，有主柱，下有柱础，上面是木构架瓦盖。再往前，临阶处，有木制栅栏。栅栏为花卉交错的网格，颇为精致。东西厢房各三间，硬山顶，上铺砖瓦，屋脊两头，置五脊六兽。东西厢房与正房有回廊相连接，下雨阴天，无须撑伞。东西厢房两头又各有小屋，可作厨房或存放零碎东西用。

以正房最为讲究，进门便是一大屏风，挂有名人字画。桌椅多是硬木，太师椅、八仙桌、紫檀木佛龛、神祖龛之类。客厅三大间，东西寝室各一间。穿过屏风，有门可通后院。后院亦四合院，但建筑结构，已不如前院气派讲究。再往后，还有一院，呈长方形。南北有十多米，东西约四五十米。正北一砖旋楼式窑洞，冬暖夏凉，是农村最理想的居室。东西亦有砖砌窑洞，但规模狭小，住的多是晚辈。

正门两侧，各有甬道。东侧甬道长数十米，是往后院的便道。两侧甬道，直通花园。花园内有金鱼池，圆形，用石头砌成，终年有水。听人说鱼池中央，有井数眼，但从未见过。鱼池北面是假山，由黄土堆成。上栽桃、李、杏、林檎

379

各种果类。春夏之交,百花齐放,万紫千红,奇香扑鼻,沁人肺腑。除此,鱼池四周,多种杨柳榆槐,柳丝袅娜,榆槐成荫,夏日在此纳凉,有山有水,可谓胜境。

从八十年代以来,我到南方旅游,曾到过扬州的个园、荷园,苏州的拙政园,上海的豫园。这些园林的特点是,水池假山,亭榭楼阁,应有尽有,富丽堂皇,但是过于堆砌、拥挤,给人以窒息感,官宦气太浓,商贾气太浓。这些年蛰居晋南,学校组织老干部旅游,曾去过王家大院、乔家大院,但都是晋商富贾营建,除院宅多之外,无甚特色。北京的恭王府花园,我最欣赏,占地三十六亩,苍松翠竹,小桥流水,亭台楼阁,轩廊曲折,确是胜景,不过属皇亲贵族的游闲之所,似不应与一般官吏的园林相比。大峪花园的可贵之处,在既不像皇族林园之富丽堂皇,又不似宦商林园媚俗臃肿,而是小巧玲珑,轻疏淡雅,以幽静取胜,特别具有书卷气。难怪傅山在此客游,且留下《峪园》诗一首。

诗云:

城关开两峪,为园五十年。
兵戈曾未到,花竹自相怜。

380

径曲生苔古，池宽受日圆。

养疴移卧此，风雅忆前贤。

　　傅山为明末清初人，家居阳曲，明亡不仕，常云游各处，传经讲学。冠山曾有他的墨迹，刻于石碣，保留至今。《峪园》一诗，有"为园五十年"句，按张三谟是明天启二年(1622年)中的进士。而"为园五十年"，正好是他死后约两三年，傅山到此客游的。这时傅山当为34岁左右。"风雅忆前贤"，当然指的就是张三谟了。写到这里，忽然想起《平定古州》的作者，把大峪花园认为是梦楼院，明显有误，应予纠正。

　　大峪花园，惜已不存。令人遗憾的是，它没有毁于日寇的狂轰滥炸，也没有毁于内战的炮火，也不曾毁于"文革"的破四旧，偏偏在改革开放的年代被村人拆除了，实在令人不解。

（《平定报》）

冠山·乔宇·狐仙

　　冠山是平定的象征,冠山是平定的骄傲。最近读了发之于《平定报》上好些家乡作者写的游记、诗词、散文,还有客居异地游子们写的回忆、随笔,无不是通过对冠山的描绘、赞颂,抒发各自对家乡的深厚感情。

　　在这些诗词、散文、游记、随笔当中,我发现有两处提到狐仙伴读一事,颇感新鲜,惜未能把故事原貌较为生动地描绘出来。窃以为恐是因涉及狐仙,怕无端地惹上封建迷信之嫌吧!如果是那样,那么一部《聊斋志异》也就不足为人称道了。小时经常听祖母给我讲《白蛇传》的故事。祖母给我讲时,不说白蛇传,她叫青蛇白蛇闹许仙,我听得非常入神,至今记忆犹新。工作之后,从事戏曲研究,有幸认识田汉同志,当时中国戏校和中国京剧院正在排他编写的《白蛇传》。为了更好地了解《白蛇传》的流变,我读了宋以前的《义妖传》,宋代《清平山堂话本》中的"西湖三塔记"和明代《警世通言》中的"白娘子永镇雷峰塔"。细细玩味、品读,发现变化确实不小。《义妖传》里的白蛇,蛇性未改,口吐红芯,摇头摆尾,总想噬人、缠人,令人毛骨悚然。发展到《西湖三塔记》,就有点人的味道了。至"白娘子永镇雷峰塔",白蛇不仅幻化成窈窕淑女,而且心地善良,温柔多情。她下得山来,为的是追求人间的幸福生活,可反而成了被逼害的对象,故而博得了人们的同情。说明在流传当中,人们按照自身的生活经验和美学理想,不断地丰富她,美化她,完善她,使她成为一个色艺俱佳、德才兼备的美女形象。田汉同志在前人的基础上,以其敏锐的洞察力和智高一筹的美学观点,去粗取精,去伪存真,删掉了许多芜杂的情节,如过去有许士林祭塔这一哭哭啼啼令人感伤的场面。他根据周扬同志的意见,改成青蛇从峨眉山修炼得道回来,率领水族为白娘子复仇,她宝剑一挥,红光烛天,塔倒雾散,白娘子从废墟中冉冉升起,这完全是根据人民群众的美好愿望,赋予白娘子以轻快明朗的喜剧结尾。

乔宇和狐仙的故事,是在我童年时随伯父四月初八游冠山时他给我讲的。大意谓:明清时,冠山有上书院、下书院。上书院为老师传授课业之地,下书院是学生寄宿之所。明成化年间,有学生乔宇者,昔阳人也。年幼聪慧,一表人才,学习优异,深为老师器重。一日夜晚,睡至三更,忽有二八佳人推门徐徐而入。只见其体态婀娜,身轻如燕,未及遐思,已飘然至榻前。深更半夜,乔宇当然感到意外和恐慌。小女子满面笑容,从衣襟中取出一物,状似球,晶莹透亮,耀人眼目。微启朱唇,略显娇羞,向乔宇道:"官人无须害怕,此为世间奇宝,只要你答应每晚在口中吮玩有时,对你前程将大有助益。"并诫其只许吮玩,不得下咽。乔宇观其形体秀雅端庄,想系良家女子,遂接物入口,为之吮玩。如斯者一月有余,乔宇缺眠少睡,自然精力不支,面黄肌瘦,神形憔悴,背书多忘,遂引起老师怀疑。再三询问,乔宇只是不说。后老师以送他回家相胁,乔宇始如实相告。老师听后,为乔宇设谋道:"这是妖精,如不勒马,当误你终身,且性命难保。"乔宇涕泣,求救于老师。老师说:"时至今日,祈再勿施儿女之情。今晚小女若再至,你当一如既往,将信物接入口中,注意趁其他顾时,突然吞下,然后故作惊恐失措,告其无意,请她相谅。"乔宇听老师言。斯夜三更,小女又来,遂遵照老师安排行事。佯作一时疏忽,将信物吞下。小女闻听,面色骤变,怒气填膺,神情沮丧,徘徊踌躇,似在决策。最后娇啼失声,对乔宇道:"可怜我五百年道行,毁于一旦。本应破汝之腹,将原物取出,但想你有功名在身,不忍加害。如此,念你我相会月余,亦算得夫妻一场,且事已至此,夫复何言!别无所期,望明晨至后山,可知究竟。"言罢,反顾再三,抽泣而去。俗话说,精诚所至,金石为开。感于小女子的一片至诚,翌日凌晨,乔宇独自一人来到后山,昂首一看,见一母狐吊死树上。乔宇不胜沉痛,速将其尸卸下,掘坑掩埋。后乔宇进京赶考,连连得中,不惑之年已被擢升为吏部尚书,当然乔宇心里是十分清楚的,故在临终时,再三嘱咐家人,一定将狐尸移入合葬,刻墓碑时,并立狐氏为原配夫人,亦可谓"生不同婚死同穴"。小女子重义,乔宇有情,从而传为人间佳话。

故事的可贵处,我认为这里的狐精远远超出了《聊斋志异》中的所有描写。它比《聊斋》中的狐精心地更为纯洁善良,温柔敦厚,她不只不害人,而且当别人损害了她的利益,她首先想的是对方的前程。她能做到杀身成仁、舍生取义,这正是东方道德的一种优良传统。我听的传说缺少伴读 项,现在两位诗人作者信笔添枝,可谓画龙点睛,锦上添花,使传说愈发显得绚丽多姿,优美动人,给冠山增加了无穷的魅力。

记得唐代散文大家刘禹锡所写《陋室铭》开首便说："山不在高,有仙则名",这里的仙,可能是就指名人而言的,如称李白为谪仙人、诗仙,宋元以来,民间传说中的八仙上寿,更是脍炙人口。平定人惯称狐精为狐仙,当然冠山不会是因有狐仙而增大其知名度的, 可是如果让这个故事广为流传,我看一定会增加冠山的神奇和魅力,引来更多的游人。据说毛宁唱了一曲《涛声依旧》,不只唱红了他,而且不到一年时间,苏州的游客成倍增长,实在是意想不到的。

(《平定报》)

邳彰庙忆趣

客居异地，最难克制的是思乡之情，它时时牵动着我的心绪，使我彻夜难眠。翻阅日历，今天正好是农历三月二十三日，儿时邳彰庙赶庙，逢会赶集的盛况，立时浮现在我的眼前。

邳彰庙留给我的印象实在是太深。因为每年三月二十三这一天，我们窦氏家族的少男少女，都要到庙里去戴锁。孩子生下来，从一岁起，便备上供品，到那里烧香磕头，然后交钱给住持，即庙里的方丈，领取用红头绳串着的两个制钱的所谓锁，遂即给幼儿套在脖子上，这样年年领取，到十二岁为止。年限满了，家长们便把十二道锁收在一起，挂在用谷草秸结扎的三脚架上，到三月二十三那天，领着孩子，带着杳火供品，面对神灵，三跪九叩。这时住持遂取出锁匙，将草秸架上的一副旧式铜制真锁捅开，我们把十二挂所谓的制钱串结的锁交给他，仪式到此，遂告完毕。这样做的目的,一是希望使孩子长命百岁,二是开锁者,即开启智慧之门也。孩子们从此便变得聪明起来,念好《论语》《孟子》,学而优则仕,可望将来中举做官,扬名显亲,光宗耀祖。现在看来虽有点封建迷信的味道,但却蕴含着望子成龙、望女成凤的民族心理,以及浓郁的民俗风情。

在我的记忆中,邳彰庙就在县城东北一里多地,出西门,往北走,穿过大石头沟,越三岔口,有一山坡,庙就建在这坡上,坐东朝西,依着山势,最高一层是正殿,飞檐斗拱,五脊六兽,气势雄浑。往下是南北配殿,各三大间,再往下是山门,两边建有钟鼓二楼。上山门还得要爬数十台阶,足见坡度之陡峭。站在远处,遥望殿宇,磬声悠扬,香烟缭绕,大有"不知天上宫阙,今夕是何年"的瞬间的幻觉,着实壮观,不能不令人惊叹!

和山门遥遥相对,百米处便是戏台,系三面观,歇山顶。每年三月二十三,抑或秋收之后,都要唱戏。唱的是中路梆子——晋剧。剧班多为民间组织,演员都是当地的名角,当然也有外路人。当地的名角有崇成、根根、荫荫红、巴改音等,外路人有太谷灯、子都生、路小桃等。崇成的拿手好戏是《藏舟》《吕布戏貂蝉》,属于小生戏,他演的是田

388

玉川和吕布；荫荫红的拿手好戏是《大报仇》《金沙滩》和《李陵碑》，前一出饰刘备，后两出扮的是杨业，即杨老令公。他唱腔苍劲悲凉，身段潇洒，情急时的吊毛、抢背、甩发总是博得全场观众一片喝彩声。巴改音又名改音旦，她演的《秦香莲》脍炙人口，感人至深。主要是她的唱腔，结合剧情，声泪俱下，台下观众无不为之掩面动容。子都生的拿手戏当然是《伐子都》了，他武功扎实，扮相英俊，长靠短打，都是绝活。太谷灯是男坤，他身材修长，演技娴熟，其哭腔往往先声夺人，如《李翠莲上吊》《大劈棺》，都给观众留下难忘的印象。我最爱看的一出戏是《黄鹤楼》。这出戏由荫荫红饰刘备，子都生饰赵云，崇成饰周瑜，毕竟是名角，艺术精湛，配合默契，把英雄们之间的心理矛盾、性格冲突及各自的性格特征演得活灵活现，惟妙惟肖，应该说是立体的，较之案头的看得更为过瘾，这对我以后从事戏曲工作或多或少是有影响的。

邙彰庙，人们又称它为庄稼庙，因为它的过庙日子三月二十三，正好是春耕前夕。逢到这一天，各处商贩都要云集在这里，把全年所用的农具如犁、耧、耙、盖、木锨、锄头、钳子、簸箕、麻绳、升斗、秤杆以及文房四宝、小孩们的玩具，等等，摆摊设点于庙前庙后，坡上坡下，向人们兜售。

　　庙会连续三天自然少不了饮食行业。砌上炉灶,搭起帐篷,架上铁锅,放上小桌,俨然就是一个临时饭店。吃食以绿豆面抿趣(现称河捞面)、黄米面油糕最走俏。尤其是油糕,当下吃饱了不算,临走还要往家里捎上一些。有民谣一首,可记其趣:

> 三月二十三,
> 邳彰庙买木锨;
> 女的穿大红袄,
> 男的穿洋布衫。
> 小孩戴的是红缨帽;
> 回时买上二虎刀,
> 荆梢蓬棱串油糕。

　　民谣的好处,在于以大众化的语言,明白如话地把当时庙会的情景栩栩如生地描绘出来,以至令七十老翁至今仍然背诵得出。

　　关于邳彰庙,《平定古城》的作者说它又称明灵王调,这我不太记得。我只知明灵大王是在柏井。遇大旱不雨,举城乡民,都要以隆重的形式,抬上四驾,头戴柳圈,前往柏井去请明灵大王。《平定古城》的作者,又考证出邬彰庙即《武林旧事》中的皮场庙,使人感到牵强,我不同意这种说法。查阅宋人郑樵所著《通志》,邬彰为后汉人,和三国王朗同一时期,祖籍河北,以义勇著称。中国老百姓习惯以心目中的英雄豪杰、忠臣孝子作为自己崇敬的偶像,修建庙宇,顶礼膜拜,希望他们能呼风唤雨,驱邪逐疫,为自己排忧解难。如三义庙供的是刘备、关羽、张飞,嘉山庙供的是晋公子申生,龙王庙当然就是以布云施雨的龙王为供奉的主神。不管庙中供奉的神灵是谁,在灾难深重的过去,老百姓都会无所选择地乞灵于神祇,以求得他们的保佑。只是这种乞求仅仅能获得一时的心灵慰藉,并不能给他们带来任何实质性的变化。

如今,邬彰庙已荡然无存,头上绾髻的道士更不知去向,剩下的只能凭借记忆去慢慢搜寻了。

(《平定报》)

游大寨

——北越调·斗鹌鹑

【斗鹌鹑】遥望虎头,青山滴翠,七沟八梁,一派生机。玉米秸结实,谷穗颤巍巍。正立秋,景色美;天高气爽,和风习习。

【紫花儿序】周总理三上大寨,八角亭立碑铭记,大寨人牢记在心,端的是一片情意,堪咏堪题。人妖白骨精,亦曾乔装来猎奇。撒谎有人架空主席,蚍蜉撼树,谈何容易!

【小桃红】叶帅亲书虎头山,千金字为贵,游人驻足呈醉意。人道是,英雄慧眼识宝地。顾不得耄耋年两鬓摧,为大寨精神有人继。

【调笑令】郭老大寨颂,汉白玉石题记,笔酣墨畅凤舞龙飞。神州人民有口皆碑。学大寨艰苦创业,夺丰收战天斗地,带头人是陈永贵。

【耍厮儿】大寨人爱陈永贵,遵嘱虎头山立墓碑。川青

392

石砌就弧形沙发椅。且观赏、莫相催,不由泪垂。

【圣药五】就着坡下阶梯,七十二、三十八,最后八年在京畿。像雕得夺天工,展览厅人拥挤。风吟酒醒景助诗兴起,谢主人扶醉归。

【尾声】庆风调雨顺升平日,祝大寨精神永垂。莫使红桥空悬及早引水,切忌功亏一篑,"求是"是真谛。

【后记】一九九八年八月七日,偕小女凤梧返里,承《平定报》总编赵成秀先生相邀游大寨,对我来说是破题儿第一次。目睹漫山遍野一片翠绿,至陈永贵坟前,临风凭吊,能不感慨?回家之后,遂依套数《北越调·斗鹌鹑》,为之记。

一九九八年十月八日
山西师大

还需要读点圣贤的书

圣贤在我们那个时代,主要指的是孔子、孟子及其门人,而他们的书则是《论语》《孟子》《大学》《中庸》。这四种书作为启蒙读物,自然难读、难懂,但是经老师循循善诱,详为讲解,我还是欣然领悟了。

俗话说"半部《论语》治天下",现在看来不免过甚其词,但是对我却终身受益无穷。先拿学习来讲,《论语》开篇便告诉我们"学而时习之,不亦乐乎",不仅要经常学习,而且要把学习当作一种乐趣,这比光讲"学习、学习再学习"就高明多了。继则读到了孔门弟子颜渊"一箪食,一瓢饮,居陋巷,人不堪其忧,回也不改其乐"的学习精神,将人比己,愈发坚定了我的学习信念。接着孔子便教导人们为人处事首先是孝敬父母,"入则孝,出则悌","孝悌也者,其为仁本欤!"他还教育人们从小便应有远大理想,他提出"修身、齐家、治国、平天下"。这是一个多么宏伟的目标呀，它意味着人的一生应当轰轰烈烈地做一番事业，那就是治国平天下。但治国平天下，首先是修身，然后是齐家，接着才是治国、平天下。"身不正，焉能正人"，其实这是一个极普通的道理。就做人来讲，曾子曾这样阐释："夫子之道，忠恕而已矣。""忠恕"经朱子注解："尽己则为忠，推己及人之为恕。"正像孔子所谓的"为人谋而不忠乎"和"己所不欲，勿施于人"。孔子和孟子都极端反对私利，孔子说："君子喻于义，小人喻于利。"孟子见梁惠王说："王何必曰利，亦有仁义而已矣。"因此孔子要求人们"苟非我之所有，虽一毫而莫取。"孟子更要求人们要"杀身成仁，舍生取义"。值此物欲横流、见利忘义的现实情况下，我们是多么需要读圣贤之书，来净化一下人们的心灵世界呀。

在那阶级斗争的年代，我曾不幸沦为"右派"，"文革"时期，受尽各种侮辱。但是一想到孟子的格言"天将降大任于斯人也……"便心地坦然了，看来近似阿Q，但没有这些精神，怎能度过那艰难的岁月。

而今我已年逾古稀，去年已彻底退出了我为之奋斗了二十年之久的心爱的工作岗位。从道理上可以"七十而从心所欲"，但我仍然不忘圣人的遗训，"血气既衰，诫之在得"，"淡泊以明志，宁静以致远"，如此这般，欢度晚年。

（《读书报》）

古代山西才子真的少吗？

一九九七年九月二十四日《平定报》副刊《山风》,刊有谢冰文先生的一篇文章, 题目是《古代山西为何少才子》。详读之后,颇有些疑问,这里有两点提出来向谢先生请教:一是关于"古代"的概念,能否仅局限于某朝代?谢先生文中所举事例,只局限于清代,未免有点以偏概全,最终得出山西少才子的结论也就不足为奇。二是所谓的才子,究竟指的是哪一些人?是金榜题名的状元呢?还是著书立说的作家呢?

看来谢先生原想是就作家而立论的。请看他的文章一开始,便这样写道:"在查阅有关资料时,我注意到在众多的中国古代作家中,山西籍的人很少",其中所指为作家无疑。可是文章后面所举的例子并不是作家,而是醉心于仕途的清室状元。状元和作家当是两个概念,理应分开,不能混淆。

明确以上两点，然后再观察一下中国历史，就完全可以自豪地说：山西的古代作家并不少，而且历代都有出类拔萃的作家横空出世。如先秦的思想家、散文家荀子，就是山西安泽县(当时属赵国)人。西汉的班婕妤，是诗人，辞赋家，是山西楼烦(今朔州)人。东晋诗人郭璞是山西闻喜人。隋朝文学家薛道衡是山西万荣县人。时至唐代，山西作家可以说是群星闪烁，光芒四射，令人目不暇接。中流作家就不提了，大的作家如开传奇小说先河的王度；承前启后的青年诗人王勃；著名的《凉州词》作者王翰；山水田园诗人王维；"七绝圣手"王昌龄；著名边塞诗人王之涣；卓越的文学家柳宗元；还有诗论家司空图。以上这些作家除个别为晋中地区人外，大部分都是晋南人，可以把他们称作河东作家群。我曾统计过，仅唐代有作品传世的作家就有五十人之多。宋代有伟大的史学家、文学家司马光，金朝有一代文冠元好问。到了元代，山西作家又出现了一个高潮。众所周知，元代是中国戏剧的黄金时代，其主要特征是作家多，作品多。元代杂剧作家，大都集中在大都(今北京)，河北的正定，山西的平阳(今临汾)。现在所知的山西籍杂剧作家就有十一人之多。元曲四大家，山西就占有了三个，这三人是关汉卿、白朴、郑光祖，确实是山西的光荣。到了明代有杰出的小说家罗贯中,史家称他为太原人。最近在祁县新发现的罗氏家谱,更证实了这一点。他的一部《三国演义》,涵盖了当时社会生活的方方面面,诸如政治、军事、经济、天文、地理、人文等,以其杰出的思想成就,对后世产生了深远的影响。

当然,才子的概念,在过去比较含混,一般认为其人能诗能文,出口成章即为"才子",而且此"才"作为步入仕途的敲门砖,考个"状元"或进士,"才子"之名便会为人们普遍认可。然而"才子"一旦步入仕途,大都会江郎才尽,徒有虚名,像王安石、苏东坡毕竟是少数。因此,真正的"才子"是在民间,而不是少数的几个状元。其实,在古代的山西官场,也出了不少的所谓"才子",像山西闻喜的裴家,光他一门竟然出了许多宰相,这恐怕在全国也是罕见的。

谁说古代山西才子少?

(《平定报》)

满招损　谦受益

　　"满招损，谦受益"，此话出自《书经》，儿时老师就谆谆以教，但如过耳风，不以为然。总觉得自己斗大的字，识得还不多，有什么可骄傲、自满的?现在年纪大了，经过几十年的风风雨雨，艰难曲折，再纵观中外古今的历史，原来骄傲之心，犹如是非之心，人皆有之。它是客观环境的产物，不管是什么人，往往取得了一点成绩，便油然而生。为此先哲们一再告诫："胜勿骄，败勿馁"，"骄者必败"。毛主席在二十世纪五十年代，更向全体党员提出："谦虚使人进步，骄傲使人落后。我们应当永远记住这个真理。"用来警示大家。

　　但事实是人们骄傲起来，十分容易，而学得谦虚，则比登天还难。这是因为在这茫茫人海，获得发迹的机会，总是比获得谦虚要容易得多。在商海，昨日还是一介贫民，可一夜之间，竟成百万富翁，类似这样的人，最容易骄傲。在官场,其奥妙更是无穷,特别是改革开放以来,人们学会了以金钱做交易,只要有钱,什么都可以得到。有的地方,甚至卖官鬻爵。这样的人,一旦登上宝座,自然趾高气扬,作威作福,花天酒地,到处捞钱。谁敢说个不字,便认为是太岁头上动土,老虎嘴上拔毛。类似这种人,根本不懂什么是谦虚。最近以来,学界某些人也滋长了这种不正之风。微有收获,便沾沾自喜,不知天外有天,认为自己是唯一的,谁的意见都听不进去。我们工作在师大,一再要求德高为师,身正为范,如果言行相悖,何以为人师。

为此,我希望大家一定要学得谦虚一些。谁都知道"谦虚"是一种美德,但学来不易,严格说它比获得一项学问更难。应该说它是一门综合性的学问,它是一个人的生活阅历、地理环境、人文环境、家庭影响、学校教育、秉承师教、良师益友等等的总和。我们的先师孔子,德配天地,道冠古今,还仍然提出"敏而好学,不耻下问","三人行,必有我师焉。择其善者而从之,其不善者而改之。"他的门人樊迟向他请学稼,他谦虚地说:"我不如老农。"请学圃,他说:"我不如老圃。"博学如孔夫子,尚且如此,我们区区后生小子,有什么可值得骄矜的呢?

须知"骄者必败"，这也是从实践中得出的一条真理。

（《读书报》）

雪　思

入冬以来,南方北方,多雨多雪,似乎是历来冬季少见的。我幸生北国,从小就对雪情有独钟,古稀之年,对雪爱得更加深沉。睡梦中,忽听得外面有人叫喊"下雪了",迅即披衣下床,伫立窗前,只见雪花犹如天国飘来的白衣仙子,纷纷扬扬弥漫了天上人间。触景生情,引发了我无穷的遐想。

一九五一年,我正在北京念大学,春节过后,学校相继开学。记得有一天,外面正下大雪,当时老师正给我们讲文学的阶级性,因为是刚刚解放,大家对这一概念甚感困惑,文学为什么还有阶级性?老师望了望窗外的雪花,即兴引来了流行民间的一吟诗趣闻,为我们阐释这一命题。他说前清时代,有一天,也是下着大雪,刚好有四个人面对白雪各自抒怀。这四个分别为书生、官吏、富商、农民。开始书生先吟:"大雪纷纷落地";官吏接吟:"皆是皇家瑞气";富商不甘落后,接着吟:"再下三年不多";农民一听忿忿然骂道:"放他妈的狗屁。"同样是雪,但在四种人眼里,却有不同的感受,代表着各自的阶级观点和不同阶级的利益。这个例子举得极为具体、形象、生动,我们听了顿时茅塞顿开,对文学的阶级性有了深入浅出的了解。

中国是诗的王国,从古到今,历来的帝王将相、文人雅士,不知留下了多少优美的咏雪篇章。读《三国演义》刘玄德三顾茅庐,当刘关张三人策马走进卧龙岗,正好天降大雪,他们看见一位长者,暖帽遮头,狐裘蔽体,骑着毛驴,迎面踏雪而来。其吟诗曰:"一夜北风寒,万里彤云厚。长空雪乱飘,改尽江山旧。仰面观太虚,疑是玉龙斗。纷纷鳞甲飞,顷刻遍宇宙。骑驴过小桥,独叹梅花瘦。"状物写景、写情,一看就是一位冷眼观现实的隐者。玉龙斗、鳞甲飞,是隐者眼里群雄割据,战乱不安的现实,此时此刻的他向往的是梅花的耐寒和高洁。唐李白《北风行》:"燕山雪花大如席,片片吹落轩辕台……"形容北方雪天的奇寒和壮观,寄寓一位幽州思妇对远征良人的怀念。岑参的《白雪歌送武判官归京》:"北风卷地百草折,胡天八月即飞雪。忽如一夜春风来,千树万树梨花开……"题为送别,却超越了离愁别恨的俗套,写出了西域地区雪似梨花、梨花似雪的绮丽景观。柳宗元的《江雪》："千山鸟飞绝，万径人踪灭；孤舟蓑笠翁，独钓寒江雪。"在漫山遍野皆是雪的独特环境中，一叶扁舟，一个渔翁，身披蓑衣，头戴斗笠，坐在船头，持竿垂钓，是一幅多么富有诗意的画面啊！它表现的是一种风格，一种境界，古今多少丹青妙手，往往以其诗景作画。毛泽东同志的《沁园春·咏雪》："北国风光，千里冰封，万里雪飘，望长城内外，惟余莽莽，大河上下，顿失滔滔。山舞银蛇，原驰蜡象，欲与天公试比高。须晴日，看红装素裹，分外妖娆。江山如此多娇，引无数英雄竞折腰。"读来气势磅礴，雄浑恣肆，显示了一代伟人的豪迈和博大胸怀。陈毅同志的诗作："大雪压青松，青松挺且直。要知松高洁，待到雪化时。""文化大革命"的狂风暴雪，并不曾使诗人折服。他毕竟是元帅，有着傲岸不屈的性格。观其诗便知其为人，说得到、做得到，可谓表里如一。人民最崇拜这样的英雄，故而上海人民在黄浦江畔铸陈毅铜像，以示不忘。

总之，雪带给我们的是更多的思考和人生哲理。

我爱白雪，我爱它的洁白，我爱它的晶莹！我多么祈盼它那圣洁的光芒，能把人世间的一切丑恶、虚伪、贪婪、腐败、阴谋、狡诈、不公平、不合理，统统埋掉。让世界映出银装素裹的妖娆和原驰蜡象的奇伟。

　　我爱白雪，每当我看着雪花从我眼前纷纷扬扬地飘落,我的心总是按捺不住,并随之澎湃激荡。我总是好奇地寻求雪花的轨迹和它美妙的旋律。我发现雪花是那样随心所欲,无拘无束,兴之所至,任意飘忽……啊!这才是真正的自由啊!我羡慕!我赞叹!我向往……至少它能做自己想要做的事。

　　那洋洋洒洒、不懈飞舞的白雪,仿佛已有既定的目标,只要坚持,肯定会到达。这难道不是一种可贵的毅力,可贵的超然吗?这恰恰是人们所缺少的。

悼亡女

二〇〇一年十二月二日,是个不祥的日子,令人忌恨的日子,因为这一天,我的女儿,身患绝症,医治无效,竟先我而去了。半个多月了,几次拿起笔来,想写点怀念她的文字,可提起笔来,便心如刀绞,泪眼滂沱,泣不成声。这个孩子给我留下的印象实在是太深了。将近三十年的时间,我们父女休戚与共,相依为命,度过了我一生最艰难的时刻,现在日子好了,她却抢先走了,白发人送黑发人,老年丧女,生离死别,真是别有一番苦味在心头。

大女儿患的是肝癌。国庆过后,她感到腹疼,到专医院检查,已经是晚期了。我们没有敢将真实情况告她,全家人众口一词,告她是慢性胃炎,让她安下心来,精心治疗,过些日子, 定会好的,不管花多少钱,不用多考虑。女儿会心地笑了。但我的心却怎么也轻松不起来。因为根据她的病状,专医院大夫失望地告我,恐怕过不了这个年

407

关。另外，瞒不是长远之计，总有一天会露出马脚的。如此我和几位大夫磋商的结果是，依旧不要告她，一告精神会马上垮掉。为今之计，先要扶正祛邪，保证她精神愉快，饮食注意营养，从而增强自身的抵抗力。然后以中西医结合的方式，采用化疗，随时观察病情的发展，灵活地调整医疗方案，尽量减少其病痛，以延长她的生命。按照这个方案，每天进行打针、输液、服药，约两个疗程，果然奏效。脸上也有血色了，也能吃东西了。其间，我和她妈，每天陪她打牌、玩扑克、看电视、听音乐，我的心如释重负，仿佛在漆黑的暗夜，看到地平线上升起一道曙光。我安慰老伴："不要怕，孩子会好的；不要哭，现在孩子正是需要我们的时候。我们一定要帮着她渡过难关，我们要用至高至上的父爱、母爱，向死神展开一场争夺战，一定要把我们的女儿从死神的魔爪里夺回来。"老伴听了我的一番安慰满意地笑了。可一打牌，孩子不一会儿就累得昏睡过去，望着女儿安详的面孔，我们哭了。怕她听到哭声，我们赶快转到另一房间。不知为什么，我的心不由地颤抖起来，手也不由地抖动，无法控制。老伴关切地问我："怎么了？"我说："我们这种自欺欺人的做法不知能瞒多久，恐怕瞒过初一，瞒不过十五。"老伴说："只要孩子心情愉快，没有负担,奇迹般地好了,咱们总说假话,都心甘情愿。我们是一片好心啊!俗话说:心诚则灵。"

后来,由于病情不见好转,二女儿心疼姐姐,又请来一位中医肿瘤专家,此人是中医世家,有祖传秘方,但药价昂贵,不过全家人谁都不在乎这个,只要能把她病治好,就是花再大的代价也值得。"钱是王八旦,花了还能赚",而人的生命可只有一次啊!如此针灸、输液,又用他的秘方,经过一个疗程,有明显好转,每次从医院回来,往往还要给我买点水果之类。回来之后,抱着我四女儿的小孩,亲了又亲,吻了又吻,爱不释手,还说:"爸爸能活到一百岁,看你的所有小孙都长大成人就好了。"我说:"爸爸没有那么大的福分。"女儿说:"爸爸心好,一定会的。"欣喜之余,我把这情况,告诉我的好友温大夫,他也是中医世家,兼通西医,临床经验特别丰富。他说:"但愿孩子能够好转,不过这种病,时好时坏,千万不要掉以轻心,谨防天冷了受寒着凉。"

果不其然,温大夫的话应验了。一天吃过晚饭,她感到病情锐减,非去洗澡不可,我心存余悸,但未加阻止,只是安咐她早点回来,多穿点注意不要着凉。谁知洗澡回来,第二天便复发了。从此,病情一天天加重,人也愈来愈瘦,吃东西也愈来愈艰难。尽管如此,她每天早晨起来,还要和我抢着拖地。我心疼地说:"你有病,不能过度劳累。"她说:"爸爸老了难道就应该劳累!"我们父女泪眼相望,但谁都不肯把泪流出来,彼此心照不宣,而这种心情,也只有各自最清楚。

十一月十二日上午,医生来看病。把脉时医生微皱眉头。出来后,我问:"孩子病怎么样?"医生摇摇头,长叹一口气说:"治得晚了,希望不大,不容乐观。"旋即为孩子行针、用药。此时孩子一副渴望的明目,显得特别温顺、听话,像一只绵羊,听天由命,任人宰割。由于病情的折磨,使她经常捂着小腹难以入睡。直到下午,突然口吐血块,竟至半盆,接着又便血。我强忍着眼泪,问女儿:"感觉怎样?"孩子强忍着痛苦,破涕为笑,安慰我说:"爸爸不要害怕,我想这些脏东西,吐出来就会好的。"我点点头,把女儿扶着躺下。我心里明白,这是不祥之兆。因为温大夫提醒过我,这种病千万不能出血,一出血就不好办了。我的心顿时如压上千钧铅块,感到十分沉重,回到书房,实在无法控制自己的情绪,径自流泪。我诅咒这个世界太不公平了,为什么偏偏把这种恶疾施于我女儿身上?她一生心地善良,孝顺父母,爱护姊妹,有什么错啊!我默念关汉卿

《窦娥冤》中的两句台词："天也枉为天,地也枉为地",只会把好人欺!

晚饭时间,我的二女、三女、四女,还有几个女婿一并到齐了。我感到不再孤独,我希望父母之爱,姐妹之情,几个妹夫的关切,能把我的大女救护过来。我甚至幻想,此时此刻,观世音菩萨能否大发慈悲,驾着祥云,亲自下凡,口吐仙气,佛手一指,使我的大女儿气到病除,重享天伦之乐。我更渴望这时的孙大圣,能闻讯赶到,施展他的本领,打入地府,揪下阎罗王,打开生死簿,问他执的什么法?为什么要不问青红皂白,轻拘无辜?我从来不信神,不信鬼,但残酷的现实逼着我胡思乱想。实在没有办法,人实在太渺小了,这又能怪谁呢?

我的大女儿,聪明善良,善解人意。二十六年前,我这个落魄异地、举目无亲的右派分子,第一次被老伴引进家门时,孩子睁着一双纯洁明亮的大眼,深情地叫了我一声"爸爸",我的心震撼了,眼睛润湿了。因为孩子似乎有了爸爸,我也意外地有了"四个女儿",历经世态炎凉和人间沧桑,使我刹那间感到了家庭的温暖。当时我在一家劳改单位工作,月薪三十三元,标准的苦力,挨骂受气自然免不了,但一回到家里,妻子的温存,女儿的膝欢,其间的一切不愉快,马上便烟消云散,荡然无存了。这时才感到家是安乐窝,家是避风港,人不能没有家啊!

一九七九年,平反之后,我到师大正式上班。不久女儿要结婚了。结婚前夕,女儿来到临汾,语重心长地对我讲:"爸爸,我招了个上门女婿,不为别的,农村搞承包,咱家没有壮劳力,招个男孩进门,也好减轻爸爸的负担……"我听过之后,感动得热泪盈眶,拉着女儿的双手,问她:"爸爸买点什么送你?"女儿说:"咱家里穷,三个妹妹都还小,花钱的日子还在往后,爸爸有这句话,女儿就心满意足了。这样吧,爸爸买一件,女儿不嫌少;买一个木梳,女儿都不嫌劣。有那么点意思就可以了。"我的大女儿,就是这样通情达理。

结过婚后,凭她的聪明智慧和勤劳的双手,起早贪黑,早出晚归,春种秋收,施肥浇地,结果种西瓜西瓜丰收,栽棉花棉花盈余,家里做了沙发,置了衣柜,日子过得红红火火,亲戚邻里,无不称赞。后来,她又到临汾学缝纫,不到两个月时间,居然能剪能裁,蹬机自如,中式西式,无一不会,一时顾客盈门,经她做的衣服,人人满意。全年收入,甚至超过我的工资。而我们全家的衣服,亦全都由她一人包揽了。孩子过世后,我清理她给我做的衣服、西服、夹克、衬衣、短裤,竟达数十件之多,且衣料有些是孩子自己出钱买的。就在今年六月,她还为我做了一条西裤、两条西式裤衩。睹物思人,我不禁泪滴衣衫,因为衣服一针一线,都凝结着女儿对我的一片孝心。而今后,有谁再这样关心她的爸爸呢? 我叮咛老伴:"孩子给我做的衣服,我一件不穿,统统给我保存起来。"老伴问:"干什么?"我说:"留个纪念,待我死后火化时,一并烧掉。"老伴听罢伤心地哭了,我劝老伴不要哭,这样做,孩子会含笑九泉的,说明她爸爸始终在怀念她。

　　大女儿热爱生活,热爱双亲,热爱自己的妹妹,热爱全家所有的人。她心里装的全是别人,唯独没有她自己。就在她病重期间,仍然挣扎着要干活,我再三劝她休息,她说:"一些轻微的劳动,不也跟休息一样。人不能老闲着。"每天早晨起来,她总坚持给三女儿的小孩子梳头。她心灵手巧,编织各种发式,把小孩子打扮得花枝招展。她以自己纯朴的乡间美来附丽别人,美化这个世界。我每次看她给小孩梳头,那样的精心,那样的投入,使我的心感到一阵温暖,一阵凄凉,温暖的是她如此热爱生活,拥抱生活,凄凉的是孩子的一片爱心,究竟还能持续多久呢? 我几次想用相机,把这个梳头的镜头拍下来,但我怕这样一来,会打破她心灵的平静,增加感情的负荷,几次都默默地停了下来。

孩子虽然病重,但她并没有想到"死"这个字眼。她一直向往美好的生活。一天她忽然闪着期待的目光对我说:"爸爸常给别人写字,也给女儿写个条幅吧。"我说:"当然可以。"我问她写什么?她说:"随爸爸的便。"我把《朱子治家格言》读给她听。女儿满意地笑笑说:"这不是爸爸经常教导我们的?生活就应是这样,就写这个吧!"其实,我的大女儿从小便是遵照这个准则,处理家务,待人接物的。

就在大女儿几次吐血、便血之后,我的三个女儿、三个女婿和我老伴,终于在一个深夜里,把她送回乡镇医院。后因病情不断恶化,又不得不搬回家里。临走时,我看她憔悴的面容,疲惫的身躯,低陷的眼睑,失神的眼睛,实在伤心得难以自持。不过我依然满怀希望,希望孩子回去后会好起来。

但事实是回去之后,一天不如一天。三个妹妹焦急万分,仍然成天忙着为姐姐求医买药,我因为见不着孩子,思念孩子,心里不堪重负,天气冷,年老体弱,先是患感冒、咳嗽气喘,继而腹泻。孩子知道后,把大女婿唤到跟前,吩咐说:"听说爸爸病了,我不要紧,咱们不能没有爸爸,赶快回去给爸爸打针输液。"这是大女婿后来亲口告诉我的。

回乡之后,三个女儿始终隐瞒姐姐的病情。每次回来,我一问,总是说姐姐没事,好着呢。这样终于有一天,老伴给我打来电话,让礼拜六把两个外孙领回去。我情知不妙,想回去和大女儿见最后一面,但老伴、三个女儿、四个女婿坚决不同意。结果是两个外孙回去的第三天,大女儿便怀着满腹心事,溘然长逝了,可怜只活了四十个春秋。

大女儿死的消息,全家人一直向我封锁着,甚至连几个小孩子都守口如瓶。至十二月八日,把大女儿安葬之后,下午五时,全家人才都从曲沃返回,我看每个人都泪痕斑斑,眼睛红肿,试探着问二女儿的大儿子:"你大姨怎么样了?"他仍然说:"大姨好着呢!"我着实有点恼火,遂把四女儿叫到跟前,用严厉的口吻说:"你姐呢?"这时我已然泣不成声了,忽然感到眼前一片昏暗。三个女儿顿时都拢来哭着劝我:"爸爸不要难过,小心伤了身子,我姐得的那号病,你不是不知道,迟早总有那么一天。况且我们心已尽到了,你千万要想开点,假如你要有个好歹,可让我们姐妹三个怎么活呀!"孩子们愈劝,我愈是心潮翻滚,情不能已,急得老伴、三个女婿都来苦苦哀告:"你千万不能这样,人死如灯灭,你再难过,她也活不回来了。现在还是活着的要紧,你若哭坏了身子,我们几家人不都完了吗?别的不说,逢年过节,连个团圆的地方都没有。"全家人出自肺腑的语言,确实打动了我。是的,我还得活下去,我还有许多事要做,欠学校的、朋友们的情债实在太多了,我还要写啊,如鲠在喉,不吐不快啊!况且失去母爱的两个小外孙,还需要人照顾呢!我不能因小失大,再给女儿女婿们增加不应有的精神负担!尽管如此,多少天来我的心情仍然平静不下来。回到家里,只要看到大女儿用过的东西,我都流泪;看到她给我做的衣服,我也流泪;看到我们在一起的合影,我也流泪;看到两个没有妈妈的小外孙,我更是感伤不已。如果在二十世纪五十年代,我会理解为自己感情脆弱,别人也会认为我认识深刻,其实那都是昧着良心说瞎话。"爱之深,才能痛之切"啊!

这些天,我的情绪确实好些了,不再流泪,全家欣欣然!一天我问三女儿:"你大姐临危时糊涂不糊涂?"三女儿告我,说她大姐自始至终,耳聪目明,心里十分清楚。自知不行了,才把她们叫到跟前说:"看来我是再见不到爸爸了,爸爸一生命苦,自己不要孩子,把全部心血都花在我们姐妹四个身上了。我们对他真是有尽不完的孝，报不完的恩啊！去年爸爸退了休，我就想把他接回来，农村空气好，没有污染，能延年益寿，由我来侍奉他，幸福地度过晚年。现在看来，姐姐连这点福分都没有了，做不成了。两年前我已经给爸爸妈妈做好寿衣，你们赶快从箱子里给我取出来，我把它亲自交给你们，等爸爸百年之后，你们给爸爸穿上，替姐姐尽一份孝心。爸爸已经是七十多岁的老人了，尽为人操心，这些年确实显得老了，你们一定要听话，不要惹他生气，这就是姐姐对你们的唯一要求……"听了这些语重心长的临终遗言，愈发感到大女儿的人格美、心灵美，弥留之际，仍然一心想的是父母，惦记的是姊妹。

我想说的话实在太多了，但千种思念化作一声祝愿："我的大女儿安息吧！等爸爸看着你的两个女儿长大成人，咱们在九泉相会。"

后　记

　　一九九六年，我开始尝试着写一些散文，因我有一段苦难的经历，更有一段饱含辛酸与同仁们艰苦创业的生活历程。在我人生处于生活低谷年代（1957—1979），是我的继母、我的妹妹，给了我精神上和物质上的大力支持，她们不怕株连，义无反顾，冒着风险，苦着自己来接济我。俗话说："滴水之恩，涌泉相报"，而我自己只能诉诸文字，来表达我的心声。为此，我写成了《胜似亲母》《骨肉情深》两篇文字，为《母恩难忘》全国征文所刊用，荣获优秀奖。本集选入的《不堪回首话当年》一文，是记录我被错划右派，以至劳改生活这一段特殊经历的。《此恨绵绵无绝期》，写我和韵湘的初恋，虽然两情相许，但由于各种人为的干扰，终于未成连理。一个因事故身亡，一个陷入囹圄，遗憾终生，所以记之，以抒惆怅之情。还有怀念李长之老师、沈从文老师、李健吾老师、周贻白老师、史若虚校长、

418

李紫贵导演的文章，因为他们不仅在知识上给予我诸多营养，而且铸造了我的灵魂，教会了我如何做人处事，给予我的影响至深且巨。一九七九年平反，一九八〇年，我重新走上工作岗位，恩师马少波先生，给了我热情的关怀和大力支持。我的半个世纪的挚友龚和德老弟，为了共同的事业，即"戏曲文物研究"，和创办《中华戏曲》，休戚与共，患难相扶，一直合作至今。为此我写成《肩担道义心常热》和《海内存知己》，一写师情，一写友情。应该说没有老师的热情关怀，没有挚友的倾心支持，我的后半生将是一筹莫展的，俗语谓"危难之际见真情"，诚哉斯言也。我常想山西师大戏曲文物研究所发展至今，《中华戏曲》的引人关注，虽然经过了一些艰难曲折，但得道多助，曾有好多热心的前辈、专家、学者、教授在关注她，我的老院长张庚同志、郭汉城同志，中国艺术研究院副院长薛若琳同志，著名戏曲史学家王季思先生、吴晓铃先生，前全国剧协常务副主席刘厚生同志，戏曲理论家曲六乙同志，前中央戏剧学院院长徐晓钟先生，前中央音乐学院院长赵沨先生，国家新闻出版署署长宋木文同志，上海华师大教授蒋星煜先生，中央戏剧学院祝肇年教授，北师大李修生教授，北京广播学院研究生院主任周华斌教授，等等，他们都是在戏曲文物研究所和《中华戏曲》最困难的时刻,有的给陶校长写信,有的派人给陶校长传话,有的两次三番来学校和陶校长磋商,有的在申报硕士点给予了大力支持……总之,是大家的力量挽救了这个所,是正义的呼声挽救了这个所。

有人说,我是戏曲文物研究所的创建人之一,我感到十分惶恐,陶校长在给我的长信里说我"鞍前马后,为所的创建做了许多工作,一心为了事业,从来不考虑自己"。"鞍前马后",引喻确当,因为我始终知道我能干什么,我应该干什么,而后两句则是领导对我的鼓励,我当书以自勉。

戏曲文物研究所从艰难走向中兴、走向辉煌,主要得力于校领导的远见卓识、大力支持、倾心投入。没有陶校长远见卓识、雄才大略,戏研所难得成立,同样没有侯校长的大力支持,我们也很难走向辉煌。这一点我是深有感触的。一九九〇年硕士点申报成功之后,当时还是数学系系主任的侯晋川教授,出于对事业的关心,自告奋勇和我一道去找陶校长谈戏研所的将来,结果几年的问题,竟一朝解决,可谓千锤打锣,一锤定音。侯校长任校长之后,对所内的经费、《中华戏曲》的经费、申报重点学科,以及人员的调入,无不是他亲自部署,亲自过问,基于此,我写了《侯校长对我事业上的关怀》。

散文集里还有不少是写我故乡的人物风情的。我从小生活在乌金墨玉的平定煤炭之乡,是家乡的土地养育了我,是家乡的人民关怀着我,去年平定家乡的电视台还来师大采访我。我半个世纪,历经沧桑,漂泊在外,对家乡人民毫无贡献,但家乡人民没有忘记我,故而写了不少怀念家乡人物风情的文章,以表明我的游子思乡之情。最后一篇悼念我大女儿的文章,是我老年丧女的情感流露。我大难不死,必有后福,二十世纪七十年代,我和老伴成婚之后,她给我带来四个女儿,老伴温存厚道,女儿们克尽孝道,这样一个幸福家庭,彼此和睦相处,方得使我能倾全力于工作。大女儿身患绝症,不幸病殁,自然给我的心灵带来极大的冲击,我是含着眼泪,写下了这篇悼念她的文章的。

我写作散文,得到了所内所外同志的支持。特别是侯校长、武副校长对我的写作更是关怀备至、热情鼓励。侯校长每见到我总是温和地问我:"窦老师,还在写作吗?"《名师的风范》一文刚在师大校报刊出,武副校长便打来电话说:"有两句写得极为感人。"《似水流年话别情》一文,是侯校长亲自写的按语,这次辑集出版,又承侯校长在百忙中亲自为我作序,在此我对二位校长表示由衷的感谢!

书名题笺由我的老师马少波先生亲自题笔,我向老人家深深鞠躬。

我写的散文,几乎都经过延保全副教授亲自过目,向他表示感谢。

二〇〇二年二月十日

图书在版编目（CIP）数据

晚晴集／窦楷著. － 太原：三晋出版社，2017.10
ISBN 978-7-5457-1599-6

Ⅰ.①晚… Ⅱ.①窦… Ⅲ.①回忆录—作品集—中国
—当代Ⅳ.①K1251

中国版本图书馆 CIP 数据核字（2017）第 273636 号

晚　晴　集

著　　者：窦　楷
责任编辑：张继红
出　版　者：山西出版传媒集团·三晋出版社（原山西古籍出版社）
地　　址：太原市建设南路 21 号
邮　　编：030012
电　　话：0351-4922268（发行中心）
　　　　　0351-4956036（总编室）
　　　　　0351-4922203（印制部）
网　　址：http://www.sjcbs.cn
经　销　者：新华书店
承　印　者：山西力新印刷科技开发有限公司
开　　本：850mm×1168mm　1/32
印　　张：13.75
字　　数：200 千字
版　　次：2018 年 1 月　第 1 版
印　　次：2018 年 1 月　第 1 次印刷
书　　号：ISBN　978-7-5457-1599-6
定　　价：60.00 元